沒有人聽見

A NOVEL

A NOISE DOWNSTAIRS

You're either losing your mind, or about to lose your life...

LINWOOD BARCLAY
林伍德・巴克萊 著
吳宗璘 譯

序曲

那個夜晚，保羅．戴維斯行駛在郵政路，他非常確定前方那台行進路線詭異的車子是同事肯尼斯．霍夫曼所有。那台深藍色的古董富豪旅行車，是西黑文大學附近三不五時就會出現的風景，某個刻板老教授開著車子的常駐畫面。

剛過十一點，保羅很好奇，不知道肯尼斯——大家都一直叫他肯尼斯，從來就不是肯恩——是否知道自己的左尾燈破了，白光強光從紅色塑膠玻璃汩汩流瀉而出。他是不是幾天前曾提到他的車在教職員停車場被某人倒車時撞到，而且對方沒有在擋風玻璃底下留字條？

被撞毀的車尾燈，顯然就是會讓肯尼斯不爽的那種事。車子後部少了對稱感，等於是某種汽車的不平衡方程式，一定會讓擔任數學與物理系教授的肯尼斯覺得很不順眼。

那台富豪汽車在中線飄移，然後又突然拉回到原本車道的行進方式，害保羅擔心肯尼斯也許出了狀況。他是在開車的時候打盹？然後驚醒時發現自己正衝向對向的路肩？還是他剛剛不知在哪裡喝多了？正準備開車回家？

如果保羅是警察，他就會亮燈警示，開警笛，逼他停到路邊。

但保羅不是警察，而且肯尼斯也不是什麼在路上隨便遇到的駕駛人。他是同事，不對，不僅如此，肯尼斯也是良師益友。保羅沒有能夠放在車頂的警示燈或是警笛，但也許可以找出方法讓肯尼斯停下來，吸引他的注意力，讓他稍作暫停，保羅可以趁隙觀察他是否適合開車，如若不然，那就把他送回家。

雖然肯尼斯已經不再是保羅的好友，但至少做到這一點不成問題。

保羅剛到西黑文大學的時候，肯尼斯對他的關心直逼父愛等級。在某場迎新會當中，他們發現彼此擁有某種不太需要用到大腦的共通興趣，兩人都喜歡一九五〇年代的科幻電影，《禁忌的星球》、《目標月球》、《地球對抗外星人》、《當地球停止轉動》。他們意見一致，《絕地五十呎女巨人》完全就是大師傑作。等到兩人因為這些宅到不行的話題而一拍即合之後，肯尼斯馬上為保羅上了一堂了解西黑文大學的速成課。

久而久之，學術圈政治終究會浮現。不過，菜鳥真正需要知道的其實是如何弄到一個好的停車位。萬一他們搞砸了你的每月定儲計畫，負責發薪的人是哪一個？應該要在哪一天避開在食堂用餐？（原來，是星期二，主菜是肝臟。）

在接下來的這些年當中，保羅發覺自己是肯尼斯的少數特例，這男人比較會對女性新進同事提供他的介紹環境服務，而且從保羅所聽到的狀況看來，他對女性講述的內容也比較詳盡。

肯尼斯有諸多面向，保羅不確定自己是否全都知曉。

不過，無論他對於肯尼斯有什麼樣的疑慮，也不會讓他眼睜睜看著這男人開著旅行車直衝壕溝自尋死路。而且，真的只有他自己而已。就保羅放眼所及，肯尼斯旁邊的副座並沒有人。

現在，這台車又走了一點多公里，並沒有繼續亂飄，所以，保羅心想，肯尼斯可能已經可以掌握狀況。不過，這傢伙的開車方式卻有種心不在焉的況味。他會超速，然後煞車燈急閃——包括了那個壞掉的也一樣——然後車速轉慢。隨後又開始加速。過了四百公尺之後，它又放慢速度。肯尼斯似乎頻頻張望右側，彷彿是在找某個住宅門號一樣。

要在這種地區找尋號碼很奇怪，這裡根本沒有住家，整片郵政路幾乎全都是商號。

到底，肯尼斯是在幹什麼？

半夜十一點這種時候在米爾福德開車亂晃，也未必表示一定有什麼特殊目的。畢竟，保羅自己也在路上，他看完了西黑文某個學生戲劇表演之後、如果馬上驅車回家的話，那麼他現在早就到了。不過，他現在卻在漫無目的開車亂跑，心事重重。

都是與夏綠蒂有關。

雖然保羅沒有涉身這項戲劇製作，但他有好幾個學生都參與其中，他覺得有責任要表達支持。他先前曾經邀她一起參加。身為房地產經紀人的夏綠蒂說歉難出席，當天傍晚，她得要帶看某間房屋。老實說，與等待果陀相比，等待某名確認臥房數目的潛力買家，更令人覺得興奮吧。

就算他妻子沒有工作在身，如果她答應要一起參加活動，保羅也會大吃一驚。最近這一陣子，他們比較像是共享空間的室友，而不是共築生活的伴侶。夏綠蒂很疏離，老是若有所思。只要他想探知她到底是為什麼事情心煩，她總是這麼回答，工作罷了。他懷疑原因會不會是喬許？她討厭他兒子來過週末？不，不可能。她喜歡喬許，總是想盡辦法討他歡心——

喂喂喂。

肯尼斯開了方向燈。

他將富豪旅行車駛入與幹道呈九十度的某個工業區。一長排的公司企業，顯然在五個小時甚至更久之前、每一間都早已經關門。

如果肯尼斯沒辦法好好開車，或是想睡覺，搞不好還有足夠的意識知道要暫停下來小睡、消解不適，也許他打算要使用手機，打電話叫計程車。反正，保羅覺得現在不需要那麼急著出手干預。

不過，保羅還是放慢速度，把車停在肯尼斯剛才轉進位置的後方路邊。那台富豪繞到了建物後面，煞車燈在閃動，與某個垃圾集運箱的距離只有一兩公尺而已。

為什麼要繞到後頭？保羅覺得奇怪。肯尼斯到底要做什麼？保羅關掉了車頭燈，熄火，緊盯不放。

在保羅過度豐富的想像力世界之中，*毒品交易*這幾個字綻放亮光。不過，肯尼斯的個性看起來與這種事完全沾不上邊。

而且，其實肯尼斯似乎沒有要與別人見面。沒有其他車輛，沒有可疑人物從黑暗中現身。肯尼斯下車，車內的圓頂小燈亮了，他狠狠關上門，然後從車後面繞到前方副座的車門，打開，彎身不知要拿什麼東西。

保羅看不清楚是什麼。黑漆漆——雖然一切狀似幽暗——但還是可以看出是個電腦印表機尺寸的物體，只是形狀並不規則。肯尼斯把它搬到幾步之外的垃圾集運箱，從他為了維持平衡而微微後傾動作看來，那東西一定很沉重。他把它抬到了箱口上方，把它扔了進去。

保羅低聲自言自語，「到底在搞什麼啊？」

肯尼斯關上前面副座的車門，回到另一邊，進入駕駛座。

當那台富豪轉頭、回到馬路上的時候，保羅趕緊躲起來，肯尼斯直接從他身邊開過去，朝原來的方向繼續前進，保羅緊盯那台富豪，望著它的車尾燈消失在遠方。

他轉頭，看著那座垃圾集運箱，是要去查看肯尼斯丟了什麼進去？還是要繼續跟蹤？讓他陷入天人交戰。保羅一發現肯尼斯的時候，本來是很擔心他，現在又增添了好奇。

無論垃圾集運箱裡面到底是什麼，幾個小時之後，十之八九應該還是會擱在原處。

保羅發動引擎，打開車燈，繼續開車前行。

那台富豪一路北行，離開了米爾福德，經過了許多屋宅、雜貨店、連綿無盡的其他工業區，進入有巨林遮蔭的蜿蜒鄉間道路。他們還一度經過了停放路肩的某台警車的旁邊，但他們兩人車行都沒有超過規定限速。

保羅開始懷疑肯尼斯是否真的有既定目的地。那台富豪的煞車燈在接近轉彎口的時候會忽然閃動，但又立刻加速，到了下一個轉彎口繼續上演相同劇碼。肯尼斯又開始了，彷彿在找什麼。

突然之間，他好像發現了。

車子停妥在人行道旁邊，燈全部熄滅。保羅跟在肯尼斯後面，相距約一百六十公尺處，完全看不出他為什麼要停在那裡。保羅放眼所及，沒有任何的住家私人車道，附近也沒有宅戶。

保羅一度想要直接開車經過他旁邊，但又隨即轉念，媽的就不要再搞得這麼鬼鬼祟祟了，我得要確定他是否安全無恙。

所以，保羅撥了一下方向燈，把自己的車子靠停在路肩，當他把車停在富豪後面的時候，肯尼斯正好下車，車門開敞，內部空間瀰漫微光。

肯尼斯愣住不動。臉上的神情宛若囚犯逃向圍牆、卻被警衛塔燈光逮個正著。

保羅立刻按下車窗，探頭出去。

「肯尼斯！是我！」

肯尼斯瞇眼。

「我是保羅！保羅．戴維斯！」

肯尼斯過了一秒鐘才回過神來。他搞清楚狀況之後，立刻朝保羅的停車處走去，同時伸手遮蓋眼部上方，閃避保羅的車頭燈。保羅下車，引擎與車燈都沒關，肯尼斯在這時候大吼大叫，「天！保羅，你在這裡做什麼？」

保羅不喜歡他的語氣，激動，緊張不安。在兩台車間隔的中間點，他們正面相迎。

「我非常確定那是你的車，我覺得你可能遇到了什麼麻煩。」

至於他跟蹤了許久這一點，就不需要講出來了。

「我很好，沒事。」肯尼斯用字遣詞很精簡，整個人出現了異常的抽搐動作，彷彿他想要回頭瞄他的車，但只能拚命按捺衝動。

他問道，「你是不是在跟蹤我？」

保羅回道，「沒……沒有，其實不算……」

肯尼斯在這樣的遲疑語氣中聽出了狀況不對勁，「多久了？」

「什麼？」

「你跟蹤我多久了？」

「我真的沒有……」

保羅突然不說話了。那台富豪汽車後半部有東西吸引了他的目光，靠著車頭燈之間的光域以及富豪汽車的圓頂小燈，依稀可以看出有一堆堆乾淨塑膠布堆疊在一起，高度超過了車尾窗戶底部。

肯尼斯立刻開口，「沒什麼。」

保羅回他，「我又沒問。」他朝那台富豪又靠近了一步。

「保羅，上你自己的車，回家。我沒事，真的。」

保羅這時候才注意到肯尼斯的雙手有深色穢漬，而且襯衫與牛仔褲沾有污痕。

「天，你是不是受傷了？」

「我沒事。」

「看起來像是血跡。」

保羅走向那台富豪的時候，肯尼斯抓住他的手臂，但保羅卻甩開了他。保羅足足比肯尼斯年輕十五歲，而且他在大學裡經常與人打壁球比賽，鍛鍊出相當健壯的體格。

保羅走向車尾，透過玻璃仔細凝視。

「我靠！」保羅伸手掩口，他覺得自己搞不好會吐出來。

肯尼斯站在他後面，開口說道，「讓……讓我解釋一下。」

保羅後退一步，雙眼睜得好大，瞪著肯尼斯，「怎麼……她……她們是誰？」

肯尼斯結結巴巴，「保羅……」

保羅說道，「打開。」

「什麼？」

「快打開！」他伸手指向車尾門。

肯尼斯走到他面前，把手伸向車尾門的鎖門。現在又多了一道車內光源，更能看清楚那兩具直放的屍體，全部都以塑膠布裹身，頭部靠著車尾門，雙腳緊貼前座椅背。後座早已折放，為她們騰出空間，她們簡直就像是從家得寶建材行買來的合板一樣。

不透明包裝材質與斑斑血跡造成她們的五官嚴重變形，但依然可以看出都是女性。

兩名成年女子。

保羅緊盯不放，目瞪口呆。先前覺得可能會吐出來的感覺已經沒了，取而代之的是震驚。

「我在找地方……」肯尼斯語氣冷靜。

「什麼？」

「我還沒找到合適地點。我之前一直考慮那裡的森林，嗯，是在你出現之前的事。」

就在這時候，保羅發現到左邊那具女屍旁邊的鐘子。

「我得關掉引擎，」肯尼斯說道，「不然對環境不好。」

保羅懷疑肯尼斯會跳上車逃跑。車尾門是敞開狀態，要是他飛速離去，那麼屍體可能會落在路肩。不過，肯尼斯的確遵守承諾，他傾身進入車內，把車鑰匙轉動到熄火位置，引擎已經完全沒了動靜。

保羅不知道這兩名女子是誰。他覺得全身僵麻，怎麼可能會發生這種事？

他腦中出現了一個名字，也不知道究竟為什麼會這樣，但真的就是如此。

夏綠蒂。

肯尼斯再次與他一起站在車後方。這男人似乎比較冷靜一點了？被抓到是不是反而鬆了一口氣？保羅又看了他一眼，但他的雙眼又忍不住飄向屍體。

「她們是誰？」保羅的聲音在發抖，「快告訴我她們是誰。」他再也無法望向她們，趕緊別過頭去。

肯尼斯開口，「這個，我實在很抱歉……」

保羅轉身，「你抱歉是因為……」

他看到肯尼斯揮舞的鏟子，宛若高爾夫球桿一樣，不過就是十分之一秒的時間，它就敲中了他的頭蓋骨。

接下來，一片漆黑。

八個月之後

1

坐在那台休旅車後座的老人，很可能會被人誤以為已經死了。整個人癱軟在皮椅上面，頭頂幾乎全禿，佈滿肝斑的頭緊靠駕駛後座的窗戶。

保羅湊到那台林肯汽車前面——那位電影明星在好笑的浮誇廣告當中開的就是這一款——保羅透過玻璃、仔細凝視車內。

他是個矮瘦的男人。他彷彿意識到有人在盯著自己，移動頭部位置。那男人緩緩坐起來，眨了好幾次眼，一臉困惑望著外頭的保羅。

保羅問道，「你今天還好嗎？」

那男子緩緩點頭，然後繼續在座位裡滑坐而下，又把頭靠住玻璃窗。

保羅繼續往前走，前往這棟位於卡里頓大道、具有雪松木瓦屋頂、鱈魚角風格兩層建物的側門。在住家私人車道的尾端有一個獨立出入口，旁邊有一小塊黃銅匾額，言簡意賅，安娜．懷特醫生。他按了電鈴，進去之後，在等候室裡找了座位坐下來，這裡的空間只能容下兩張軟墊椅。

他仔細翻閱了一疊雜誌，等一下要把其中一本交給懷特醫生。他來這裡看診已經三個月了，在這段期間當中——《時代》、《紐約客》、《高爾夫文摘》，以及《高爾夫球月刊》（所以也許他的治療師是狂熱的高爾夫球迷吧）等雜誌一直有定期更換。如果說要找毛病的話，那就是她檢查封面不夠仔細。在心理治療師的辦公室裡，提供出現「恐慌症：你是否應該感到恐懼」這種標題的新聞雜誌當成讀物，這種想法適當嗎？

不過，他打開的就是這一本。正當他準備要讀這篇報導的時候，懷特醫生的辦公室大門開了。

「保羅，」她露出微笑，「進來吧。」

「妳爸爸又坐在妳的車子裡了。」

她嘆氣，「沒關係。他以為我們要去療養院探視我母親，他待在那裡很愜意，請進。」

他起身，走向醫生的辦公室，手裡依然抓著那本雜誌。當然，這裡不像是一般醫生的空間，並沒有平鋪墊紙的檢查桌台，沒有體重計，沒有視力測驗圖，也沒有人體的向量式插圖。但這裡有棕色的皮椅，玻璃與木頭材質的書桌，看起來像是赫曼米勒型錄裡的品項，桌面幾乎沒什麼東西，只有一台打開的銀色筆記型電腦。辦公室裡有一整面牆都是書架，還掛了寧靜的海洋油畫，地點可能是長島海灣，甚至還有一扇窗可以看到米爾福德市中心公園的景色。

他坐在自己平常坐的那張皮椅裡，而醫生則坐在他的斜對角。她身穿及膝裙，當她交疊雙腿的時候，保羅拚命忍住不敢偷瞄。懷特醫生——四十出頭的年紀，一頭及肩棕色長髮，同色雙眸，身材玲瓏有致——是位美女，不過，保羅看過有關所謂移情作用的那種資料，病人會愛上自己的治療師。他告訴自己，這種事不但絕對不可以發生，而且也不能存有任何的想像空間。

他來這裡是為了要尋求協助，就這麼簡單，不需要搞出另一段關係、將自己原本的各種情愛關係變得更加複雜。

她問道，「是不是想要偷雜誌？」

「哦，沒有，」他秀了一下封面，「有一篇我想要看的文章。」

「啊天哪，」她皺眉，「放在那裡恐怕是不太適合。」

保羅勉強擠出笑容，「那標題的確吸引了我的目光。不然的話，我應該會找本高爾夫球雜誌來翻一翻吧，但我平常沒玩就是了。」

「那些是我爸爸的雜誌，」她說道，「他八十三歲了，偶爾要是我可以跟他一起去的話，他依然會下場打球。而且他很愛練習場，輕而易舉打完一桶球不成問題。如果不是真正上球場，那就大幅降低了走失的機會。」她伸手，保羅把那本雜誌交給了她。她把它丟到附近咖啡桌的時候，又瞄了那標題一眼。

她開口問道，「頭腦還好嗎？」

「是指身體層次還是心理層次？」

「我想，是身體層次吧？」她露出微笑，「現在是如此。」

「瓊斯醫生說我康復之路步入正軌，不過，像我這樣的頭部重傷，必須要觀察是否有任何副作用，至多要一年。當然，我還是有一些後遺症。」

「比方說？」

「當然，偶爾出現頭痛，而且我三不五時忘東忘西。有時候，我走進某個房間，根本不知道自己為什麼出現在那裡。不只如此，我甚至不記得自己是怎麼到達那裡的。前一分鐘我在臥室，下一分鐘進了樓下廚房，完全不知道到底是怎麼發生的。而且，我沒有辦法回去打壁球，不能冒著頭被球拍打中或是撞到牆的風險。但我有點迫不及待要回到球場，也許很快就可以了，我會輕鬆以對。」

安娜．懷特點點頭，「嗯。」

「睡眠還是……妳知道就是……」

「等一下我們來處理。」

「我的平衡感恢復到不錯的狀態，現在閱讀時的注意力也相當集中，是花了一點時間。看起來我兩個月內就可以回去教書了，九月的時候。」

「意外發生之後有回去校園嗎？」

保羅點點頭，「兩次，有點像是暖身。我在某個暑期班發表了一場演講——以前曾經發表過，所以不需要從零開始寫講稿。」

「校方很有耐心。」

「嗯，是的，我想這是他們應該做的，既然是他們自己的某名老師想要殺我……他們一直很通融，這是當然的。」

他稍作停頓，伸手輕輕撫弄了一下左邊的太陽穴，也就是被鏟子重擊的位置，「我一直告訴自己，狀況本來可能會更慘。」

「是啊。」

「搞不好我會跟吉兒、凱瑟琳一樣，躺在那台富豪汽車裡面。」

安娜神情嚴肅，「事情再怎麼恐怖，永遠還是有機會演變成更恐怖的事件。」

「我想也是。」

「好，所以我們已經處理了生理層次的部分，現在我們進入到我的專業。你最近的心情怎麼樣？」

「起起伏伏。」

「保羅，你還是會看到他嗎？」

「肯尼斯？」

「對，肯尼斯。」

保羅說道，「夢裡當然是有。」

「然後呢？」

保羅陷入遲疑，彷彿覺得尷尬，「有時候……就是如影隨形。」

「自從我們上次看診之後，你還有見到他嗎？」

「我有次在沃爾格林藥局買幾個東西，我非常確定我看到他在結帳排隊，當時我覺得自己某種恐慌症發作，受不了。所以我就直接離開，沒有把購物籃裡的東西拿去結帳。我上了車，盡可能火速離開現場。」

「你真的相信是他嗎？」

保羅緩緩回道，「不，我覺得有可能是他。」

她朝他的方向微微側頭，「因為？」

「因為肯尼斯在坐牢。」

「入獄原因是他犯下兩起謀殺案與一起殺人未遂案，」安娜說道，「要不是因為他在犯案的時候、警方及時趕到，那麼就是三起謀殺案。」

「我知道。」保羅搓揉雙手，警察趕到並非只是僥倖而已。他當初與肯尼斯曾經過某台巡邏車的旁邊，車內的警察看到了車尾燈壞掉的那台富豪，決定要找尋車蹤。

安娜傾身向前，重心移到膝蓋上方，「隨著時間過去，狀況一定會慢慢改善，這一點我可以向你保證。」

他問道，「那些惡夢呢？」

「依然持續不斷嗎？」

「對，前天晚上做了一次惡夢，夏綠蒂得叫醒我。」

「把詳情告訴我。」

保羅嚥了一下口水，他需要時間沉澱一下，「我覺得一切都很難看清楚，一切霧茫茫。然後，我驚覺自己全身被塑膠布緊緊裹住，我想要把它撥開，但是卻沒有辦法，然後，透過塑膠布，我看到了某張臉。」

「肯尼斯・霍夫曼？」

保羅搖頭，「妳一定會這麼以為，我大部分夢境裡出現的的確都是他。我看到出現在另外一頭的人其實是我自己，對我大吼大叫，叫我趕快出去。那就像是我同時存在於塑膠布的內部與外面，但我整個人幾乎都是在內側，我覺得自己無法呼吸，拚命想要逃脫而出，這是我日常惡夢的全新變種版本。有時候我覺得夏綠蒂是後座裡的那兩名女子之一，然後，我會因為肯尼斯殺死了夏綠蒂而驚恐昏倒。」

「為什麼會有那種想法？」

他聳肩，「她沒有跟我一起去看表演，我就是會擔心。」

「當然。」

「反正，感謝老天，我做惡夢的時候有夏綠蒂在身邊，她會喚醒我。最近那一次做惡夢的時候，我雙手亂揮，彷彿想要逃離那塊塑膠布。」

「你之後可以繼續入睡嗎？」

「有時候可以，但我不敢睡。」

他短暫閉上雙眼，彷彿在確定夜晚浮現眼前的那些影像是否依然存在。他睜開眼睛，繼續說道，「我想，四天前的那個夜晚吧，我夢到我和他們坐在一起。」

「誰？」

「哦，吉兒．佛斯特與凱瑟琳．蘭姆，在肯尼斯的家裡。我們每一個人輪流打字，寫出自己的道歉信。那兩名女子面露恐怖笑容，鮮血從喉嚨切口不斷流出，她們居然在取笑我，因為打字機現在放到了我面前，我不知道該寫什麼，而她們則嚷嚷，『我們都寫好了！我們都寫好了！』妳知道在夢境中其實沒有辦法看清楚文字？全部都混在一起？」

安娜．懷特回道，「嗯……」

「所以我覺得好挫折。我知道我得要打出些什麼，不然的話，站在桌尾的肯尼斯，媽的跟個殭屍一樣——抱歉——就準備要殺死我了。不過，我知道他一定會殺我。」

保羅的雙手開始顫抖。

安娜伸手過去，輕觸他的手背，「我們先暫停一下。」

「好，沒問題。」

「我們先稍微轉換一下話題，和夏綠蒂相處得如何？」

保羅聳肩，「應該還可以。」

「那種說法聽起來不像是很肯定。」

「不，我是說真的，狀況好轉中。雖然眼睜睜看我歷經這一切，偶爾會害她心情低落，但她非常支持我。妳知道嗎，在這一切發生之前，我們之間不算是毫無任何問題。我覺得夏綠蒂正在歷經某個階段，很像是在重新評估自己的人生。嗯，十年前的她，會想到自己過著現在這樣的生活嗎？在米爾福德賣房子？好，這也沒什麼問題吧？我覺得她年輕時的夢想比較不一樣。不過，我差點喪命的這場意外，也許帶來了重新審視事物的某種角度，我們現在是好多了。」

「你兒子呢？喬許？」

保羅皺眉，「當然，出事的時候，他心靈嚴重受創。對一個九歲的小男生來說，一想到自己的爸爸可能會死掉，絕非易事。不過，我在醫院沒有待很久，雖然我得復健——而且依然在持續當中——但顯然我不會馬上死掉。而且他有時候是待在他媽媽那裡，所以當我半夜驚醒尖叫的時候，他也未必正好會在我身邊。」

保羅努力擠出大笑，安娜也勉強陪笑，兩人都安靜了一會兒。安娜感覺到保羅想要講什麼事，所以她靜靜等待。

終於，他說出口了，「有件事想告訴妳。」

「請說。」

「我和夏綠蒂討論過這件事，她覺得這構想應該算不錯，但她說我得要徵詢妳的意見。」

「我準備洗耳恭聽。」

「顯然這害我……怎麼說來著？被死纏不休？我覺得肯尼斯做出的那種事一直對我死纏不休。」

「我可能會說『心靈受創』，不過，你要這麼說也可以。」

「我是說，不只是因為他差點殺了我，光這一點就夠可怕了。但我認識他，當我剛進西黑文大學的時候，他很罩我，他是我的朋友。我們一起喝酒，有思想交流，彼此很投契，妳知道嗎？我們都是宅男科幻迷。為什麼我居然沒有看穿他的真面目？他其實是個禽獸？」

「禽獸很可能非常善於偽裝。」

保羅搖頭，「話說回來，即便在出事之前，我也多次懷疑自己是否真正認得這個人。記得沃特．米提嗎？」

「詹姆斯．瑟柏小說裡的那個角色？」

保羅點頭，「把自己幻想成各式各樣英雄角色的某個無聊男子。肯尼斯的形象則是偷偷過著大情聖生活的呆板教授，不過，他的秘密生活並非出於想像，而是千真萬確。他具有女人——嗯，某些女人——很難抗拒的隱性魅力。不過，他並沒有對我們其他人吹噓，不會大聲嚷嚷他最近成功攻佔了哪個女人。」

「所以他從來沒有跟你提過他約會的那些對象。」

「沒有，但是有謠言，我們大家都知道。只要有教員聚會場合，他一定會帶妻子蓋比蕾拉出席，我唯一想到的是，她會不會是這房間裡唯一不知情的人？」

「你認識他兒子嗎？」

「小雷，」保羅點點頭，「肯尼斯很疼愛那小男生。他有一點——我不知道如果這麼說是否恰當——但他有一點遲緩。倒不是說他是有什麼自閉症問題，但絕對不是將來可以上大學的那種資質。不過，肯尼斯會帶他來校園，所以他可以在圖書館裡瀏覽藝術書籍，消磨好幾個小時。肯尼斯會為他準備一疊書，讓他可以逐頁翻閱，他喜歡看那些圖片。」

保羅一臉困惑，望著安娜，「我要怎麼坦然面對他的行為？殺死了兩個女人？而且，還有他的行兇方式。先逼她們道歉，然後割斷她們的……我實在想不透。」

「很困難，我知道。所以，你有事想要告訴我。」

他停頓了一會兒，「我不想要將這一切拋諸腦後，我想要面對它，想要知道一切。關於我的出事經過，關於肯尼斯。我希望能夠找到那些與他有關的人談一談，不只是與他交惡的人，也包括與他關係良好的那些人。我想要了解肯尼斯所有的不同面向。如果可能的話，我想要親自與他談一談，如果他們願意讓我進去牢裡看望他的話，當然，前提是他願意見我。我覺得，我在找尋的是某個更重要問題的答案。」

安娜十指碰觸在一起，成為三角狀，「這個問題是？」

「肯尼斯以前是惡魔嗎？現在是嗎？」

「我可以直接告訴你，對。這樣一來，你就不用費事了，」她深吸一口長氣，然後緩緩吐出，「我也可以說不是。但你真心覺得這有幫助嗎？」

保羅想了一會兒之後，才開口回答。

「如果我能夠直視真實世界裡的邪惡雙眼，那麼我也許不需要在夢境中一看到它就立刻奔逃。」

2

安娜跟在保羅．戴維斯後頭，走出大門。他繼續沿著住家私人車道往前走、前往他的停車處，而安娜則在自己那台林肯休旅車前面停下來，打開後座車門，動作小心翼翼，怕她父親摔下來。

「爸爸，快進來吧。」

「哦，嗨，喬安妮，我一定是睡著了。」

「爸，我是安娜，不是媽媽。」

「啊，對哦。我們該出發了，等一下就是喬安妮的午餐時段。」

「爸爸，她已經不住在吉爾德伍德了，」她語氣溫柔，「我去幫你拿咖啡，還剩下半壺。」

「咖啡啊，」他說道，「好像還不錯。」

他把大腿挪移到門邊，然後謹慎萬分滑動身體，最後雙腳觸地，宛若某種慢動作的傘兵。

「噠塔，」他低頭，發現了自己某隻鞋子的鞋帶鬆了，「接下來我要繫鞋帶。」

「我們進去再說……」安娜關上車門，陪她爸爸走回家。進入屋內之後，她父親坐在等候室裡的其中一張椅子上頭，這樣一來就可以立刻綁好鞋帶。

「我去幫你準備咖啡，然後你可以上樓看你的節目，」

他對她微微敬禮致意，「那就這樣了！」

安娜並沒有從辦公室的門穿過去，而是繞回主屋路線。她進入廚房，從櫥櫃裡拿了一個乾淨的馬克杯，取壺斟滿咖啡。

她依稀聽到側門打開又關上的聲響，她希望不是父親決定繼續窩在車裡。然後，她這才想起自己的下一名病患可能已經到了。

「靠……」安娜低聲啐罵，她不希望父親與她的病患聊天，尤其是現在要報到的這一個。就在她匆匆趕回辦公室的時候，手指沒扣好咖啡杯把手，不慎將它摔落在地。

「媽的……」安娜抓了架上的一整捲紙巾，跪下來抹擦一片狼藉。等到她清理完地板，丟掉濕答答的紙巾之後，她又泡了一杯咖啡，回到了辦公室。

她發現父親正在與某個身材削瘦、年近三十歲的男子聊天，對方坐在另一張椅子，傾身向前，手肘支住大腿，專注聆聽安娜父親講話。安娜一走進去，他立刻露出微笑。

「嗨，」他緊張兮兮對安娜說道，「正在和妳父親聊天。」

安娜勉強一笑，「蓋文，你人真好。要不要趕快進來呢？」

蓋文與老先生握手，「法蘭克，很高興認識你。」

「蓋文，別客氣，」法蘭克．懷特朝女兒的方向點了一下頭，「她一定會幫你解決問題，你千萬不要擔心。」

蓋文說道，「希望如此……」

他進入安娜的辦公室，她趁空把咖啡交給她父親，她目光下移，盯著他的雙腳。

「你沒有繫鞋帶。」

法蘭克站在那裡，聳肩，「我沒差，他看起來是個好人。」

安娜心想，你有所不知……

「要不要在你房間看電視？」

「我也這麼想，也許待會兒使用機器稍微健身一下。」

「爸，你已經運動過了，今天早上花了一小時使用划船機。」

「啊，對哦。」

當他進入屋內主區、走向梯底的時候，她一直陪在他身邊。她盯著他手中的咖啡杯、鬆脫的鞋帶，還有那一排台階，她心中已經浮現等一下會出現的災難畫面。

她說道，「爸爸，等一下。」

安娜跪下來，迅速綁好他的鞋帶，他抗議，「妳不需要做這種事……」

「沒關係，」她說道，「我不希望你在階梯上摔倒，把你的咖啡交給我。」

他大怒，「拜託，我又不是病人……」

安娜嘆氣，「好吧。」

不過，她還是站在那裡盯著他一手依然緊抓咖啡、另一手握住扶欄，拾級而上。等到他到達二樓之後，他轉頭，低頭俯視她。

他又喊了一次，「噠塔！」

安娜對他面露悲傷微笑，然後，回頭穿過主屋、回到她的辦公室。他發現凱文站在她放置緊閉筆電的書桌後面，欣賞她櫃架裡的那些書本，伸出手指撫摸書脊。他身穿褪色牛仔褲、球鞋、搭配緊身黑色T恤。此人除了身材精瘦之外，還留有一頭亂髮，身高不超過一百六十八公分。從背後看，很可能會被人誤以為是十歲出頭、最多是十五歲的孩子，而不是即將要滿三十歲的男人。

「希金斯先生，」她語氣一本正經，「請坐。」

他一臉無辜轉身，坐在保羅·戴維斯方才入座的地方，「妳爸爸人不錯，」他說道，「他告訴我，他以前在動畫界工作，而且，他還說，」蓋文繼續說道，「妳也該給自己找個男人了，但不用擔心，我覺得他並沒有把我當成人選。」

「蓋文，我們得好好談一談——」

「不過他叫妳喬安妮，那是妳的中名嗎？」

「那是我母親的名字，」安娜·懷特不情不願說出答案，她不喜歡向病患吐露個人細節，對方是蓋文·希金斯，更不用說了。

「哦，」他說道，「明白了，妳母親是不是……」

「她幾年前過世了。蓋文，這裡有幾條基本守則。」她從書桌電腦旁邊抽出某個檔案夾，「你來這裡要談話的對象就是我，不是我爸爸，也不是我的任何一名病患，就只有我而已，這是需要維持的界線。」

蓋文慎重點頭，宛若遭到斥責的小狗，「當然。」

安娜瞄了一下檔案夾裡的病歷，「我們就從上次結束的地方開始吧。」

蓋文說道，「我不記得上次說到哪裡。」

「我們當時說的是同理心。」

「嗯，對哦，好，」他欣然點頭，「我最近常常在思索那件事。我知道妳認為我沒有感覺，但絕非如此。」

「我從來沒講過那種話，」安娜回道，「但你的行為舉止卻顯示你缺乏同理心。」

「我告訴過妳了，我從來沒有傷害過任何人。」

「蓋文，但你的確做出了這種舉動，在沒有造成肉體傷害的狀況下傷了人。」

這個年輕人聳肩，別過頭去。

她說道，「情緒的苦痛很可能讓心變得滿目瘡痍。」

蓋文不發一語。

「其實，某人很可能因為你的所作所為而受傷，將會出現你無法預料的後果，就像是你對沃克太太的貓所做出的那種舉動一樣。」

「明明什麼事都沒有，就連那隻貓也安然無恙。」

「蓋文，她很可能會摔倒，她都八十五歲了。你把她的貓鎖在閣樓裡，她聽到貓咪在樓上，從地下室拿出梯子，爬上去打開閣樓通道木板救貓，她沒有摔斷脖子真的是奇蹟。」

蓋文低頭嘀咕，「也不一定是我做的啊。」

「蓋文，拜託。他們沒辦法證明是你做的，不像上次的電話事件一樣，不過種種證據都顯示是你做的。如果我們想要一起解決問題，就必須要對彼此誠實。這一點你很清楚吧，是不是？」

「當然……」他露出乖乖挨罵的表情，依然迴避她的目光，開始淚眼矇矓。

「妳說對了，貓的事是我幹的，那通電話也是。我知道我需要幫助，所以我同意來這裡找妳。我也不想做出這種事。我想要變得更健康，想要明瞭自己為什麼會做出那些事，我想要成為一個更好的人。」

「蓋文，是他們下令要叫你來找我。這是判決的一部分內容，這樣一來就可以不用坐牢。」他的雙肩陡然一沉，「對，我知道，但我並沒有抗拒。我聽說妳很厲害，可以把我治好，我很樂意常常來這裡，可以讓我成為一個更好的人。」

「蓋文，我不會治好病人，我是努力幫助他們進行自我修復。」

「好，當然，我明白，這必須發自內心。」他點頭表示理解，「所以我要怎麼辦？」

安娜深呼吸，「你要追問自己是為什麼？」

「什麼？」

「你為什麼要偷藏某個孤單老太太的貓？為什麼要打電話給一個依然悲痛欲絕的父親？假稱

自己是對方在伊拉克戰死的兒子？」安娜停頓了一會兒，繼續問道，「到底是什麼原因會讓人做出那種事？」

蓋文思索了好幾秒之後，才開口回答，「我知道，」他緩緩說道，「這種行為可能會被大家認定為殘酷或失序。」

「蓋文，看著我。」

「什麼？」

「我要你看著我。」

「好，沒問題，」他讓安娜緊盯她的眼眸，「怎樣？」

「有沒有什麼你沒有告訴我的其他事件？」

「沒有。」

「有沒有什麼已經在構思、只是還沒有下手的事？」

蓋文依然緊盯她雙眼不放，「沒有，」然後他露出微笑，「我來這裡是為了要成為更好的人。」

3

保羅開車回家的時候，想到自己剛剛說出期盼進一步挖掘有關肯尼斯・霍夫曼的事、不要避而遠之，懷特醫生並沒有積極勸阻他打消這念頭，讓他覺得很開心。他開始相信這些惡夢起源於他的瀕死經驗——最貨真價實的「瀕死」，因為他差點就沒命了——要是他繼續任由那起意外事件繼續折磨他，那麼這種狀況就會持續下去。必須要找出方法，將那個恐怖之夜轉為再也無法控制他的事物。自己在車後座發現了兩具女屍、隨後頭部又遭到重擊，他不可以讓這樣的過往定義他的一生。對，這的確恐怖，造成心靈受創。

不過，得要找出可以讓他走出來的方法。

面對這種狀況，也許可以套用他的工作模式。保羅教的是英國文學，從索福克里斯到莎士比亞、喬叟到錢德勒，他都摸得一清二楚。不過，最近他的主題是二十世紀大眾小說的某些偉大作家，諾拉・羅伯特、勞倫斯・桑德斯、史蒂芬・金、丹妮爾・斯蒂爾，以及馬里奧・普佐，最後證明這是最受學生歡迎的課程，有時候還會引發同事和系主任不爽。他的重點是，某些作品廣受大眾喜愛，光憑這一點，未必表示它一定淺薄，這些作家就是有說故事的本領。

保羅認為自己可以運用這種途徑、去面對霍夫曼的事。他會往後退一步，努力以一定程度的疏離感進行觀察，然後，把它當成故事進行分析，有起始，有中段，也有結局。

保羅很清楚中段與結局，畢竟，他曾經深陷其中。

他現在得要查出有關起始點的更多真相。

肯尼斯．霍夫曼到底是什麼樣的人？受人敬重的教授？慈愛的父親？四處留情的老公？變態殺人魔？是否可能全部含括在同一人身上？如果真是如此，我們每一個人心中的殺戮虐性，是不是虎視眈眈準備出柙？

靠。

保羅到家了。

他坐在車內，停在住家私人車道，引擎依然沒有熄火。

他可以回想自己在離開安娜．懷特辦公室之後、進入車內的情景。記得把鑰匙插入速霸陸的點火開關，發動車子。甚至還記得自己看到她的下一名病患到達，某個二十八、九歲的年輕人，進入屋內的場景。

不過，自此之後，什麼都沒有。駛入私人車道之前的一切，什麼都不記得了。

不要恐慌，這也不是什麼大不了的事。

當然不是。他在回家的路上一直在沉思，進入了恍神狀態。在攻擊案發生之前，這種狀況不就發生過了嗎？夏綠蒂取笑他是那種典型的心不在焉的教授，她跟他講話的時候、他思緒不知飄到哪裡去了，也不止一次了吧？他的第一任妻子海莉也是這麼說，她們兩人都偶爾會罵他浸溺在自己的世界裡。

不過就是這樣而已，沒有理由誤以為自己失去了理智。他逐漸恢復健康，這一點千真萬確，神經科醫生向他掛保證，磁振造影結果並沒有看出任何警訊。當然，他依然還有奇怪的頭痛，偶爾發作的記憶喪失讓他深受其苦，但他有進步，這一點毋庸置疑。

保羅熄火，開了車門。下車的時候出現微微的頭暈目眩，他伸手扶著車頂好一會兒，閉上雙眼，穩住自己的重心。

當他睜眼的時候，覺得已經恢復平穩，覺得自己——

突然之間，被肯尼斯拿鏟子狠敲的那個太陽穴不斷在搏動，那股痛感又回來了，差點殺死他的那個兇手所說的那最後幾個字，再次進入他的耳內。

「我對此很抱歉……」

感覺肯尼斯此刻就在他身邊一樣，與他一起站在自家門口。保羅拚命想要將肯尼斯的聲音拋諸腦後，整個背脊流過一陣涼意。

保羅心想，對於我的構想來說，這算不上是什麼好預兆。

他告訴自己，不，這正是他需要挖出更多真相的原因，他需要來一場針對肯尼斯的驅魔儀式。掐住他的喉嚨，把他從自己的心中狠狠丟出去。

保羅關了車門，拿著鑰匙走向大門。夏綠蒂的車不在那裡，這禮拜喬許也不會跟他們一起住，所以他可以獨享整個屋子，至少可以維持一段時間。雖然夏綠蒂身為房地產經紀人，工作時程本來就沒有規則可言，但今天早上十點多的時候她還在家中，相當少見。她通常如果不是帶看，就是與某名賣家見面，不然就是待在與六名同事共享的辦公室裡面、處理文書作業。其中一名同事是比爾．邁爾斯，早在夏綠蒂加入這家仲介公司之前，保羅就認識他了。當初夏綠蒂剛入行的時候，保羅曾經請比爾在他同事面前美言幾句，讓她可以順利加入團隊。他偷偷在幕後操控，終於讓夏綠蒂順利入駐。

而且，他們現在居住的這棟房子當初準備要賣的時候，夏綠蒂也因為在房產仲介業工作的緣故而立刻得到內線消息。他們的家位於米爾福德貫穿長島海灣的岬濱大道，屋子後面可以眺望一片美麗水岸。他們喜歡清新的海洋氣息，還有永不止息的潮水拍岸聲。

這房子一共有三層，底層主要部分是車庫、洗衣房，以及儲藏室，中間那一層是廚房與客廳區域，而臥房位於最上層。客廳與主臥都有可以眺望海濱的小露台。

二〇一二年珊迪颶風來襲時重創岸區，這棟屋子嚴重受損。屋主花大錢重新整修，最後下定決心再也不要繼續住在這裡了。當時保羅與夏綠蒂剛成婚不久，正好是從他們的小公寓換到比較好的屋子的合適時機，所以，只要極地冰帽融化速度不要太快，在可預見的未來之中，這是一個很優越的地點。

保羅打開大門，刻意放慢速度爬上樓梯。有時候，爬上或爬下會讓他覺得頭昏眼花。雖然下車的時候狀況有點不好，花了一點時間，但當他到達上方，把鑰匙丟在廚房中島的時候，心情倒是很愉快。

心情好到覺得該喝杯涼飲。

他打開冰箱。拿了一瓶啤酒，撬開了蓋子。他仰頭喝了一大口，瞄到牆上的時鐘，顯示的時間早上十一點四十七分，也許是有點早，但誰管那麼多啊。

他有工作得完成。

在廚房的底端，靠近馬路的那一頭，有一個原屋主打算拿來當豪華食物儲藏室的小房間——尺寸不過就是一坪左右的方正空間而已——不過，保羅卻把它轉換為另一種用途，他經常把它稱之為「全世界最迷你的智庫」。

前屋主完成翻修之後，在車庫留下了某扇兩公尺出頭的門，保羅鋸下了三十公分，將那塊板子固定在遠端牆面當成書桌，又在底下加了一些支撐物，然後在原本要放置罐頭與麥片盒的兩邊側櫃裡塞滿了書。他拿走了幾片層板，好不容易弄出足夠的空間，掛上《外太空九號計畫》電影的原版加框海報，這是他多年前在倫敦某間電影紀念品商店挖到的寶。由於房內沒有窗戶，所以他在書桌後方釘了一塊軟木塞板，把文章、行事曆、最愛的《紐約客》漫畫掛在上頭，讓自己可以好好欣賞。書桌正中央是他的筆記型電腦，此外還有一台印表機，好幾個宅配紙盒，裡面塞滿了他的教學計畫、講課內容，以及其他的檔案。

保羅一屁股坐在有小輪的辦公椅裡面，把啤酒放在電腦旁邊，他按下某個鍵盤，喚醒電腦螢幕，輸入密碼。

他盯著電腦，足足將近有五分鐘之久。他想起自己在六歲的時候，他的父母開始在夏天帶他去某個社區游泳池。那裡並不是溫水游泳池，保羅沒辦法從淺端下水、然後緩緩走入深水區，冷水就這麼慢慢淹滿到他全身，那真是折磨。他採取「長痛不如短痛」法，也就是站在池邊，跳下去，一口氣讓全身泡入水中。唯一的問題是，在他真正要一鼓作氣入水之前，其他的家人可能都已經要準備回家了。

現在的保羅，再次站在那個游泳池畔。

他知道他該做什麼。

他需要搞清楚自己出了什麼事，還有狀況之中的各處破綻，他想要努力以可能的事發經過填補這些空隙。不是應該要有這樣的影像程式嗎？要是照片像素不佳或是模模糊糊，那麼電腦就可以抓出問題可能在哪裡並且進行修補？

肯尼斯決意要殺害這些女人之前，對她們說了什麼？他們的私密時光是什麼模樣？當肯尼斯被他的妻子蓋比蕾拉質問的時候，他編造出什麼樣的謊言？

即便是部分想像的故事，也比什麼都沒有來得好。

保羅打開了瀏覽器。

他輸入了這幾個字，「肯尼斯．霍夫曼。」

「好，你這個王八蛋，」他說道，「我們就來多了解一下彼此吧。」

保羅按下了輸入鍵。

4

保羅認為著手的最佳方式就是從這起雙屍案的新聞開始。他之前已經看過了多篇新聞，但從來沒有像現在這麼急著想要專心研究。他想起當肯尼斯被宣判的時候，某家報紙曾經以大篇幅專題整理了來龍去脈，他沒花多久時間就找到了那篇新聞。

刊登的單位是《紐黑文星報》，保羅記得自己曾經接受過那名記者的訪問。

他湊前靠近電腦螢幕，開始仔細閱讀。

記者：葛溫．史坦頓

紐黑文星報

遇到某些事情，就算是終身職也無法成為護身符。

昨天，西黑文大學終身職教授肯尼斯．霍夫曼——人稱「道歉兇手」——因為殺害吉兒．佛斯特與凱瑟琳．蘭姆、企圖殺害同事兼好友保羅．戴維斯未遂的殘忍暴行而遭到判處終生監禁，就是這種狀況，這不僅是全美最可怖的兇案之一，更可能是新英格蘭區有史以來最離奇的學術圈醜聞。

一場漫長的審判過程也許可以讓大眾知道更多細節。不過，霍夫曼放棄接受審判的權利，而且對於所有的指控都坦承不諱。不難想像他為什麼會做出這樣的決定，霍夫曼被捕的時候，正準備丟棄那兩具女屍，而且剛剛拿鏟子狠敲戴維斯的頭，把他打到不省人事。

要不是因為某位米爾福德警員執意追查霍夫曼的車輛——有個破損的車尾燈——霍夫曼很可能有機會將那三人全部埋入森林裡。當他在尋覓合適地點的時候，正好被警察逮個正著。

保羅伸手拿啤酒。緊盯那些字句，仔細閱讀，不要別開目光。這男人打算要確定我已經斷氣，然後要把我埋入土中。

他告訴自己，這種練習的重點是要面對艱難處境，不要迴避。這已經不是他第一次想到，當初在教職員停車場撞到霍夫曼車子、撞破車燈的那個人，其實救了他一命。

《星報》訪問了許多檢警人員、霍夫曼與受害者的親友，以及西黑文大學社群成員，拼湊出雖然令人困惑、但更為細緻的事件全貌。

肯尼斯．霍夫曼，四十八歲，妻子是蓋比蕾拉，現年四十九歲，兩人育有一子，二十一歲的雷納德。霍夫曼是野生棲地委員會的永久會員，雖然他擅長的是數學與物理領域，但他更厲害的恐怕是另一個範疇。

四處留情。

西黑文大學以前是關係緊密的社群，迄今依然如此，而且校園內的緋聞時有所聞，霍夫曼應該可以給大家好好上一課。從各個方面看來，霍夫曼的外表都不像是所謂的大情聖，他是獲得眾人好評的教授，深受學生們愛戴，而且他與大學僱員或是他們配偶發生緋聞的時候，總是極度低調。

沒有證據顯示他與學生發生性關係，霍夫曼似乎很清楚那種行為很可能會害他身陷嚴重職場風暴，而且從來不曾有人指控他性騷擾。

不過，大家都知道他搞婚外情，或者至少有所懷疑。

「嗯……」保羅低聲自言自語，他還記得自己有次去肯尼斯辦公室的時候，他才一剛到門口，正好遇到有名女子出來，臉龐掛著兩行淚水。的確有可能看到學生與教授會面結束後哭著出來，尤其是被抓到抄襲之後，不過，那女子是同事，並不是學生。

當保羅進去的時候，忍不住開口問道，「出了什麼事？」

肯尼斯無法掩藏自己的尷尬表情，拚命在找答案，想出的最佳回答是「某種私人問題」。

保羅乍聽之下誤以為是「人事」問題，開口問道，「天，她是被炒魷魚了嗎？」

肯尼斯眨眨眼，一臉困惑，「如果他們要開除誰的話，一定是……」

他一直沒把那句話講完。

保羅繼續讀下去：

雖然霍夫曼有一次只找一個對象的固定模式。不過，在他被逮捕之後，他招認自己腳踏兩條船，同時與吉兒・佛斯特和凱瑟琳・蘭姆交往，但兩人並不知道彼此的存在。

霍夫曼的妻子，蓋比蕾亞，似乎也是被蒙在鼓裡。根據不同的消息來源指出，蓋比蕾亞知道她先生多年來的某些出軌行徑，但她並不知道在過去幾個月當中，他一直周旋在兩名情婦之間。

吉兒・佛斯特，學生發展部與校園生活的助理副會長，是哈洛德・佛斯特的妻子，他是米爾福德市中心的儲蓄與信貸營業處的副理。而凱瑟琳・蘭姆是資深業務經理，她是基爾佛特・蘭姆的妻子，而他擔任的職務是大學人力資源處的處長。

霍夫曼被捕之後，向警方坦承自己對於女人之事變得越來越偏執、佔有欲越來越強，甚至還告訴她們不准與自己的老公發生性關係。她們兩人都覺得無法接受，當然，霍夫曼想要強迫她們有相當高的難度，而她們也問他，要如何向配偶解釋？霍夫曼告訴警探，他覺得她們要是與他以外的人有任何的性事牽扯，就等於是對他的背叛。

某位米爾福德的警探把霍夫曼的反應稱之為年度最含蓄說詞，他告訴他們，「也許我是失去理智了。」

「可能是有那麼一點吧……」保羅自言自語，繼續往下看。

不過，就是在這段「失去理智」的期間，霍夫曼針對她們設下了陷阱。某個夜晚，他趁著妻子與兒子外出去上駕駛綜合課程的時候（雷納德想要增進自己的技能、提高自己拿到與開貨車有關的工作機會），邀約她們來到家中。這兩名女子很可能都以為這將會是一場浪漫的幽會，發現彼此的時候想必是萬分驚訝。她們在大學的活動場合而認識了對方，一定覺得奇怪，自己被找來這裡是否是因為其他原因。

霍夫曼展現完美主人之姿，為這兩名女子送上紅酒，她們都喝了。不過，酒已經被下了藥，過沒多久之後，佛斯特與蘭姆都不省人事。當她們醒來之後，發覺自己被綁在廚房椅子上，在她們前方的餐桌上頭，放了一台老舊的安德伍德牌打字機。

霍夫曼要求她們打出道歉字句，根據他後來自己告訴警探的敘述內容——原因是因為她們「違反道德、放蕩、宛若妓女般的行為態度」。

霍夫曼鬆綁她們的其中一隻手，吉兒．佛斯特打出了以下這段話，「對你的生活所造成的痛苦，我深感抱歉，請原諒我。」

霍夫曼鬆開凱瑟琳．蘭姆的手之後，她所寫下的是，「我對於自身行為深感愧疚，無論之後發生什麼事，都是我罪有應得。」

保羅搖頭，低聲說道，「這聽起來像是你在口述、逼她們打出這樣的話……」

霍夫曼從打字機取下那兩張紙，放入廚房裡的某個抽屜，然後，又拿了一把牛排刀，割斷了她們的喉嚨。

然後，霍夫曼以塑膠布裹屍，把屍體放入他的富豪轎車後座，他也把那台沾有死者血跡的古董打字機放入副座。

他在米爾福德北區停車，覺得應該可以找到合適的棄屍林地。西黑文大學的同事保羅．戴維斯發現了他的蹤跡，也跟著停車。當戴維斯發現這台旅行車後座的屍體時，霍夫曼拿起準備要挖屍洞的鏟子、企圖殺死他。

「要不是警察一路跟來，」戴維斯在接受訪問時表示，「現在就沒辦法看到我了。」

戴維斯對於霍夫曼，他先前的導師，為什麼會犯下這種恐怖罪行，找不出解釋的理由。戴維斯說道，「我想我們對於人的某些面向就是無法參透，就連跟我們最親近的人也一樣。」

他的想法也得到安潔莉卡．羅傑絲的認同，這位四十八歲的西黑文大學政治系教授，公開承認自己與肯尼斯．霍夫曼曾經有染。

「就是她，」保羅喃喃自語，「當初從他辦公室裡離開的人就是她。」

「後來，我忍不住心想，我幾乎就步上吉兒、凱瑟琳的相同命運，」羅傑絲說道，「我一直沒有離開我的丈夫，肯尼斯是否也覺得我在某種程度上背叛了他？」據說霍夫曼對自己下手殺害的那兩名女子提出了那種要求，羅傑絲說他當初並沒有向她講過那種話。

（羅傑絲後來與丈夫離婚，她依然在西黑文任教。）

對於要如何解釋自己做出這種行為，霍夫曼似乎也茫然了。

當霍夫曼被問到為什麼要割斷這兩名女子喉嚨的時候，聽說他的反應是聳肩，「誰做了什麼，又有誰會知道原因呢？」

保羅將整篇報導從頭到尾看了第二遍，得到了諸多問題的解答，但也引發了諸多疑團。為什麼霍夫曼要對這兩名女子提出如此奇怪的要求？希望她們不要再與自己的先生有性關係？真的假的？為什麼要同時邀請她們來自己家裡？而且讓她們互相見面？好，她們有可能早已透過大學聚會場合認識了彼此，不過，為什麼要做出那樣的安排？讓她們在他家聚首？目的是什麼？他一定是打從一開始就知道自己打算要做什麼，但為什麼要殺死兩個人？是什麼原因造成肯尼斯理智斷線？

這篇報導並沒有辦法解答某個小問題，也就是那台打字機。記者提到了肯尼斯把它放在車內，但並沒有提到他怎麼處理。

至少，就那個問題而言，保羅很清楚是怎麼一回事。他對於當晚事件的記憶回復得很慢，但是在米爾福德醫院療養的時候，他的確告知警方肯尼斯曾經小小繞路了一下、進入工業區，將某個東西丟入垃圾集運箱。

自此之後，他就再也沒有聽過有關它的事。他覺得要是警方有找到、而霍夫曼沒有坦承罪行的話，他們應該會把它作為指控他犯案的證據。不過，保羅當時的印象比較像是垃圾集運箱已經被清空，那台打字機被送進了某個垃圾掩埋場。

「這個，我實在很抱歉。」

肯尼斯的聲音，在他腦海之中，再次出現。

「不，你才沒有，」保羅說道，「你從來不覺得愧疚，連個一時半刻也沒有，你唯一的遺憾是自己被抓到。」

保羅聽到樓下大門的開啟聲響。

「保羅？」

夏綠蒂到家了。她在白天回來也並不是什麼異常狀況，尤其如果晚上排滿帶看行程的時候，更是如此。

「我在樓上！」他大叫，「我在智庫裡面。」

他聽到她走上階梯的聲音。不，不是走路，比較像是在奔跑。

「保羅？」她又呼喊了一次，語氣緊張不安。

保羅起身，離開了電腦椅，回到廚房的時候，正好看到妻子到達了梯頂。

他問道，「沒事吧？」

「把車停在對街，監視我們家的那個人是誰？」

5

用完午餐之後，安娜．懷特坐在書桌前面，打開她的筆記型電腦，為早晨的三個門診寫下病歷資料。

她的第一名訪客是退休的X光技師，對於愛狗之死很難釋懷。牠衝入車陣中，這女子相當自責，安娜很清楚這位女病患很難走出來的原因。安娜當天的第二位病患是保羅．戴維斯，病況有進展。安娜對於他想要寫信給肯尼斯．霍夫曼的念頭，還沒有辦法完全認同。不過，他似乎是想通了什麼。她不會告訴他千萬不能這麼做，要是保羅認為這樣的練習有助自己康復，她不會澆他冷水。

然後，是蓋文．希金斯。

這個案例讓她覺得很棘手。

他說他想要成為一個更好的人，她也盼望自己能夠相信對方講的是真心話，但她卻很懷疑。她知道這個年輕人對她並沒有完全坦誠。她不知道他對她是不是通篇謊言，但他講話絕對是有所保留。

至少，他並沒有否認自己惹禍上身的那些基本事實。

他有次坐在咖啡店裡，偷偷竊取隔壁桌保母因為抓狂而疏忽的手機，利用它打電話給兒子在伊拉克戰死的某名父親。蓋文自稱是對方死去的兒子，他還告訴那位爸爸，自己其實是詐死，這樣一來就不需要回來面對深惡痛絕的父親。

蓋文根本不認識這男人，他在新聞上看過此人的姓名，他覺得搞這種事一定很好玩。

但他萬萬沒料到的是監視攝影機。

當警方追蹤電話到那女子身上的時候，她發誓自己絕對沒有這麼做，而且，打電話的人是男性，她知道自己當時在咖啡店裡面。警方找出了證明蓋文趁她不注意的時候偷拿手機、打完電話之後又把它塞回到她包包下方的監視器畫面。

蓋文拚命想要把自己的行為淡化為「惡作劇」，不過，警方並不這麼覺得。檢視蓋文的前科，就會發現他可能還有其他的「惡作劇」。偷偷潛入某個老太太的屋裡，然後把她的貓藏入閣樓。

安娜想盡辦法要讓蓋文探索自我，了解自己為什麼會犯下這種殘酷的玩笑。他立刻就歸咎元兇是暴虐成性、毫無憐愛之情的父親。

蓋文編造出一套有關虐待與貶抑的精采故事。他父親會嘲弄他的專長（高中戲劇、素描、吹長笛），還會訕笑他的不足之處（美式橄欖球、籃球，只要與運動相關的幾乎都不行）。他給蓋文取的綽號包括了「娘娘腔蠢蛋」以及「珍妮絲」。凱文的爸爸認為要是不懂得如何重組汽缸本體、或是在酒吧對某人施以左勾拳，那麼就等於是某種專吸雞雞的娘砲（蓋文父親堅持，把長笛放入嘴裡這種事，就可以看出蛛絲馬跡）。

「我不知道他為什麼如此痛恨我，」在他們先前的某次療程當中，蓋文曾經這麼說，「或許是因為他超沒自尊，很可能是因為他自己的父親虐待他的方式所留下的陰影揮之不去。」

要是有病患丟出類似「低自尊」之類的詞彙，安娜就會開始懷疑他們可能有點太矯揉做作了。

而蓋文的故事並沒有在童年劃下終點。

十九歲的時候，他離家出走。四年之後，他母親吞了一瓶安眠藥自殺，而在此一事件發生的三年之後，蓋文的父親被診斷出罹患肝癌，仰賴兒子搬回去照顧他。

蓋文向安娜坦承，他覺得可以趁機執行某種報復計畫。

他把他父親的老花眼鏡藏起來；把他的藥丸放入不同的藥櫃裡面；在下雨的時候把他的拖鞋放到戶外露台；改變電器的設定，所以當他父親烤吐司的時候就會變得焦黑；還有，在父親看電視的時候，拔掉熱敷墊的插頭。

還有一次，他在這老頭的湯裡面加瀉藥，抽走他父親廁所的衛生紙。

「我知道這樣不對，」他怯生生告訴她，「我覺得，搞不好在他死掉之後，我還是戒不掉，必須找其他人下手。」

安娜心想，如果他所說的都是真的，那麼也許這一切的肇因是某些過往。她查核過部分細節——母親自殺、父親肝癌——原來都是真的。不過，這故事似乎有點太巧了一點，蓋文的理由太過順理成章。

蓋文天生不正常，絕對有其可能，也許在他人之痛苦中得到樂趣是他基因的一部分，發現他人的弱點、盡情剝削之能事，搞不好就可以讓他獲得快感。

有時候，理由難以捉摸，本性如此。

她在想是否能有方法可以挖掘出他青少年時期的更多故事，是否曾有其他的犯行，而且從來沒有人——

安娜心想，等一下。

剛才她坐下來寫病歷的時候，必須打開自己的筆記型電腦。

我剛才電腦已經是打開的啊。

然後，她想起自己進入辦公室的時候，發現蓋文站在她書桌後面，而她一直誤以為他是在研究她櫃架裡的那些書。

6

保羅立刻走到可以俯瞰街道的那扇窗戶前面，透過百葉窗凝望窗外。

「什麼？」他問道，「哪一台車？」

夏綠蒂把包包丟在椅子上，趕緊衝過去站在他旁邊，透過百葉窗窗片之間的隙縫盯著外頭。

「就在……」

「那裡沒有車，」保羅說道，「到底是在哪裡？」

「就在那裡，對街的位置。不在那裡，一定是立刻溜走了。」

「他是誰？」

夏綠蒂退後，離開窗邊，「我不知道，反正就是有人。我沒有看得很清楚，車子裝有染色玻璃。」

「什麼樣的車？」

夏綠蒂嘆氣，「車型滿方正的，有點像是你前幾天在那裡看到的那一台。」

保羅盯著她，「妳在說什麼？」

夏綠蒂挑眉，「什麼？星期六的事吧？你說對街有人在監視我們。」

「我……我不……星期六？」

她點點頭，「我就坐在那裡。」她指向貼靠在廚房中島那四張高腳凳的其中一張，「你眺望窗外，覺得某台車很可疑，那是一台旅行車。你說有人下車，站在那裡待了一會兒，伸手指著你，還大吼你的名字。」

保羅緩步走回廚房，轉身，斜靠在流理台旁邊，伸手撫摸下巴，「我完全不記得。」

夏綠蒂慢慢走到他身邊，「沒關係。」

「我告訴妳的時候，妳有沒有看到他的人？」

她搖頭，「我火速衝到窗邊，但那裡並沒有車。不過我現在看到那台車的時候，忍不住就想到那件事了。」

「但那男人沒下車？」

「沒有。」

「他是不是緊盯我們家？」

「其實，沒那麼明顯。」她聳肩，「搞不好就只是個路人而已，我根本不該多嘴的。」她搖搖頭，「天，你開始讓我陷入恐慌了。」

看得出保羅面色抽搐。

「抱歉，我不該這麼說的，」她說道，「我收回，只是……」

「別擔心，真的。」

兩人安靜不語了好一會兒，先打破沉默的人是夏綠蒂，「今天與懷特醫生見面狀況怎麼樣？」

保羅緩緩點頭，「不錯。」

「你還是會做那種惡夢，跟她說了嗎？」

「對，我還把自己打算直接面對的想法告訴她。」

夏綠蒂拉出一張高腳凳，坐了下來，「她怎麼說？」

「她並沒有勸我放棄，我還說出妳也很支持我。」

「你有沒有告訴她那其實是我的構想？」

保羅皺眉，「沒有，抱歉，我應該要歸功於妳才是。」

她揮揮手，「不重要，我只是很開心她沒有直接打槍。要是她出口反對，也許你就該在這時候推到我身上，告訴她這都是我出的餿主意。」

那段話把他逗笑了，「反正，我回家的時候，真的就開始埋頭研究。」

夏綠蒂從廚房望向他的書房，看到打開的筆記型電腦，「太好了。」

「我開始閱讀有關審判的所有新聞。我想要知道一切，包括了我後來忘記的那些段落，以及我無法理解的部分，我打算……」

「打算做什麼？」

「妳知道在菲利普．羅斯的《美國牧歌》當中，他創造了一個另我角色，納森．祖克曼，描繪這傢伙的生活——他將此人稱之為『瑞典佬』——在一開始的時候，他寫的是自己熟知的部分，然後就進入了他不知道的領域，應該是靠想像力填補敘事的空白吧？」

夏綠蒂望著他，露出微笑，「只有你才會以那樣的例子去解釋事理，我從來沒看過那本書。」

「好，就別管了。反正，我又不是菲利普．羅斯。不過我想要做的是書寫，我知道的部分，甚至是我不知的那些部分。其實也不需要出版，就算真的有哪家出版商有興趣的話，我也不知道自己是否希望要將它公諸於世。我覺得，書寫像是某種淨化功能。我想要搞清楚這到底是怎麼一回事，也許靠書寫可以釐清這起事件。發揮想像力，進入肯尼斯的腦袋裡，揣測他對這些女人說了些什麼，她們又對他說了哪些話。」

「我不確定你是否想要進入肯尼斯腦袋的那種地方。」

「我剛說了，發揮想像力，」保羅看出夏綠蒂眼中的遲疑，「怎麼了？」

「我知道這是我出的主意，但我現在懷疑這樣好嗎？也許其實是一樁蠢事。」

「不，這樣很好，」保羅說道，「我覺得這樣做就對了。」

夏綠蒂的身體緩緩左右搖晃，「你必須要百分百確定。」

「我是啊，」他說道，「我覺得……應該是吧。」

她從高腳凳滑下來，走到他身邊，伸出雙臂摟住他，把頭依偎在他的胸前。

「如果有哪裡我可以幫得上忙，開口就是了。我必須要承認，霍夫曼讓我覺得噁心，也讓我覺得充滿魅力，有人能夠擺出友善姿態，很關心妳，但其實卻是在算計妳。我當初認識他的時候，他給我的印象並非如此。」

保羅問道，「妳見過肯尼斯？」

她離開他的懷抱，往後退了一步，「嗯，就是兩三年前我們參加的那場教職員聚會，他應該是那時候來找我的吧？那個下午，他還想要為我唸一首他寫的詩，主題是大自然最美麗的曲線如何精緻組構出了女體。一開始的時候，我覺得很可能會讓人毛骨悚然，但天哪，其實寫得相當好，不過話說回來，我一直不是評詩的行家。」

「我不——妳是什麼時候告訴我這件事的？」

夏綠蒂聳肩，「我不知道。不止一次了，大概是事情發生的那個時候吧，然後，嗯，自從……」

「妳覺得我會記得那樣的情節，我的意思是，與妳有關的事。」

「反正，又不是那種我氣噗噗發飆，真的，霍夫曼先生，你快要惹毛我了的那種狀況。」她哈哈大笑，拚命要讓她丈夫感受到自己話中的詼諧感，但保羅卻憂心忡忡。

「抱歉，只要我想不起什麼事的時候，就會很不安。」

她的臉色轉為憐憫，伸出雙臂抱住他，「不要擔心，」她輕聲細語，「這根本沒什麼，」然後又捏捏他，「我差點失去你了。」

他的掌心貼住她的背，「但我在這啊。」

「我覺得……我好像沒辦法原諒自己。」

保羅想要在兩人之間拉出距離、端詳她的臉龐，但她卻把他抱得緊緊的，「妳在說什麼啊？」

「在……在事發之前，我不是你的好妻子，我……」

「不，不是這樣……」

「反正你聽我說，我知道我很疏離，我……沒有展現濃情愛意以及理當支持的那種態度。我可以找出各式各樣的藉口解釋我為什麼浸溺在自我的世界裡，懷疑我的人生選擇，是否與我年輕時想像的方向一致，還有……」

保羅說道，「妳不需要自責……」

「我只想到自己，並沒有想到我們。然後，你遇到了這麼可怕的事，我才發現……」

她的頭貼抵他胸膛的力道更加強烈，他的手掌感受到她為了努力不落淚而全身顫抖不已。

「我發現我不能只是默默等待、接受我覺得別人虧欠我的部分，我體會到自己必須要奉獻，而我之前一直沒有對你付出。這樣講夠清楚了吧？」

「嗯。」

她側頭，仰高，淚水閃動，雙頰看得出細痕，她擦去淚水，然後勉強擠出笑容。

「再過兩天喬許就要過來了。也許，趁我們依然只有兩個人在家的時候……」

他微笑，「我懂妳的意思。」

她迅速親了他一下，結束之後，開口問道，「要不要喝一杯？」

他已經在早上喝了一杯啤酒，但何必管那麼多呢，「好啊。」

當她走向冰箱的時候，她對他說道，「前幾天我挑了個小東西要送給你。」

他說道，「什麼？」

她回他，「耐心等一下，之後就會揭曉答案。」

他正打算要追問細節，不過他的手機卻在這時候通知他有簡訊進來。是希拉蕊．丹頓，西黑文大學的教務長，裡面的內容是：

沒問題，無論你什麼時候想回來，我都在。

他低聲自言自語，「靠妳在寫什麼啊？」他往上找尋先前的留言。

夏綠蒂打開冰箱，開口問他，「你有沒有買伏特加？」

希拉蕊的簡訊顯然是針對他自己先前的留言：

可不可以找時間談一下我九月回去的事？

保羅望著那封簡訊，他不記得自己有發送過那段話。

「專心點好嗎？保羅？」夏綠蒂說道，「我有請你帶兩瓶伏特加回來吧？柑橘口味記得嗎？昨晚有講過啊？」

保羅抬頭，不再盯著手機，「什麼？」

「不重要，」夏綠蒂說道，「啤酒也好，你要不要喝啤酒？」

開車回家的這段路程，坐在車裡的男人，伏特加，教務長傳來的簡訊。

保羅不知道自己還遺忘了什麼自己根本不知道的事。

7

蓋文的吐納節奏短淺，簡直像是根本沒有在呼吸一樣。

他不想吵醒她。

她躺在自己的床上，睡得很沉。她名叫艾蓮娜·史尼德，根據懷特醫生的病歷資料，她是六十六歲的寡婦，本來是X光技師，現在已經退休。

蓋文找到她位於西菲爾德路的住家，幾乎是不費吹灰之力。那是一間形狀類似穀倉、一樓半高度的小型建築。他在對街樹叢裡等到樓上燈光熄滅，然後又繼續等了半小時，確保艾蓮娜已經進入夢鄉。

他穿越黑漆漆的街道，透過大門旁的窗戶向內張望，找尋保全系統面板的指示器紅色亮光，沒看到。然後，他試了一下前門，不過，艾蓮娜至少還是夠警覺，記得要在就寢之前鎖門。蓋文在房子附近兜轉，終於找到了一扇可以溜進去的地下室窗戶。

蓋文爬進去，跌坐在地。他一直隨身攜帶某個半滿的垃圾袋，袋口以紅色塑膠抽繩束緊。他悄悄上了一樓，然後找到通往二樓的階梯。他踏出的每一步都小心翼翼，總是會有某個階梯會發出吱嘎聲響。

果然，有一階發出了噪音。

他當場愣住，屏住呼吸專心聆聽。要是艾蓮娜．史尼德剛才聽到階梯吱嘎噪音，那麼一定會起身查看。不過，蓋文並沒有聽到床被窸窣作響，也沒有腳步聲，他聽到的是規律的微鼾。

他延循鼾聲的方向前進。

現在，他站在艾蓮娜．史尼德的床邊，低頭看著她。靠著從百葉窗隙縫透入的光線，正好可以看到她身上的碎花睡衣，還有放在床邊桌上面的約翰．葛里遜最新著作。要是他潛入的每一戶裡頭的人都有戴眼罩與耳塞，那該有多好。

她會不會是在做夢？如果是這樣，是不是夢到了比克西比？

比克西比不是她的亡夫，她亡夫的名字是亞隆，比克西比是她的可愛雪納瑞。

根據懷特醫生的病歷資料，在亞隆過世之後，艾蓮娜將所有的愛——以及悲傷——都傾注在那隻小狗身上。比克西比讓她得以度過那些痛苦時日，帶引她走出來、回到世界之中的正是比克西比。

艾蓮娜每天會在住家附近遛狗三、四次。比克西比不只讓她維持正常神智，也幫助她維持身材。她會帶那種可以超長延伸、按下一個鍵就可以縮回的那種狗繩，這樣一來，比克西比就可以暴衝奔跑，艾蓮娜再也不需要在後苦追。

那起意外讓她自責不已，其實不能算是駕駛的錯。

那台本田雅哥的駕駛，不可能看到平貼馬路地面的那條細狗繩，抑或是根本還沒衝到她前方擋泥板的那隻小狗。

是六個月前的事了。

根據病歷資料，艾蓮娜無法原諒自己。

蓋文盯著艾蓮娜呼氣，吸氣。他之前把袋口的束繩綁得太緊，現在已經無法鬆脫，所以他乾脆撕破塑膠袋的袋面，直接弄了一個洞，等到面積夠大之後，他把手伸進去、把某個東西拿出來。然後，他把那個空塑膠袋揉成一團，塞入牛仔褲屁股口袋。

蓋文四處張望，找尋他想要的東西。他靈機一動，看了一下臥室房門的後面。

他伸出戴著手套的手，將房門關了四分之三。

有件浴袍掛在某個普通的外套鉤上面。

完美。

蓋文取走鉤架上的浴袍，任它無聲滑落地板，然後，掛上他剛才帶進來的東西。

他悄悄溜出房間，掩門，這樣一來，就可以確定艾蓮娜．史尼德一早醒來第一個映入眼簾的東西就是他留給她的驚喜。

某隻小死狗，被他以項圈扣掛在上面。

8

安娜．懷特因為聽到連續不斷的機械式噪音而醒來，某種類似來回滑動的金屬聲響，還有非常小的電視音量。她掀開床被，穿上睡袍，走進了二樓的通道。她推開了與自己臥室相隔兩間的房門，完全不擔心這動作會打擾到任何人。

安娜開口，「爸爸，早安。」

她的父親，身穿藍色睡衣與拖鞋，望向她的方向，點點頭。他在玩划船機，雙手緊抓把手，往後滑動，伸展雙臂，接下來是順勢向前，然後繼續重複這個動作。在他前方五斗櫃的上面，放置了一台平板顯示器電視，威利狼又在拚命狂追嗶嗶鳥。

法蘭克．懷特雙眼緊盯螢幕，露出燦爛笑容，「要來了。卡車要從威利狼手繪的隧道裡衝出來，真是超現實。哈！就是這裡！」

威利狼被壓平了。

他開心大笑，再次望向安娜的方向，「真希望我也參與其中啊。」他發現她眼神有異，「我是不是吵醒妳了？」

她回道，「沒事。」

「喬安妮，恰克．瓊斯是天才，」他的目光又飄向電視，「我一見到這個人就對華德這麼說，我有沒有告訴過妳？」

安娜回道，「是的，爸爸。」每當他對她喊出她媽媽名字的時候，她總是不厭其煩糾正他，「我來煮咖啡嘍？」

「好啊，」他繼續玩划船機，「我是這麼跟他說的，『華德，原來連佩佩勒皮臭鼬也可以親米老鼠的屁股啊。』」

「爸爸，我知道……」她下樓，進入廚房，準備展開新的一天。

安娜必須承認，法蘭克．懷特的確了不起。八十多歲的他很健康，比她還好，至少身體狀態是如此。肌肉纏結雙臂，五十五公斤左右的體重，這男人全身上下找不到一絲脂肪。

他的短期記憶一直在衰退，不過，對於過往的追憶，尤其是在加州擔任華納兄弟動畫師的那段年輕歲月卻是豐潤有味，鉅細靡遺。他從那個產業退休已經將近三十年之久，也就是在那個時候，法蘭克以及安娜的母親喬安妮，回到了康乃狄克州。

一開始的那十五年，他們的生活全都是養花蒔草、旅遊，以及社交，但後來喬安妮健康不佳，一開始是緩步走下坡，在安養院待了許久，最後住進慢性病病房。她過世是三年前的事了，法蘭克哀慟逾恆。

安娜堅持要父親搬來跟她一起住。

就她來說，這也並非是百分百的利他行為。在她母親過世的前兩年，她與丈夫傑克離婚，之後就是一直獨居，她恢復娘家姓氏，全心投入工作，但過沒多久之後就發現自己分身乏術，有父親陪伴身邊，真的讓她的生活輕鬆許多。

在喬安妮人生中的最後那幾年，法蘭克包辦了所有的家事，採買日常用品、做菜、洗衣、打掃房子、帳單與財務狀況。

安娜一開始就講得很清楚，邀請他住進來並不是什麼大發慈悲之舉，他可以照顧她。她忙著照顧病患、當地慈善事業、而且還是米爾福德藝術協會的成員，如果不需要擔心家事，她會輕鬆很多。

一開始的時候，困難重重。就算法蘭克沒有深受悲傷所苦，他們也得需要一段磨合時間才能上軌道，大概是六個月左右。自此之後，狀況相當順遂，法蘭克甚至還有時間回歸高爾夫球之樂，買了划船機，再次重拾遺忘多時的美食烹調興趣，而安娜則負責為兩人賺錢，她的營生方式是為世間困惑沮喪的受苦之人提供諮詢。法蘭克鼓勵安娜要恢復社交生活，為自己找個新老公，甚至生小孩——「不算太晚！還有那麼一點時間，但不多了！」——她乖乖照做，他向她保證，他之後一定會找到自己的安身之地。

她不會把那句話當一回事。安娜喜歡自己的人生，也許她不在意有先生小孩，但她有自己的工作，有爸爸，還有她自己的房子。

這是一種安穩的生活。

不過，十六個月前，狀況卻慢慢開始生變。

法蘭克的擋泥板出現輕微凹陷，本來可能會更慘烈——他在史特拉佛德的沃爾瑪倒車，撞到了某台福特的探險家，還差那麼一點就碰到了正在推娃娃車的某名婦女，裡面坐的是四個月的寶寶，他開車的時候變得迷迷糊糊。某一天，在史坦姆福德的購物中心，他花了四個小時的時間在停車場裡面找他的車子。他後來才向她坦承，他在找的其實是道奇的突襲者，他自己在一九六〇年代末期的座車。

他一直弄丟信用卡。某一天，他沒穿襯衫就直接走出家門。

最近，他一直喊她喬安妮，還有的時候，他發現她其實是自己的女兒，央求她帶他到安養院去探視妻子，他會鑽進安娜車子的後座、期盼她帶他過去。所以，現在安娜不只是回到了父親搬進來之前的狀態——單獨操持家務還要工作——而且還得要照料父親。

她會自言自語，「這就是人生哪……」

不過，法蘭克還是偶有相當清醒的時刻，通常一大早的時候狀況最好。他出現在廚房，安娜趁他坐下來的時候、準備好一杯咖啡放在他的面前。

「那個卡通頻道在早上會播放華納兄弟的某些巔峰傑作，他們比當時迪士尼的整體表現優異多了，充滿智慧，細膩精緻，是給成年人看的卡通。」

法蘭克拿起電話旁邊的筆與筆記本，一手忙著塗鴉，另一手則拿著馬克杯。

「今天有很多客人嗎？」他從來不把他們稱之為客戶或是病患。

「爸爸，今天是週末，但我有事得要和你談一談。」

「什麼？」

「你最好不要跟那些來找我看病的人聊天。」

法蘭克面色困惑，「我什麼時候做過這種事了？」

「不是經常，但確實是有的。前兩天你就和這裡的某名病患在講話。蓋文，有印象嗎？」

法蘭克努力回想，「嗯，也許。」

「就是在你要綁鞋帶的那個時候吧？」

「喬安妮，妳說了算。」

「只是……他不是那種你想要熟稔的人。」

「為什麼？」

自從她發現自己的筆記型電腦是闔上狀態之後，她一直惦記蓋文的事。也許是她弄錯了，也許她為了他的約診、自己已經在之前先關了電腦，不過，她的確看到他站在她辦公桌的後面，他是不是一直在盯著她的電腦？聽到她進來的時候，出於反射性動作，立刻闔上電腦？然後他才想起來那是一直在打開的狀態，但已經太遲了，根本來不及補救？

她搖搖頭，沒有理會父親的問題，「反正不要與我的病患有任何瓜葛就是了。」

他依然忙著在塗鴉，「說到瓜葛……」

「爸……」

「別這樣，親愛的，我們得好好討論一下。我拖累了妳，我們不能這樣繼續下去。我搬進來是為了幫妳忙，如今卻是妳一直在幫我。」

「這裡一切都很好啊。」

「還記得兔巴哥對抗壞蛋黑傑克．謝拉克的卡通嗎？」

「呃……」

「反正啊，傑克想要巴哥的黃金袋，但巴哥反而給了他底部有洞的火藥粉袋子，沿路留下火藥粉痕跡，巴哥點火，炸死了傑克。」

「我不記得那一部。」

「反正，不重要。我要說的是，我的腦袋就等於那一袋火藥粉，每天都一點一滴在滲漏，沒多久之後，那個袋子就會空了。妳得要幫我找個地方，得要開始尋覓了。」

「爸，夠了。」

他撕下剛才忙著塗鴉的那張紙，把它交給女兒，「送給妳。」

那是卡通畫風的貴賓狗，臉龐激似安娜。法蘭克微笑，等待她的讚美。

「超棒，」她說道，「但是我的尾巴不像那樣。」

法蘭克盯著窗外好幾秒之久，然後又回頭看著她，「我看我等一下去後院打打球好了。」

安娜猜他接下來會說，然後，我們可以出去一下。

不過，等等。

他拍了拍她的手，微笑，「把我留在這裡又有什麼好處呢？」

她突然覺得喉頭一緊，「爸爸，因為我愛你。」

「妳得要克服那種心理障礙……」他把椅子往後推，拿起自己的馬克杯，離開廚房。

安娜坐在那裡，拿起了那一張把她畫成貴賓狗的圖像，仔細端詳，然後起身走向流理台。她打開了某個抽屜，將那張素描與先前累積的數百張放在一起。

9

保羅放下網路搜尋工作，因為他聽到大門開啟的聲音，還有兒子在大吼，「爸爸！」

保羅離開書房，走向梯頂，正好遇到兒子，他心裡有數，別期待會有什麼大大的擁抱。喬許的後背包吊在單肩肩頭，給了他父親一個最迅速的擁抱，然後奔向廚房。

保羅問道，「這趟火車之旅還好嗎？」

喬許找到了一瓶百事可樂，打開之後說道，「很好啊，媽媽跟我到了月台，盯著我上車，」他翻白眼，「我又不是小孩，我都快十歲了，我以前自己也搭過火車啊。」

「她當然忍不住，畢竟她是媽媽。」

喬許聳肩，然後說道，「夏綠蒂有東西要給你。她接我的時候，不肯讓我把包包放在後車廂，擔心我可能會看到它。」

夏綠蒂正好在這時候走到了梯頂，「不准大嘴巴！」

喬許喝可樂，開口說道，「我根本不知道那是什麼。」

「那種東西一天只能喝一罐，」保羅指向可樂，「你不需要那麼多的糖。」

喬許把它拿給他看，「這是健怡。」

「哦，」保羅問夏綠蒂，「妳幫我買了什麼？是不是前兩天提到的東西？」

她露出賊笑，「我希望你和喬許去散散步，到海邊吧，就這麼說定嘍。」

保羅與喬許互看了一眼，保羅對他說道，「我覺得有人要把我們趕出去了。」

父子倆步下階梯，走出大門，從屋子旁邊繞過去、前往海濱。

從海灣吹來的風颯爽冷冽，不過有正午陽光照拂，也就不需要穿外套了。

保羅問道，「你媽媽最近怎麼樣？」

「很好啊。」

「華特呢？」

喬許的繼父。

喬許找石頭丟入水裡，「他不錯啊，」他停頓了一會兒，「我喜歡住在城市裡，好多事可以做。」

保羅說道，「嗯……」他並不希望兒子與母親、繼父住在曼哈頓過著可憐兮兮的生活，他一心只希望兒子可以開心。不過，一想到喬許為了與他相處、必須忍受康乃狄克郊區的無聊生活，還是讓他有些難過。

「華特老是有辦法弄到免費的員工票，像是棒球賽啊表演什麼的。其實……」

「其實什麼？」

喬許小心翼翼抬頭望著他父親，「華特弄到了明天下午尼克隊比賽的門票。」

「很好，希望你媽媽和他看比賽看得開心。」

「不過，嗯，他們明天早上要來接我。我本來想要搭火車，但是華特想要親自見達里恩的某個客戶，之後再回去，所以我會在這裡過一晚。也許我不該跟你說，媽媽已經和夏綠蒂說過了，也許等到她給你驚喜之後，她就會告訴你這件事。」

保羅語氣哀傷，「也許那就是驚喜了。」他緩緩搖頭，覺得內心有一股悶氣在醞釀，這種事當然要和他討論，他本來以為這整個週末都可以和兒子在一起。不過，他不希望把自己的怒氣發洩在喬許身上，他拍拍兒子的背，「我們會解決的。」

「但我可以去對吧？」喬許問道，「我之前只去看過一場美國職籃賽，而且我真的很喜歡。」

保羅突然覺得好疲倦，他瞄了一下手錶，「我們出來應該是已經過了五分鐘了。」

❖

等到他們回到廚房的時候，保羅立刻發現自己書房的門被關上了。夏綠蒂站在門前，臉上掛著一抹竊笑，但當她一看到保羅的表情，笑容立刻就沒了。

「怎麼了？」她問道，「你看起來不是很開心。」

他問她，「妳知道喬許明天就要回去了嗎？」

「海莉寄電郵給我告知喬許列車抵達的時候，有提到這件事。」

「妳怎麼沒告訴我？」

她雙手交叉胸前，「也許現在不適合給你驚喜。」

喬許的臉垮下來，「沒有了哦？」

夏綠蒂瞪保羅，「這是你爸爸的意思。」

保羅立刻盯著喬許，打量兒子的失望神情，只好努力壓抑自己一直冒出的怒氣，「抱歉，」他說道，「給我看驚喜吧。」

喬許問道，「是不是在裡面？」他已經準備要衝入那間小書房。

夏綠蒂說道，「小伙子，就在那裡。」當她對她先生講話的時候，表情變得柔和多了，「我想要找個禮物鼓勵你，因為你……」她看著喬許，決定不要講得鉅細靡遺，「我想要慶祝你走出來了。」

保羅露出好奇微笑，「嗯。」

她伸出大拇指，朝門口一指，「進去吧。」

喬許問道，「我可以打開嗎？」

「哦，沒問題，」然後保羅面向夏綠蒂，「我是不是應該要閉上眼睛？」

夏綠蒂搖頭。

喬許轉動門把，推開了門。

那個東西放在桌面，就在闔上的筆電旁邊，被聖誕樹花紋的茶巾給蓋住了，差不多是橄欖球頭盔的尺寸，但沒有那麼圓。

保羅說道，「所以這是聖誕禮物……」

夏綠蒂聳肩，「這是我最大條的擦碗巾，而且把它包得好好的也太奇怪了，猜猜看是什麼。」

保羅大笑，「我根本猜不出來。」

喬許擠到他父親前面，很想伸手扯掉那條布巾，但他知道這動作應該是要讓爸爸執行。

「來嘍……」保羅抓住茶巾的一角，宛若魔術師從擺設完整的桌面底下咻一聲抽開桌布一樣。

喬許問道，「這什麼啊？」

「哇，天哪，」保羅大讚，「太棒了！」

「喜歡嗎？」夏綠蒂的掌心合在一起，宛若在禱告，指尖貼住了下巴，「真的嗎？」

「好愛。」

喬許又問了第二次，「這是什麼啊？」

「那個啊，」保羅搓揉兒子的頭髮，「打字機。」

「打什麼？」

「妳一定是靠起重機才能把它拿進來，」保羅撫摸機器基座，「看起來超重。」

夏綠蒂努力擺出她大秀肌肉的姿態，「超超超級女強人，就跟母牛一樣。」

保羅一屁股坐在電腦椅，仔細檢視這台古董。

「真是太巧了，」他說道，「最近正好想要一台古董打字機。」

「沒開玩笑吧？」夏綠蒂問道，「我簡直有讀心術，你為什麼……」

保羅搖頭，意思就是不重要。而且，他忙著在檢查那台機器，沒時間回答。

這是安德伍德牌打字機。商標名稱就印在鍵盤上方的那塊黑色金屬區，後方支撐捲入紙張的凸板，印有比較大的商標字樣。這台機器幾乎全黑，除了鍵盤之外——保羅懷疑鍵盤應該是電腦專屬用語——不過，反正那些印有字母、數字，以及標點符號的每一個字鍵，外圈都有完整的銀框。

喬許問道，「它是拿來幹什麼的？」

鍵盤上方有一個半圓狀的敞露區域，可以看到所有的——保羅連那個部分應該要叫什麼都不確定，排列完美的金屬長桿，每打下一個字鍵的時候，長桿就會在紙上敲出那個字母。不過，那樣的排列方式自成美感，宛若小型歌劇院的內裝一樣。這些鍵盤就是人，而紙張則是舞台。

保羅說道，「這是拿來寫東西的……」

「怎麼寫？」

「去印表機那裡拿一張紙過來。」

夏綠蒂說道，「我試過了，色帶上面還是有一些墨水，但我不知道現在是不是還能買到色帶。」

「色帶？」喬許把紙遞給了他爸爸。

「好……」他接下那張紙，把它塞入機器後方，轉動圓筒末端的滾軸，把紙張送入打字機，等到它出現在另一頭，也就是字鍵敲打位置的上方。

喬許說道，「我完全不懂。」

「看好了，」保羅說道，「我現在要打你的名字。」

他伸出兩根食指，在鍵盤上方做出預備動作。

噠噠噠噠。

保羅讚嘆，「天，我好愛那聲音。」

喬許目瞪口呆，因為他的名字出現在那張紙上面，墨痕清淡。「哇……」他爸爸把那張紙抽出來交給他，「好酷，但我還是不懂。」

「在電腦還沒有問世之前，我們使用的是這東西，」保羅說道，「當我們想要寫點什麼的時候，就會搬出打字機。你不需要列印自己寫下的內容，因為你書寫的同時也在列印，一次一個字母。」

喬許端詳機器，「可是要怎麼連上網路呢？要在哪裡看打出來的東西？螢幕在哪裡？」

夏綠蒂哈哈大笑。喬許盯著她，不懂這有什麼好笑。

保羅努力解釋，「你也知道如果你想要在電腦裡打字的話，嗯，會使用文書軟體啊什麼的，打字機就是這樣的功能，但也僅止於此而已。沒有辦法拿它來瀏覽網路，裡面根本沒有網路。不能靠它計算自己的房貸，也不能拿來看《哈芬登郵報》啊欣賞節目或是看貓咪影片什麼的……」

喬許問道，「但它到底能做什麼？」

「這台機器只有單一功能，讓你寫東西。」

喬許無法掩飾自己的失望之情，「哦，那就是沒什麼用了，它是什麼年代的東西啊？」

保羅搖頭，「我不知道。」

夏綠蒂說道，「我東翻西找想要查出製造日期，但就是遍尋不著。但我猜應該是一九三〇或四〇年代吧？」

保羅搖頭，深感不可思議，「誰知道呢？但一定比這屋內的任何人都老多了，這一點毋庸置疑。」

喬許問道，「比夏綠蒂還老嗎？」

「喬許！」保羅對妻子露出歉然表情。

她對小男生露出燦笑，「我一定會報仇。」

保羅詢問夏綠蒂，「是什麼讓妳……為什麼會想要買這個？」

她微笑說道，「我告訴過你了，我想要鼓勵你。我們進去古董商店裡、你站在老舊打字機前面露出喜歡得不得了的表情，你說有多少次了呢？我知道你喜歡這些老東西。」

他的雙眼淚濕，「在我小的時候，家裡有台這樣的打字機，哦，是皇家牌，不是安德伍德。不過，它就跟這台一樣，重量跟福斯汽車差不多吧。」

「關於這一點，我可以作證，」夏綠蒂說道，「我覺得裡面的金屬重量超過了我們家的爐子。」

保羅繼續講下去，「我喜歡寫故事，但手寫所花費的時間太久了。我十歲的時候，三十年前吧，還不是家家戶戶有電腦的時代，我請我爸爸教我如何使用打字機。我上的是全世界最快的速成班。你的手指放在這裡，這個指尖碰觸這個鍵，然後是那個鍵，就這麼繼續下去。我還記得他握住我的手，教導我打字的情景。」

他伸手掩嘴，花了一點時間平靜心緒。

「反正，就是這樣，那就是我所上的課，自此之後就打字打個不停。」他露出哀傷微笑，「我那個年紀學到的壞習慣，現在都還是改不掉。」他伸手撫摸打字機的頂端，「只要試想一下這台機器可能產出哪些文字就夠了。學校作業的文章、情書，也許是某位母親寫信給自己在法國或德國打仗的兒子。你知道嗎？像這樣的機器，它是有靈魂的。」

喬許問道，「什麼意思？」

保羅苦思解釋之道。他把喬許轉到自己的面前，兩人正面相對。

「你知道——我該怎麼說才好——你靠著眼睛看到了各種事物，」他指了指喬許的雙眼，「你看到了，它們就是在那裡。好，看到一台公車開過去啊什麼的。不過，有時候，你看到了某個事物，卻在這裡深有所感，」他把掌心貼住兒子的胸膛，「比方說，看到美麗的晚霞，或是老鷹，甚或是聽到美麗樂章的時候。」

喬許一臉茫然，「我喜歡公車。」

保羅望著夏綠蒂，他的表情又氣餒又想笑。

她微笑，「我不覺得你真的會拿它來寫東西，拿剪刀膠水做剪貼工作其實並不容易。而且，你很可能會把色帶用盡，永遠找不到備品。我覺得那比較像是藝術品，就像我之前說的一樣，它的目的是為了要鼓舞士氣。」她的目光掃向這個小房間，「前提是你要找得到放置的地方。」

喬許坐下來，開始亂敲鍵盤。

噠噠，噠，噠，噠噠噠。

「我愛妳……」保羅吻夏綠蒂。

「我也是。」

噠噠噠，叮！

「哇！」喬許大喊，「那是什麼？」

「你必須要按滑動架回去。」

「什麼？」

保羅伸手從兒子身邊繞過去、按下機器左方的桿子，讓圓筒回到右邊，喬許繼續打字。

噠噠噠噠。

保羅問道，「妳再跟我說一次，是在哪裡發現了這東西？」

「有個要賣屋子的人為了要大清空，舉辦了車庫拍賣。這樣就不必打包那麼多東西，對吧？我停了車，嗯，永遠不知道會挖到什麼寶是不是，而且要是他們還沒有找到新的地方，也許會需要房產經紀人，所以我覺得搞不好可以遞上名片。然後，我一看到這個美麗的小東西，立刻就想到了你。」

「哇，真的是幸好妳有……」

「啊！」

兩人一起轉頭，看到喬許的右手深陷在打字機的正中央，手指與一堆爭先恐後敲擊色帶的字鍵絞在一起。

「每一個都卡住啦！」他大哭，死盯著那台古董，彷彿把它當成了剛剛咬他的狗。

「等等，等一下，」保羅說道，「字鍵卡住了。沒什麼大不了，讓我小心拆開……」

「好痛哦！」保羅還來不及出手幫喬許，他已經自己硬拔出來。右手食指鮮血噴濺，指甲後方的皮膚綻裂。

一滴滴的血落在字鍵與桌面，保羅爆粗口，「靠！」

喬許問他，「它為什麼會那樣？」

「要是你一次打太多的鍵……」

但喬許沒興趣聽這個。他早已面向夏綠蒂，她從桌上的小盒裡抽了好幾張面紙，包住繼子的手指頭，「快來廚房，好好包紮一下。」

保羅望著他們離開他的狹小書房，然後又望著那台佈滿血跡的打字機。

他聽得到兒子在跟繼母講話，「那東西爛死了，妳應該要送他一台新電腦才對。」

10

那天傍晚，比爾．邁爾斯帶著一份裝滿房地產文宣品的檔案夾來訪，夏綠蒂忘了把它帶回家，那是她手中某個物件在隔天下午要舉辦開放參觀日的資料。

保羅下來應門，讓他進來。

保羅問候他，「都還好嗎？」

「不錯。可否把這個交給夏綠蒂？」

「沒問題，進來吧，喝點冷飲。」

比爾遲疑了一會兒，然後開口回道，「我幹嘛想那麼多。」

比爾四十出頭，一頭金髮已經慢慢轉灰。保羅當初認識他的時候，兩人都在康乃狄克大學就讀——學校位於史多爾斯，在哈特佛德的東方，

比爾是典型的運動健將，看起來也有模有樣。一百八十幾公分的身高，削瘦，擁有線條分明的古典型下巴。將近二十年過去了，他已經沒有當年的運動員身材，但依然很苗條，靠著幾乎天天慢跑八公里的方式維持體態。

他們雖然是朋友，但幾乎沒怎麼聯絡——聖誕節卡片、偶爾電郵往來，也許每隔個兩年見面喝個酒——不過，自從夏綠蒂加入他工作的房地產經紀公司之後，兩人的交情也有了新進展。在

霍夫曼攻擊保羅的事件發生之前，他們每個禮拜會打一次壁球，只要比爾交了新女友、想要讓他們認識一下，他們四個就會一起出去吃晚餐。

保羅從冰箱裡拿了兩瓶啤酒，帶比爾穿過客廳、前往可以眺望海灣的平台區。

「夏綠蒂在樓上，準備今晚要出去。」兩人坐在現代版的阿迪朗達克椅上面，他把自己的瓶蓋丟入放在附近的空咖啡罐，「這一對夫婦，她已經帶看了至少二十個地方，但是他們想要再看最後一次某間靠近諾高塔克、位於德文的房子。」

「我知道那一間，」比爾說道，「已經賣了十三個月了，手巧之人的夢幻屋，應該會有人為了那塊地而買下它，然後整個打掉重建。」

「喬許和我要看電影。你的週末夜呢？和瑞秋一起出去嗎？」

比爾搖頭，「我們之間變得有點冷淡，她覺得離婚過兩次的男人不適合繼續發展下去。」

「我想不出哪裡不行。」

比爾發出哀嘆。

玻璃門被拉開了，喬許走出來。

「嘿，小朋友，」比爾抓住男孩的肩膀，跟他握了一下手，他發現喬許手指有異狀，「那是怎麼回事？」

他說道，「有台打字機咬我。」

比爾挑眉，一臉迷惑，保羅向他解釋，「夏綠蒂送的驚喜禮物，老舊的安德伍德打字機，喬許的手卡在裡面。」

比爾點點頭，「好，現在古董打字機似乎蔚為風潮，現在我也想要來弄一台，我喜歡玩找尋與替換的遊戲。」

「這是在說女人嗎？」

喬許咯咯笑個不停。

露台的門開了，這次輪到夏綠蒂，「嗨比爾……」喬許趁這個時候溜回屋內。

坐在椅內的比爾轉身，「我把妳明天需要的宣傳單放在流理台上面。」

「謝謝，」她對保羅露出抱歉神情，「希望今天不會拖太晚。」

保羅露出慘然笑容，「沒關係。」

夏綠蒂又進去了，關上玻璃門。

比爾喃喃說道，「呃，再見。」

保羅覺得自己應該要道歉，「她最近心事重重，幾乎都是在擔心我。」

「心理諮商看得怎麼樣了？」

一聽到心理諮商，不禁讓保羅發出長嘆，「還可以。」

「很好，因為我們不希望你做出什麼傻事。」

保羅瞇起雙眼，「天，我當然不會自殺。」

比爾傾身往後靠，雙手一攤，彷彿在承受攻擊，「抱歉，只是說，你情緒一直不穩。憂鬱、做惡夢啊，忘東忘西啊什麼的。就像是前幾天，我回電話給你的時候，你一副『什麼我從來沒打電話』找你的模樣，但你明明就有。」

保羅勃然大怒，「好，對，我承認，過去這八個月我不是處於最佳狀態，但我打算要好好解決，我已經擬定了計畫，」

「對，太棒了，我想聽到的就是這個，」他露出微笑，「你現在得要讓自己的腦袋恢復原狀，我才能再次在壁球賽殺個你片甲不留。沒辦法繼續羞辱你，讓我好痛苦。」

「去你的。」

比爾微笑，「老哥，真相總是傷人，」他停頓了一會兒，「所以計畫是什麼？」

保羅陷入遲疑，然後還是說出口，「我想要查出肯尼斯・霍夫曼為什麼會做出那種行為。」

比爾一臉歡喜盯著他，「這一點我可以幫忙。」

「哦，是嗎？」

「對，他是超級大變態。」

❖

後來，在比爾離開之後，喬許匆匆忙忙推開露台的門，上氣不接下氣對他父親說道，「你有沒有聽到？」

正在翻閱《紐約客》的保羅，一心只注意漫畫，他反問喬許，「聽到什麼？」

喬許給了他一個「蛤？」的表情，所以保羅專心聆聽。其實那聲音一直都在，他只是渾然不覺而已。音樂，哦，其實不能算是真正的音樂，而是持續不斷的叮噹聲響。

滴滴，滴里滴，滴滴，滴答，滴答，滴答滴。

「冰淇淋？」喬許說道，「冰淇淋車嗎？」

「沒錯！」他立刻跳起來，「我得去拿錢包。」

喬許伸出右手，他老早就準備好了。

等到他們趕到街上的時候，冰淇淋車還沒有走遠，與他們只相隔半個街區而已。那是一台充滿鏽斑的老車，藍白色底漆，搭配冰淇淋甜筒以及聖代的粗糙繪圖，

車身兩側有「好好吃餐車」噴漆字樣。喬許猛揮手，確保司機沒有漏了他們。那台餐車發出破銅爛鐵急煞聲，停在車道的盡頭。

喬許一臉驚嘆望著告示板上的各種選項，保羅問道，「你想要吃什麼？」

他回道，「巧克力糖衣甜筒。」

駕駛離開座位，到了車子開敞的側邊，發出低沉聲音，只丟出一個字，「嗯？」

保羅突然講不出話了。

這個賣冰淇淋的男子，年紀不到二十歲，看起來像是吃了許多自家販售的產品。厚實粗短的手臂，長滿青春痘的圓嘟嘟臉龐，平頭理得超短，簡直像是禿頭一樣。他應該是一百八十幾公分

左右，但看起來更高，站在供餐口旁邊的他，氣勢威懾碾壓這對父子。

他身上那件沾滿冰淇淋污漬的圍裙別了一個名牌，上面寫著「小雷」。

小雷又問一次，這次速度比較徐緩，「你要什麼？」

喬許開口，「爸？」

保羅開口，「嗯，兩個甜筒，中號。」

小雷回道，「好。」

保羅別開目光，小雷抓了兩個空的甜筒，把它們放在霜淇淋機下方的架台，然後輕輕搖晃，為甜筒製造漩渦效果。然後，他澆了巧克力醬，淋醬立刻凍為脆皮糖衣。

小雷問道，「先生？」

保羅轉頭回來，小雷靠過去、交給他兩支甜筒的時候，一臉茫然盯著他。保羅拿了一個給喬許，然後在口袋裡找錢，最後交給小雷一張十元鈔票。

「等一下。」小雷把手伸入某個綠色金屬盒，準備找錢。

「不用找了。」保羅把喬許帶離餐車。

小雷根本沒道謝，直接回到「好好吃餐車」的駕駛座，繼續往前開，以叮噹聲響向街坊宣告他來到此地。

保羅說道，「我以前沒看過這傢伙……」

「對，他是這個夏天的新人，」喬許說道，「去年是完全不一樣的人。」

「我覺得他不知道我是誰。」

喬許問道，「你在說什麼？」

「不重要，」保羅說道，「我們進去看電影吧。」

❖

喬許一直想要看蝙蝠俠系列電影，但保羅覺得對一個九歲男孩來說，有點太過成熟與緊張刺激，但亞當．韋斯特的版本除外。這個世紀產出的所有蝙蝠俠電影——嗯，他們之所以叫他「黑暗騎士」果然有原因——血腥又冷酷，偶爾還會出現令人不安的畫面。不過，保羅找到了米高．基頓主演的一九八九年版本，還是夠冷峻，但比現在的那些系列作溫和多了。

當蝙蝠俠的父母在某間電影院後面的暗巷被殺害的時候，喬許變得超級安靜。

「我覺得我們以後還是永遠不要到外面看電影好了……」電影結尾致謝頁出來的時候，喬許與父親坐在沙發上、依偎在他的懷中。

「不會有事的，」保羅在心裡對自己拳打腳踢，居然忘記了這名打擊犯罪者背景故事的核心部分，「我們又不住在高譚市，我們住在米爾福德。」

「不過這裡出事了啊，」他說道，「你遇到了壞事。」

他捏了一下兒子的手，「我知道。」

「我希望我晚上不要做惡夢。」

保羅大笑，「小朋友，我們都一樣。」

夏綠蒂傳訊會晚歸，她的客戶終於下定決心要出價。保羅說他哄兒子上床的時候、會代她向他道晚安。當保羅坐在床邊，正準備要關掉喬許桌燈的時候，兒子開口了，「明天的事我很抱歉。」

「沒關係。」

「我其實不是很在乎籃球。但我有很多朋友都是球迷，我想要告訴他們我去看了比賽。」

「沒關係，下次週末你待比較久的時候，我們可以做點特別的事。」

喬許伸手拿了某支蘋果手機，戴上放在床邊的耳機。

保羅問道，「你最近都聽什麼歌助眠？」

「披頭四。」

「真的嗎？」

喬許點點頭，「他們真的很厲害，其中一首歌是跟海象有關。」

「你睡著以後要注意，不要讓自己跟那些線纏在一起。」

喬許將耳機塞入雙耳，在手機螢幕點了幾下。保羅傾身向前，親吻兒子的額頭，關掉了燈，悄悄離開房間，掩門。

他下樓到了廚房，正好聽到大門開啟的聲響。幾秒鐘之後，疲倦的夏綠蒂現身了。

他打開冰箱，開口問道，「要不要來杯睡前酒？」

「不要，」她說道，「我只想要上床而已。」

「賣方接受出價嗎？」

她搖頭，神色疲憊，「我們花了將近兩個小時，擬出了交屋日期，內含的家具設備，一切都準備好了。然後，就在最後一分鐘，他們打了退堂鼓。」

他露出同情笑容，「幫妳放洗澡水？」

她搖頭，「我現在只要頭一沾枕就會立刻睡死。喬許怎麼樣？」

「我們一起看了《蝙蝠俠》，」他苦笑，「主角父母死亡的那一段，有點正好觸動了我們的痛處。」他停頓了一會兒，「今天發生了一件怪事。」

「什麼？」

「我們到外頭攔冰淇淋餐車，開車的是肯尼斯．霍夫曼的兒子。」

「那是霍夫曼的兒子？我也向他買過冰淇淋給喬許吃。」

「感覺就是……很詭異。我覺得他根本不知道我是誰，他也不需要知道，」他低頭，「我告訴自己，我明明想要面對這件事，但是當我一看到霍夫曼的兒子，我居然沒有辦法直視他的雙眼。」

「面對肯尼斯的所作所為，並不表示你要與他兒子正面衝突。大家不是都這麼說的嗎？父親所犯下的罪，不該由兒子來承擔吧？」

保羅笑了，「其實，妳應該是說反了。」

夏綠蒂翻白眼，「反正你知道我的意思。」

「我懂。」

夏綠蒂嘆氣，拖著沉重步伐上樓。等到保羅整理完廚房、爬上樓梯進臥室的時候，夏綠蒂已經蓋好被子，發出了輕柔呼吸聲響。

才不過幾秒鐘的時間，他立刻睡著了。

❖

他聽到聲響，當時才剛過兩點鐘沒多久。

他意識到的時候還在睡夢中，所以當他一開始睜開雙眼、聽不到聲音的時候，他以為自己在做夢。

沒事。

但他又聽到了。

噠噠，噠噠噠，噠，噠噠。

他立刻知道答案。雖然家裡先前沒有那種聲音，但他馬上就聽出來了，有人在他窄小書房裡使用那台古董打字機。

他輕輕伸手撫摸夏綠蒂那邊的床被，確定她人在那裡。好，所以不是她。而且也說不過去，她大半夜醒來跑去玩她自己送給他的禮物。

那就只剩下喬許了。

保羅瞇眼，盯著他旁邊桌上的收音機時鐘，是凌晨兩點零三分。喬許幹嘛要在這種時候下樓玩打字機？或者，已經因為打字機而受傷、而且還信誓旦旦說自己討厭那東西，但就是想要一試？

保羅悄悄掀開被子，雙腳貼地，站起來。他全身上下只穿了一條內褲，走出臥室，進入了走廊，沒有打開任何一盞燈。

噠噠。

他直接經過了喬許緊閉的房門口，下樓，手一直扶著欄杆。不只是因為一片漆黑，他還沒有完全清醒，有一點頭暈目眩。等到他到達廚房的時候，靠著爐子、微波爐，以及吐司機的各種數位時鐘所投射出的光線，他可以辨識出方向。

他的小書房的房門緊閉，而且門底也看不到任何的微光。他轉動門把，推開足夠的距離、讓他可以伸手打開電燈開關，然後，他一口氣把門推到底。

喬許不在那裡。

那裡沒有人，椅子是空的。

不過打字機放在那裡。

裡面沒有紙，有喬許名字字母的那張紙依然放在桌上。

保羅盯著書房好幾秒，然後又瞄了一下廚房。他覺得喬許一定是聽到他過來，趕緊溜走，躲在廚房中島後面，然後趁保羅進入書房的時候迅速上樓。

一定是這樣，當保羅回到樓上，偷看喬許房間的時候，他兒子窩在被子裡面，緊閉雙眼，而且還塞著耳機。

這個小兔崽子。

保羅自顧自微笑，到了早上的時候，他會好好質問一下。

11

保羅已經在書房待了一小時，喝了第三杯咖啡，努力研究可能有什麼原因造成好人使壞，就在這個時候，依然身穿睡衣的喬許，輕聲步下階梯，進入廚房。

保羅闔上筆記型電腦，離開書房，走到冰箱前面，拿出一盒牛奶。他詢問兒子，「要不要吃圓圈圈麥片？」

喬許低聲說了像是好啊之類的話，然後坐在餐桌前。保羅將一整碗麥片放在他面前，倒了一些牛奶，從餐具抽屜裡抓了根湯匙。喬許一臉惺忪盯著碗，挖了一湯匙的穀片送入嘴裡。

保羅問道，「你早上還好嗎？」他瞄了一下牆上的時鐘，十點半。

喬許以悶哼回應，只比低聲咕噥的音量大了那麼一點而已。

他父親說道，「你起得真晚。」

喬許朝他父親看了一眼，保羅發現他眼角依然有睡意，「今天是星期天啊。」

「的確，不過你看起來比平常累。」

「我做惡夢，」喬許又繼續吃他的穀片，「我們不該看那部電影。」

「抱歉，我應該要挑別的片子才對。不過，其實幾乎每一部片子都可能讓我們想起自己的不幸。」

夏綠蒂現身，雙手抓住某隻耳朵，正在忙著戴耳環，「嘿，你們兩個都好嗎？」

「已經準備要出門了？」保羅說道，「我以為妳的開放參觀日活動是在兩點鐘。」

「是啊，但我得要確定屋況可以見人。我上次去那裡的時候，主臥地板散落了一堆洗好的衣服，而且院子裡有六坨狗大便。而且我想要拿一些冷凍麵包，放入烤箱。」

喬許有精神了，「為什麼？」

「房仲業的老招，讓房子充滿了香氣。」

她從咖啡機底下拿出咖啡壺，發現幾乎是全空的時候，皺起眉頭。

「抱歉，」保羅說道，「我已經喝光了一壺。我起得早，沒辦法睡著。」他側頭，下巴朝書房點了一下，「我覺得自己老毛病又犯了。」

「還好嗎？」

保羅聳肩，坐入兒子對面的那個座位。喬許打哈欠，他盯著牆上的時鐘，把湯匙放在碗裡，「我得去準備了，媽媽與華特馬上就會過來這裡。」

喬許正準備要把椅子後推的時候，卻被保羅阻止，他伸手，輕輕抓住了兒子的手腕。

「所以你要不要講出你半夜起來的事？」

喬許反問，「嗯？」

「我聽到你的聲音，大約是凌晨兩點的時候。」

夏綠蒂在咖啡壺裡放了新的濾紙，用湯匙挖了一些咖啡粉，她開口問道，「怎麼回事？」

保羅說道，「我知道你痛恨那台打字機，但是你在半夜起來去玩它。」

「什麼？」

「我知道我聽到了什麼聲音，」保羅說道，「我知道那不是夏綠蒂，因為她就睡在我旁邊。」

「不是我，」喬許說道，「我幹嘛要玩那台無聊的打字機？」

「拜託，小朋友。你不會有事的，但要是現在不對我誠實就真的會有事了。」

「我沒撒謊。」

保羅一臉失望看著他，「喬許，好吧。」

夏綠蒂把水倒入咖啡壺，「我不懂，你是在半夜的時候聽到打字聲對嗎？」

保羅回她，「嗯。」

夏綠蒂一臉困惑望著他，「就算是喬許玩那台機器又有什麼大不了的嘛？它跟坦克一樣牢固，他又沒辦法把它打破。」

「不是我，」喬許又說道，「媽媽要來了，真好。」他離開餐桌，飛奔上樓回到他的臥房。

夏綠蒂盯著老公。

保羅問道，「怎樣？」

「有沒有可能是你在做夢？在睡著的時候聽到了噠噠噠聲響？」

保羅的臉龐出現了疑色。

「好，第一次我聽到的時候，我還在床上，可能是半夢半醒狀態。」

「你看吧。」

他遲疑了一會兒，然後又繼續說道，「不過，當我起床，再次聽到的時候，我已經在走廊上了。」

夏綠蒂緩緩搖頭，「當你在大半夜半醒或是半睡狀態的時候，你的腦袋跟你開玩笑。也許你聽到的是別的聲音，這棟屋子的某種噪音，暖氣滴答作響啊什麼的。」

「這房子沒有暖氣。」

「隨便啦。」趁著在煮咖啡的時候，她一屁股坐在餐桌前，「好，你最近十分緊繃，不要把壓力發洩在喬許身上。」

保羅伸手摀嘴，搖頭。

電鈴響了。

保羅側頭，對著樓上大吼，「喬許！你媽媽來了！」

「提早到，每次都一樣，」夏綠蒂回到咖啡機前面，「華特總是急急忙忙。」

電鈴又響了。

保羅低聲說道，「稍安勿躁嘛……」

然後，樓下大門傳來聲音，「哈囉？」

保羅與夏綠蒂互看了一眼。他悄聲問她，「妳昨晚進來的時候有沒有鎖門？」

夏綠蒂苦笑，「我記得有啊。海莉是不是有鑰匙？」

保羅搖頭，「喬許有，也許她打了備份鑰匙。」他站起來，走到梯頂，海莉正好在此時現身。將近一七八公分，金色短髮，身穿刻意貼上破爛補丁的牛仔褲，戴的是與杯墊面積一樣大的環狀耳環。她冷冷望了保羅妻子一眼，開口打招呼，「嗨，夏綠蒂。」

「嗨，海莉。」

保羅向前妻默默點頭，算是打了招呼，然後又第二次呼喊喬許，他兒子大吼，

「馬上下來！」

外頭有人在按喇叭。

她開口，「天哪……」

保羅問道，「華特是不是有點急？」

「他哪時候不急啊？不管做什麼事都是匆匆忙忙。」

夏綠蒂竊笑。海莉發覺自己剛剛說出的話會讓人產生其他聯想，趕緊努力修補，

「只是剛剛出城真的是惡夢一場，即便是星期天早上也一樣。我們在羅斯福大道卡了四十分鐘。你也知道華特遇到塞車是什麼模樣，完全失控，而且九十五號州際公路也不好走。」

海莉嘆氣，然後端詳前夫，露出了似乎真心關切的面容，「你還好吧？」

「嗯。」

「百分百康復了嗎？」

「快要了。」

海莉微笑，「很好。」

喬許重步下樓，背包斜掛在肩頭，他打算直接衝下去。

「喂，」海莉說道，「要跟你爸爸說再見吧？」

喬許根本沒轉身，低聲說了一句「掰」。

他媽媽開口，「這樣的態度有點差勁耶……」

他站在梯頂不動，「爸爸說我撒謊。」

「什麼？」海莉問道，「你的手指怎麼了？」

「沒事，」保羅說道，「喬許，我從來沒說你撒謊。」他兒子不發一語，怒氣沖沖盯著他，

「我只是——好，過來這邊。」

小男生慢慢走過去，彷彿鞋底灌了鉛一樣。保羅說道，「也許我搞錯了。」

「也許？」喬許立刻轉身，消失在梯底。

海莉看了前夫一眼，表情充滿責難，但聲音倒是完全聽不出批評之意，「再見，保羅，」然後，簡直像是事後才想起來一樣，瞄了一下夏綠蒂，「夏綠蒂，再見。」

夏綠蒂點點頭。

等到他們聽到大門關上的聲音之後，保羅搖頭，啐罵了一聲，「靠。」

12

在夏綠蒂忙著主持開放參觀日的時候，保羅幾乎一整個下午都把自己關在書房裡。他上網看了更多有關肯尼斯．霍夫曼的報導，他覺得自己幾乎已經找出事件的一切資料，其中包括了本地電視台的幾段影像畫面，還有國家廣播公司節目《日界線》的某則報導，然後，他開始擴大搜尋，包含了探討大家為什麼會做壞事的那些文章。

這樣的範圍包山包海。大家為什麼要說謊？為何要偷竊？為什麼要搞外遇？最重要的是，為什麼要殺人？

他不斷閱讀一篇又一篇的文章，已經覺得自己快要瞎了，最後，還是不清楚為什麼霍夫曼要殺死那兩名女子。保羅覺得霍夫曼殺死他是最容易解釋的動機。保羅是目擊者，他在霍夫曼的富豪座車後頭看到了那兩具女屍。如果霍夫曼想要逍遙法外，那麼他一定得要殺死保羅。

保羅想要找他談一談。

面對面。

他覺得自己準備好了。而他與肯尼斯的兒子，雷納德不期而遇之後的自身反應，保羅覺得，不能算是他與那名雙姝殺手會面的反應指標，如果真的能夠安排妥當的話。就這一點來說，他已經準備好了。

他正要準備搜尋如何探監的時候，心緒卻想到了喬許。

早上與兒子的互動，他真的是搞砸了。關於有沒有在半夜亂玩打字機，喬許的確沒有理由撒謊。而且，一開始就說他做出這種事也不是很合情合理，自從他手指被夾到之後，就再也沒有靠近那東西。

他必須接受唯一合情合理的解釋：這是他在做夢。

對，他曾經告訴夏綠蒂，當他進入走廊的時候，還是一直聽到了噠噠噠的聲音，但搞不好他在當下還沒有擺脫夢境，也許他算是在夢遊吧。

讓他難過的是，除了《蝙蝠俠》電影惱人的那些面向之外，他與喬許共度了這麼開心的時光——雖然很短暫，最後卻被保羅自己毀了一切。

靠。

不過，保羅非常確定自己可以與喬許重修舊好，他會好好彌補。等到下一次喬許離開紐約、來到這裡的時候，他們會從事特殊活動，也許開車前往米斯提克參觀水族館。

搞不好連夏綠蒂也想要一起去。

與她之間的關係，的確開始逐漸好轉。一路走來，的確顛簸不斷，但如果說他差點遇害帶來了什麼好處的話，那就是除了讓夏綠蒂重新審視他們的婚姻之外，也包括了她對自己的期許。自從意外發生之後，她不止一次告訴他，她一直在質疑自己的人生位置，她符合自己十年前對自己的期待嗎？

雖然她現在是體面的房地產經紀人，但那並不是她的目標。嗯，她曾經一度懷抱進入娛樂產業的夢想。住在紐約的時候，曾經參與外百老匯的演出，甚至在《法網遊龍》的某一集擔任托育中心員工，講了三句台詞（保羅懷疑夏綠蒂曾經與劇中的某名法界人士演員約會過一兩次，但她一直沒有承認也沒有否認）。很遺憾，她一直努力尋求重大突破，期盼能夠以此為生，但卻從來沒有達陣。她曾經當過業務，在飯店當櫃檯。當保羅認識她的時候，她是戴斯酒店的晨班經理。所以，就她的職涯來說，明星夢已經結束了。

如果說當房地產經紀人沒什麼光環，那麼，嫁給一個西黑文大學的教授更說不上稱頭。對，能在這裡教書還不錯，但畢竟不是哈佛，而且，這所學校必須活在鄰近的耶魯與紐黑文大學的陰影之下。就算是夏綠蒂曾經把他的工作當成了神聖志業——將年輕的心靈形塑為明日的領袖，哈！——保羅懷疑她應該早就不作如是想。在攻擊案發生之前，她就鮮少詢問他的工作，她為什麼要問呢？很無聊啊。他有什麼期盼？接下來要做什麼？享受當上系主任那種令人暈眩的高度？

所以這就是夏綠蒂後來的人生，在某個無聊的康乃狄克州小鎮賣房子，嫁給一個胸無大志的男人。

然後，還有寶寶的事。

保羅已經很久沒有提起這個話題，但他盼望與夏綠蒂將來可以生寶寶。如果他繼續跟海莉在一起，他相信喬許一定會有小弟弟或小妹妹，海莉也經常提到她與華特正在努力做人。不過，夏綠蒂對於自己成為人母的念頭不是很熱衷。

好，何必管那麼多。

保羅告訴自己，這是全新的一天，他掌控的一天，他起身迎向邪魔的一天，他會開始重新打造自己與婚姻的一天。

他打算要解決霍夫曼的事，他準備要寫點東西，不只是那些已經寫下的註記而已，他要寫出的是好看的文字。他還不知道會是什麼形式，也許是回憶，也許是小說，也許他會把自身經歷投稿到雜誌。

它包含了一切元素。

性，謀殺，疑團。

還有從瀕死邊緣的回生過程。

等到他決定書寫方向之後，重點就會是書寫本身，這將會是讓他的生活與婚姻重回正軌的關鍵。他這麼做並不是只為了自己，也是為了夏綠蒂，他希望可以讓她看到他也可以很堅強，能夠尋回自己的過往生活。

他已經聽夠了這種不幸者遭遇的鬼話。

也許，他甚至可以成為讓她渴望一起養兒育女的那個男人。

不過，嘿嘿，我們一步一步來。

保羅反省自己在過去這幾個月以來所遭逢的一切。天，就連比爾似乎也擔心保羅會自殺。對，他一直心情很低迷，他深以為苦的不只是事件本身——惡夢、焦慮——而且還有生理面的體現，頭痛、記憶喪失、失眠，有誰遇到這種事不會沮喪？

不過，自殺？

他有絕望到這種程度嗎？也許吧。

他告訴自己，「要是每個晚上肯尼斯・霍夫曼都會趁你在睡夢中來訪……」

靠。

當然會啊。

他覺得，自己聽到的打字聲，顯然是霍夫曼惡夢的一部分。保羅一定是夢到那兩名女子在打道歉信。夏綠蒂的那一個古董安德伍德贈禮，觸發了霍夫曼犯行的那一段情節的惡夢。

那就是他在當晚聽到的噠噠噠，吉兒・佛斯特與凱瑟琳・蘭姆在打字。

保羅拿出手機，現在喬許應該很可能在看比賽，所以保羅不會打電話給他，但喬許應該會看簡訊。

嗨小朋友，愛你哦。今天早上的事很抱歉，你老爸是大混蛋，希望你看比賽看得開心。

寄出了。

保羅一直盯著手機，等待顯示兒子正在寫信回覆他的舞動小點點出現。

三分鐘之後，無消無息，保羅把手機放回了他的口袋。

13

安娜・懷特醫生與蓋文在她的辦公室分別坐定之後，她開口詢問，「好，蓋文，你這個週末做了些什麼？」

蓋文貌似若有所思，「反省。」

安娜的眉毛足足挑高了兩三公分，「反省？」

他點頭，「有關我所引發的傷害，以及我是否有辦法可以進行彌補。」

「彌補……」

「對。妳覺得是否有機會可以安排我與那些被我欺負的人見面，讓我也許可以道歉？」

安娜小心翼翼打量他，「我不知道面對面這方式是否可行，我覺得對大家來說，最後很可能是慘劇收場。」

蓋文一臉無辜，他問道，「怎麼說？」

「我想貓被你藏起來的那個女人一定是恐懼異常，而你打電話的那個父親……」說到這裡，她搖搖頭，「我實在不願多想你們待在同一個空間裡、他可能會對你做出什麼樣的行為。」

「搞不好妳講得沒錯，」他說道，「也許我應該改採寫信的方式。」

「我們之後來處理。不過，除了反省之外，你在這週末還做了什麼？」

「沒做什麼，」他說道，「哦，我星期六工作。我通常是在『電腦世界』上晚班，但是他們週六晚上沒開，所以我改做日班。」

「你星期五晚上有上班嗎？」

蓋文點點頭，「有。」

「你班表的結束時間是？」

「九點，」他講話慢條斯理，「為什麼要問我這個？」

安娜遲疑了一會兒，「星期五晚上有人遇到了恐怖事件。」

「某人？意思是妳認識的人？」

安娜緩緩點頭。

他問道，「又是妳的哪個病患嗎？」

安娜端詳他長達數秒之久，考慮接下來要怎麼處理。她沒有理會他剛剛的問題，繼續說下去，「有人對她做出非常變態又殘酷的事。」

蓋文說道，「也就是妳認識，有可能是病患的這個人……」

「她的狗最近被車子輾死了。有人悄悄溜入她家，把一隻死掉的約克夏㹴犬掛在她家的臥室裡。根據狗牌上的資料，飼主是住在戴文鎮的某戶人家，他們正在張貼失蹤協尋海報，警方注意到了他們。」

蓋文往後一靠，伸手摀嘴，「啊，真的好變態。」

「是啊，」安娜說道，「的確如此。」

他問道，「所以妳告訴我這件事是為什麼？」

安娜停頓了一會兒，「前幾天，當我進來的時候，你站在那裡，就在我辦公桌後面。」

蓋文一臉茫然看著她，然後聳肩，「哦，好像是這樣。」

「你在那裡做什麼？」

蓋文瞄了一下房內的那個區域，「只是在研究那些書而已。」

「你對心理學書籍有興趣？」

他又聳肩，「除非打開書，否則永遠不知道它到底是什麼樣子，」他大笑，「妳倒是可以善加利用圖像小說。」

「蓋文，你在那裡的時候，是不是看了我的電腦？」

「嗯？」

「我的筆記型電腦。你那時候是不是在看我的電腦？」

蓋文瞇起雙眼，「靠，讓我猜猜看。這個家中房門被掛了死狗的女子，其實是病人，妳覺得是我逼瘋她？」

「我沒有說狗被吊在她家的房門。」

蓋文眨眼，「有，妳明明有說，妳剛剛就是這麼講的。天，妳真的是在指控我。」

安娜陷入遲疑，「蓋文，我並沒有指控你任何事。」

「妳明明就有。我在這個週末做什麼？星期五晚上的時候我人在哪裡？真叫人不敢置信。我來這裡是為了要尋求幫助，我來這裡，信任妳會幫我處理我的個人危機，結果怎麼了呢？」他搖搖頭，「媽的真是莫名其妙。所以我看只要米爾福德哪裡有人出了不好的事，我就會立刻變成頭號嫌犯。這週末是不是有肇事逃逸？有銀行搶案？某人從小七偷走了一根巧克力棒？妳覺得我是不是和這些事有關聯呢？」

安娜的表情也變得沒那麼篤定了，「蓋文，你必須要承認，那女子的遭遇跟你以往的把戲很相似，那也正是讓你必須過來這裡的原因。」

「我發誓，我連那個女人是誰都不知道，她叫什麼名字？」

「我不能說。」

「好，如果妳覺得是我，說出來也無妨吧，因為我早就知道了，不是嗎？但我根本一頭霧水。如果我是頭號嫌犯，為什麼警察還沒有來找我？」

安娜不發一語。

「等等，妳不只指控我做出這種令人髮指的行為，而且還認定我在偷看妳電腦？找出誰是妳的病患？而且他們有哪些問題？」他搖頭，擺出受傷的神情，「哇，所以這就是我得到的協助與同情。看來我每個禮拜來找妳兩次，一定會讓我病情好轉。」

「蓋文……」

他站起來，「我沒辦法。」

「蓋文，殺害小動物是一種徵兆，顯現你的問題比我們目前處理的各種狀況更來得嚴重，你必須要明白——」

「明白什麼？」他大吼大叫，伸出食指正對著她，「我應該要檢舉妳啊什麼的。你們這些人一定有什麼道德委員會之類的組織，妳的行徑得讓他們知道！」他站了起來。

「蓋文，坐下！」

「不要，我想我已經……」

房門突然開了，保羅．戴維斯站在那裡，立刻盯著蓋文，然後是安娜。

「抱歉，」他說道，「我聽到……懷特醫生，妳還好嗎？」

「保羅，這裡沒事。」

「我聽到叫喊聲，然後……」

「媽的無論你的問題是什麼，」蓋文對保羅說道，「別指望她會幫你。」

保羅緊盯蓋文許久，「這位朋友，你需要冷靜。」

「朋友？」蓋文說道，「我們是朋友嗎？」他好奇端詳保羅，似乎在思索以前是否見過面，「你是保羅嗎？我沒有聽錯吧？」

保羅過了許久之後才開口，「對。」

「好，保羅，那就祝你好運了。」

他朝門口走去的速度超快，保羅根本來不及閃邊。蓋文的雙手置於外套前面，把保羅推到一旁，害他的頭撞到了門柱。

「靠！」保羅摸頭摸了半秒鐘，但立刻回擊，蓋文踉蹌摔進小小的等候室。

他破口大罵，「混蛋！」

現在兩人都在伸手亂抓，拚命想要揪住對方的衣領，這樣一來，靠另外一隻可自由運用的手出拳就容易多了。

安娜尖叫，「蓋文！住手！」

他們同時停下來盯著她。正當兩人對彼此鬆手之際，蓋文立刻轉身，朝大門跑過去。

安娜說道，「保羅，真的很抱歉……」

他拍了拍自己的身體，彷彿覺得也不知到底是怎麼搞的，蓋文的氣息就是沾染之後揮不去，「我沒事。」

「你的頭……」她說道，「是不是撞到了同一個地方？」

他又摸了一下，「沒有，沒關係，我沒事。妳呢？」

「沒問題。」說完之後，她皺起眉頭。

「靠他到底是有什麼問題？」保羅望向蓋文剛剛離開的大門，「他叫什麼名字？蓋文？」

「我覺得我剛剛處理得很糟糕。」

「什麼？」

她搖頭，「沒事。希金斯先生是我的問題，與你無關。你還想要進行諮商嗎？我可以理解要是這起事件——」

「如果妳沒問題，我可以的。」

她坐下來，「給我一分鐘就好。」

「妳在發抖，」保羅說道，「我們未必一定要進行諮商。」

「不，不需要，我們繼續。和你的遭遇相比，剛剛這裡發生的事根本不算什麼。」她挺直身體，抬高下巴，「我準備好了。」

「確定嗎？」

她自信地點點頭，向他保證她已經恢復正常，「好，自從我們上次聊過之後，到底出了什麼事，都告訴我吧。」

他把自己上網研究、以及這個舉動的強大效果告訴了她，但惡夢依然沒有中止，他還說出夏綠蒂送了他一台古董打字機，觸發了一場極度真實的詭異惡夢，最後他冤枉了兒子。

「我傳訊向他道歉，他幾乎一整天都快過完之後才回我。」他停頓片晌，若有所思，「妳覺得我是不是已經瀕臨自殺邊緣？」

「為什麼會問那樣的問題？」

「這是某個朋友說的，他似乎擔心我會做傻事。」

「我的答案是沒有，」安娜回道，「不過，要是你動了那種念頭一定要告訴我好嗎？」

「沒問題。」他也提到自己某天開車回家的時候什麼都不記得，忘記自己傳過的那些簡訊，還有其他的失憶經驗。

「什麼時候要再去看神經科醫生？」

「兩個禮拜之後。」又是一陣停頓，然後，他開口，「妳知道要怎麼去探監嗎？」

「不是很清楚。」

保羅點點頭，「從我在州政府官網找到的資料，必須要由犯人將你列入名單，嗯，除非是警探或律師之類的人。」

「你還是想要見肯尼斯．霍夫曼？」

保羅咬唇，「可以這麼說吧。我知道劃下句點這種說法真的是老生常談，不過，要是能與他面對面坐下來，也許可以提供一點終結的功能。新聞一直出現那樣的報導，殺人犯定罪的那一天，死者的家屬也終能劃下句點。」

「我會把它稱之為某種迷思，」安娜說道，「但我不會阻止你去研究探監的事。你可以思索一下自己想要對他說什麼，想要問他什麼問題。」

「我想知道他是否感到歉疚。」

安娜嘴角牽了一下，「有差嗎？」

保羅聳肩，「如果我能夠進去見他，我不希望獨自一人前往。」

安娜點點頭，「你想要帶夏綠蒂過去。」

「不，我希望妳陪我去。」

安娜挑高雙眉，「哦？」

「我不知道我能否回到這裡的時候、精確無誤講出整個過程。要是能夠有妳在一旁觀察，應該會很有幫助。」

安娜似乎在考慮，「我平常不太會出診（House Call）。」

保羅大笑，「妳的意思是到監獄（Big House）出診吧。」

❖

當保羅離開、前往自己停車處的時候，找不到鑰匙。安娜說，要是她找到鑰匙的話，一定會通知他。他打電話給夏綠蒂，她過來接人，送他回去，開了大門。等到他拿到自己的備份鑰匙之後，夏綠蒂再把他載回安娜這裡，讓他可以開回自己的速霸陸。

當天晚上，他在晚餐時分把自己諮商前所發生的事告訴了夏綠蒂。

「某些人哪，」他發表心得，「比我的狀況更糟糕。」

他們一起看電影，喝光了一瓶夏多內。至少，是喝了一部分。看到一半的時候，夏綠蒂伸手撫摸保羅大腿內側，「你有沒有覺得這部片子很無聊什麼的？」

他說道，「現在正有這種感覺。」

剛過十一點沒多久，他們關了燈，保羅心想，狀況正逐漸好轉。

❖

然後，凌晨三點零六分的時候，又出現了。

噠噠，噠，噠噠噠。

14

在聽到那台安德伍德的聲音之前，保羅一直在做夢。夢中的他在犯胃痛。他躺在床上，痛苦扭動，緊緊抱住肚子，感覺裡面有東西在蠕動，活生生的東西。那就像是《異形》電影一樣，當諾斯托洛莫號的人員在吃午餐的時候，有怪物衝破約翰．赫特的胸膛。

保羅拉開襯衫，低頭檢查，好，是有東西在裡面，從皮膚下方鑽出來，然後，彷彿有拉鍊從肋骨一路拉開到肚臍，他整個人呈現開腸剖肚狀態，但沒有血，五臟六腑也沒有溢散開來。他的肚子大敞，就像是醫生包一樣。

保羅盯著身體的那個大洞，靜靜等待。

一開始的時候是手指，指甲凹凸不平的髒手指。兩隻手緊抓他的腹緣，有東西——應該是有人——正準備要爬出來。

保羅心想，*靠，我在生小孩*。

現在出現的是某個人的頭頂，是肯尼斯．霍夫曼。等到他整顆頭從保羅肚子冒出來之後，他望著保羅，滿臉燦笑，他說了一些話，但是保羅聽不清楚。

原來他不是在講話，而是發出某種聲音。同樣的聲音，不斷重複。

噠噠噠，噠噠。

保羅把手伸到下方，摸到了肯尼斯的臉，他不知道是該把肯尼斯塞回到自己的體內？還是應該要把其餘部分給拖出來？他感覺到肯尼斯正在啃他的指甲。

噠噠噠，噠噠。

保羅睜開雙眼，呼吸急促短淺。他伸手摸胸膛，濕的，他滿身冷汗驚醒過來。他側頭，望向床邊桌的收音機時鐘，它發出朦朧微光死盯著他。

凌晨三點零六分。

他不想閉眼回到惡夢之中。他不想驚擾睡在隔壁的夏綠蒂，他動作緩慢，將雙腳移到床邊，貼地。

他決定要去撇尿。

等到他的雙眼適應黑暗環境之後，他望向夏綠蒂。她背對他，手放在枕頭下方，他只能勉強看出她的身體正隨著每一次的呼吸在起起伏伏。

他全身上下只穿著四角內褲，悄悄走向臥室，關上了門，壁插夜燈散發微淡光暈。

他掀開馬桶坐墊，排光膀胱裡的尿液，沖水的時候面色抽搐，希望這樣的噪音不會太吵人。

他在水槽裡洗淨雙手，擦乾，等待馬桶的水補滿之後才打開門。

儲水槽的水滿了，又恢復寂靜。

當他的手指碰觸門把的時候，他聽見了。

噠噠，噠噠噠。

他屏住呼吸。

我不是在做夢，我很清醒，百分百，絕對清醒。

跟前幾天那個夜晚一樣的聲音，打字的聲響。

他等待聲音再次出現，但什麼都沒有。他緩緩轉動門把，開門，朝走廊跨了一步。他動也不動，再次屏息。

依然什麼都沒有。

他只聽到遠方長島海灣浪潮悠閒拍岸的聲響，還有夏綠蒂的輕柔呼吸。會不會是別的東西發出了類似字鍵敲打圓筒的噪音？某種電子設備？房子裡哪個地方在漏水？也許——

噠噠。

一陣微寒感流竄保羅的背脊。他想要喚醒夏綠蒂，希望她也聽一聽這個聲響。不過，叫醒她也會引發一陣騷亂。不論到底是誰在玩那台打字機——顯然不是喬許——他在一百多公里之外的曼哈頓，但一定是有某人——那個人只要一聽到樓上的對話聲，一定會立刻停下動作。

保羅想要將對方逮個正著。

不，等等，他應該先打電話報警。

對，這計畫真不錯。嗨，警察嗎？可不可以派人過來？有人在我家打字。

保羅走到了梯頂，然後踮腳尖下樓，一次一步，力道輕柔。這棟房子在珊迪颶風來襲之後進行重建，屋內有了全新的樓梯，完全聽不到吱嘎噪音。

當他到達梯底的第二階的時候，他又聽到了。

噠噠，噠噠噠。

他從廚房望向自己書房的緊閉房門，門底隙縫並沒有透出光線，就像前幾晚一樣。在一片漆黑的環境當中，是要怎麼玩那台安德伍德打字機？

當然，可以靠迷你手電筒。在裡面的那個人絕對不會想要開燈引人注意。

對，這麼說儼然自成什麼道理一樣，光是打字聲已經夠引人注意了。

保羅赤腳走過去，他與房門之間的距離越來越近，心想自己是否應該要持有什麼武器。當他悄悄經過廚房中島的時候，他小心翼翼從塞滿廚房用品的陶罐裡、取出了一根木頭長匙。

他很清楚現在的自己有多麼可笑，但湯匙就是得上場，要打仗的時候，手裡拿到什麼是什麼。

保羅到了門口，抓住門把。他動作一氣呵成，轉動，推門。

「大驚喜！」他大叫，同時伸手開燈。

就像當初他以為喬許在這裡玩機器的結果一樣，房內依然沒人。

夏綠蒂為他買了那台打字機之後，它就一直放在那裡，看起來根本沒有人碰過，捲筒裡面也沒有紙。

保羅站在那裡，眨了好幾次眼，自言自語，「搞屁啊。」他掃視這個書房，彷彿有人可以躲在這個跟衣櫥一樣大的地方一樣。

突然之間，他靈機一動，從通往前門的階梯衝下去。

很可能是有人逃跑了。當然，一定是靜悄悄，而現在有哪件事還能以常理看待？

保羅伸手摸牆壁，想要找到開關。他打開了燈，照亮了階梯與下方的門。

沒有人在那裡。從他的位置往下看，只發現門閂好端端位於鎖扣的位置。

他急急忙忙，左腳不慎從第一個台階滑落，摔到了第二階，整個人失去平衡。他重心斜偏右側，趕緊亂抓欄杆止滑，但一直落空。他的屁股撞到了第一階，然後連續重摔多階，最後慘烈煞停。

他大叫，「幹！」突然之間，他發現自己受傷的部分已經數也數不清了，屁股、大腿、腳，還有手臂。

自尊啊。

夏綠蒂在樓上大喊，「保羅！保羅！」

他面色抽搐，回吼，「我在樓下！」他抓住自己的右肘，小心翼翼撫摸，「天哪！」

他聽到樓上傳出急跑聲，然後是重踩階梯，「你在哪裡？」

夏綠蒂語氣驚慌。

「下面……」他勉強站起來，內褲已經滑落一半，掛在屁股上面，他把它拉高，希望可以保留殘存的那一點尊嚴。她到了廚房，白色睡衣飄啊飄的，看起來像是羅曼史小說裡的女英雄。

「怎麼了？你是不是摔倒了？沒事吧？到底是什麼狀況？」

保羅沒有回答她，反而陷入沉思，不知是否還有比惡夢與喪失記憶更可怕的狀況？整個人徹底發瘋吧。

15

朝陽還未露臉，她的父親已經在坐等旭日升起。

身穿長度過膝大尺碼T恤的安娜．懷特被吵醒了，不是因為自己的鬧鐘，而是划船機的噪音。她掀開床被，悄聲進入走廊，走到父親的房間前面。她動作輕巧推開房門，法蘭克穿著睡衣，一邊做划船運動，一邊緊盯卡通頻道。

「爸，」她柔聲說道，「現在是五點三十分。」

安娜認為卡通讓她父親陷入某種恍神狀態，造成他對於自己使用了機器多久時間渾然不覺，要是這樣下去，她覺得他一定會心臟病發作。

他可能沒聽到她說話，不然就是刻意無視。他看到達菲鴨拿起霰彈槍卻在自己面前爆炸、嘴喙被震偏到頭的另一側，他忍不住哈哈大笑。

「爸……」安娜向前，把手擱在他的前臂，如此堅實的肌肉讓她大感驚奇。她父親突然轉頭過來，面對著她。

「什麼事？」

「你應該要回到床上，現在還不是起床的時候，現在做這種運動真的太早了一點。」

「這個卡通還沒有播完。」

遙控器放在地上。她彎身撿起來，關掉了電源鍵，螢幕全黑。

「妳為什麼要這樣？」

「爸，拜託，趕快回去床上。」

「我不累，現在得要撇個尿。」他離開划船機，進入走廊。安娜坐在他的床邊，等待他回來。過了兩三分鐘之後，他慢慢晃回房內，睡褲褲襠那裡出現了杯墊大小的深色污漬。

安娜心想，最後一滴總是很難控制。

她站起來，讓父親可以回到床上休息。等到他躺好之後，她才坐回床邊。

他問道，「妳要不要唸故事給我聽？」

她感到一陣恐懼。他是在開玩笑？還是真的覺得自己五歲？

他大笑，「來一點黃色笑話好了。」

幸好，是開玩笑。

她回道，「不要，我才不要講故事給你聽。」他剛剛並沒有喊她喬安妮，所以現在應該是他清醒的時刻吧，希望如此。

「妳也知道，我不會回頭補眠，」他說道，「反正我本來就幾乎都是六點起床。」

「嗯，我就覺得不可能嘛。」

法蘭克撫摸安娜的手臂，姿態充滿慈愛，「吵醒妳了，不好意思。」

「爸，別擔心，」她驚覺現在的他似乎很敏銳，「既然我們兩個都醒了，讓我問你一件事吧。」

「好。」

「每當我對自己的生活感到困惑的時候，你一直是我倚賴的對象。」

法蘭克等待她說下去。

「我不知道自己是不是墨守成規的人，」安娜迅速補充解釋，「而這與你無關，我說的是自己的工作。很有趣，我樂在其中，但有時候我得要離開自己的舒適圈。」

法蘭克點點頭。

「我有一個這樣的病人，他是誰並不重要，不過，他想要安排一場面會，地點在監獄，對象是企圖殺害他的那個人，而他希望有我陪同他一起過去。」

法蘭克似乎很好奇，「哇。」

「嗯。我不確定他現在的心理狀態是否適合那樣的會面，但他似乎心意堅決，所以我跟他一起去也許比較好。」

「我覺得妳應該去，」她父親說道，「聽起來很有意思。」

「對，」她點點頭，「我不能一直打安全牌，永遠待在診間裡面。」

她父親對她眨眼了好幾次，她不知道自己是不是無法與他對話了。

「這是不是妳找我搬進來的原因？覺得比較安全？」

她捏了一下他的手，「這是理由之一，而且也是一個很好的理由。」

「我也覺得比較安全，」他露出近乎孩子般的笑顏，「我喜歡那種感覺，一種暖心的感受。」

安娜拍了拍他的手，「我先去沖個澡，等一下來煮咖啡。」

她父親微微蹙眉，似乎是在思索什麼事。

「怎麼了？」

「我只是在想是不是該再去尿尿。」

她大笑，「我覺得這只有你知道答案吧。」

他又想了一會兒，然後說道，「不需要，我沒問題。」

她進入走廊的時候，又回頭看了他一下，他已經閉上雙眼。不消兩秒鐘的時間，他似乎又睡著了。

安娜心想，可以等一下再洗澡。

她回到自己的臥室，爬上床，蓋好被子。過沒多久之後，她就墜入夢鄉，其實也比她爸爸入睡的時間慢了那麼一會兒而已。

所以，當警察在五分鐘之後衝入她家的時候，她根本渾然不覺。

16

「所以你是怎麼跟她說的？」比爾坐在更衣室長椅上面，忙著繫鞋帶，「你怎麼告訴夏綠蒂？」

保羅聳肩，玩弄手中的壁球拍，等待比爾就緒，「我告訴她，我覺得我聽到有人在敲門。」

比爾咯咯笑個不停，「是怎樣？女童軍會在半夜的時候挨家挨戶賣餅乾？」

「似乎是有人想要闖進來。」

比爾搖頭，「你確定要玩嗎？」

「我想要的是以前做什麼，現在就做什麼。」

「好，但這個呢？」比爾揚起自己的壁球拍，「醫生准你打球了嗎？」

「我沒問，」保羅說道，「我想要打球，活動筋骨，沒有打算做什麼英雄式撲球，要是球落在角落，我也不會去追。」

「所以我可以輕易打敗你，」比爾回道，「就跟以前一樣。」

「去你的。」

他們離開更衣室，進入西黑文大學的體育館。兩人信步而行，經過了一排健身器材、室內跑道，然後到達了壁球間。這裡一共有五間，背後全部都是玻璃牆，方便觀眾欣賞比賽。

比爾問道，「夏綠蒂知道你要打球嗎？」

「不知道。」

「這樣不太好。」

「我告訴你了，我沒事。」

比爾抬頭，望向牆上的時鐘，「她們還剩下兩分鐘。好，所以夏綠蒂發現你一屁股跌坐在階梯上，你宣稱自己聽到有人在大門口，但其實那裡根本沒有人。」

「我剛剛不是講過了嗎？」

比爾在打量球場上的那兩名女子，「你為什麼不告訴她真相？」

「我已經冤枉喬許，指責他在半夜玩打字機，要是我告訴夏綠蒂我又聽到一樣的聲音，她會作何感想？」

「以為你腦袋有問題？」

「對，謝謝你哦。」

「不過，你明明是這麼跟我說的，你親耳聽見，換作是我，我會覺得你腦袋有問題。」

「你真的這麼覺得？」

比爾嘆氣，「我找不出其他解釋。」他以壁球拍邊緣敲打玻璃，當那兩名女子轉頭的時候，他假裝在看手錶。她們結束比賽離場，其中一個拿小毛巾擦拭頸脖汗水的時候，還對比爾露出意味深長的微笑。

當那女子走向更衣室的時候，保羅說道，「你跟霍夫曼一樣壞。」

「喂，」比爾說道，「這樣講就過分了，他有結婚，我可沒有。」

兩人低頭，穿過低矮門口，進入球場。

保羅開口，「所以你的確認為我腦袋有問題。」

比爾說道，「我沒有這麼說。」他手裡拿著球，將它拋高了約六十公分左右，嘩一聲擊向遠方的牆面。

保羅回擊，「你剛剛說什麼？」

比爾揮拍，然後說道，「你壓力爆表，這就是外顯的結果，」壁球的碰響在球場內迴盪，「完全沒有證據顯示屋內有人，對嗎？」

保羅揮動手臂擊球，「沒錯。」

「門鎖住了，你沒有看到任何人，也沒有聽到任何人跑下樓。」

保羅跑到右側擊球，「對。」

「所以那裡沒有人，你不可能聽到你剛剛自以為聽到的聲音。所以這代表了兩個意思。要不就是你聽到類似那台打字機的聲響，不然就是你腦袋裡的聲音。」

比爾到角落撈球，保羅問道，「還有什麼聲音會像是手動打字機？」

「所以是你在做夢。」

保羅讓球直接從身邊跳過去，「我沒有，我很清醒。」

比爾聳肩，「我不知道要跟你說什麼了，要不要停下來？」

「我覺得有點頭暈。」從保羅的表情看來，似乎是承認這一點覺得很尷尬。

「那我們就休息一下，我等一下再給你好看。」

「謝謝。」

球場依然是他們的，所以他們站在那裡聊天，比爾搖頭，努力想要幫保羅找出解釋之道。

比爾捻手指，「我知道了。」

「什麼？」

「老鼠。」保羅聽到這答案開始翻白眼。「不，你聽我說，你們家一定有老鼠，然後牠們在半夜的時候踩踏字鍵。」

「就連從你口中說出來，這種話也是超蠢。我們家沒有老鼠，就算有，一隻老鼠那麼輕，絕對不可能壓動字鍵，而且，你得需要一整群老鼠才能發出我聽到的那種噪音。」

比爾舉高雙手，做出投降狀，「那就呼叫『魔鬼剋星』吧。」

保羅伸手撫摸頸後，「我根本沒流汗。」當他們轉身，朝門口走去的時候，保羅說道，「我想我會把它搬走。」

「什麼？」

「那台打字機，我會把它放在洗衣房啊之類的地方。」

比爾若有所思點點頭，「這樣一來夏綠蒂可就開心了，她挑的特別贈禮居然被扔到洗衣房。」

「靠。」

「還有，那到底可以證明什麼？邏輯呢？如果你認定某人不知以什麼方式闖入，那麼把打字機藏起來也不是解決的方式，媽的門閂才是。」

「我們的門有上閂扣。」

「窗戶都沒問題？」

「對。」

「你們有沒有安裝保全系統？」

「沒有。」

「也許那應該是你的第一步。如果裝設之後還是在半夜聽到打字聲，哦，那麼也許真的需要『魔鬼剋星了』，」他哈哈大笑，「遇到怪事的時候，要打電話給誰？」

比爾臉龐突然一亮，「接下來你應該要這麼處理，把紙捲進打字機裡面，到了早上的時候，看看是否有出現什麼訊息。」

保羅說道，「那是瘋子的策略。」

「好，我有一個更好的構想。下次你聽到的時候，叫醒夏綠蒂，要是她也聽到的話，哎呀，那你就真的有麻煩了，」他咯咯笑個不停，「你們兩個都瘋了。」

❖

當晚，在晚餐時分，保羅說道，「我們安裝保全系統，妳覺得怎麼樣？」

「你認真的嗎？」夏綠蒂把叉子插入沙拉裡，「怎樣，你是要送我天價珠寶嗎？」

「只是問一問而已。」

夏綠蒂聳肩，「好啊，我可以在辦公室找人給我推薦名單。不過，為什麼會動這個念頭？」

保羅緊抿雙唇，內心陷入天人交戰，不知道是不是要講出細節。他口乾舌燥，所以拿起水杯，喝了一大口水，「好，妳也知道我和喬許那一次的不快事件吧？我說我聽到半夜出現打字機的噪音？」

「嗯？」

「我又聽到了。」

「那台打字機？」

保羅緩緩點頭，「所以我才會醒來。我並沒有聽到有人在門口，而是聽到有人在打字。」

夏綠蒂聳肩以對，「所以你是在做夢。或者，更精確的說法，是做了惡夢。這是不是與霍夫曼有關？」

「是啊，」

「夢裡的情節是？」

他不假思索立刻伸手撫摸腹部，「我根本不想講。」

「沒關係。」

「不過……不過到了最後，他一直想要和我講話，但是從他口中冒出的比較像是打字機的聲音。」

「所以的確是夢。」

「不過，我後來起床上廁所，又聽到了。」

夏綠蒂端詳他數秒之久。她不需要說出口，他看得出她目光中的疑色。

但是到了最後，她還是講話了，「好，要是你又聽到的話，要叫醒我。」

保羅點點頭，「一言為定。」

❖

當晚，平靜無波。

保羅睜眼躺在床上數小時之久，一直盯著黑漆漆的空間，等待噠噠噠聲響再次出現。

並沒有。

他第二天早上起來——覺得自己終於睡著約莫是在五點鐘的時候——他累得要命，雙眼迷濛，但稍微鬆了一口氣。

不過，越是細究自己的處境，他越是難以釋然。如果打字聲是出於他的幻想，即便在他確定自己百分百清醒的狀況下亦是如此，那麼罪魁禍首是不是他的腦傷？是不是有哪些症狀醫生還沒有跟他討論？

他是不是在夢遊？陷入了某種出神狀態？

吃早餐的時候，夏綠蒂問他，「好，昨晚沒有鍵盤聲嘍？」

「沒有，」他一臉昏沉回道，「我豎耳傾聽了一整夜。」

「哎呀，親愛的，真的假的？難怪你臉色這麼差。」

「對啊，我心情也超差。」

她回到流理台前面，從咖啡機取了杯咖啡，「我才重新調整了你的配方。」

他盯著那黑色液體，開口說道，「可不可以直接注入我的血管就好？」

「好，我得走了，」她傾身向前，對著他的臉頰輕輕啄了一下，「也許今晚神秘打字客再次出現的時候，我們大家可以一起喝一杯。」

保羅不覺得那段話有什麼好笑。

她問道，「你今天打算做什麼？」

他聳肩，「就是進行自己的計畫而已。」

夏綠蒂出門上班之後，他依然坐在餐桌前，啜飲咖啡，希望咖啡因可以發揮作用，他發現自己的手在微微顫抖。

「天，」他自言自語，「你有夠慘的。」

他的小書房的門大敞，從他所在的位置，可以看到那台黑色的安德伍德端坐在他隨便拼湊的書桌上面，讓一旁的筆電顯得相形見絀，而且，它正好面朝他的方向。

正對那一排威武字鍵的半圓狀開口，讓保羅想到了某種得意洋洋的微笑。

「媽的你看個屁啊？」保羅罵完之後，又回頭繼續喝他的咖啡。

17

第二天早上，距離事發已經超過了二十四小時之久，法蘭克．懷特發覺自己一想到那段記憶，依然顫抖不已。

安娜因為前一天的事件而取消了所有約診、但今天準備要恢復工作，她此刻與她父親一起坐在餐桌前，撫摸他的手，她為他做的炒蛋，他幾乎碰都沒碰。

「爸，沒關係。」

他點點頭。把手縮回來，拿起了叉子，他說道，「這看起來很好吃。」

「如果需要的話，那裡有蕃茄醬。」

門鈴響了，法蘭克全身緊繃。

「沒關係，是警察派來的人，」她稍微翻了一下白眼，「希望是警方的人，也許可以回答我們的一些問題。如果你自己在這裡待個幾分鐘可以嗎？」

「沒問題，」有一小坨炒蛋黏在他的下唇，「我又不是小孩。」

安娜微笑，一想到他剛剛說出那句話，也只能按捺自己想要拿起他的餐巾、為他擦嘴的那股衝動。

法蘭克說道，「我以為他們要對我開槍，我以為他們要對妳開槍。」

「我知道，但並沒有發生這種事。你平安無恙，我也是。」

門鈴又響了。

「我們兩個都毫髮無傷，」她又對他露出微笑，希望能夠哄他也笑一個，「這裡一直很緊張刺激，是不是？」

他點點頭。

「如果你還想要咖啡的話，不成問題。」

終於，他父親展露微笑，「我可以喝點更濃烈的東西。」

終於，她起身，離開了廚房，打開了大門，看到一個身材矮小、體格健壯、年紀四十多歲的男子站在那裡。濃密的鬍鬚彌補了稀疏髮量，他一身休閒西裝，深藍色襯衫，領帶，搭配牛仔褲，早已準備好警徽要給安娜看。

「嗨，」他說道，「我是米爾福德警局的喬．艾恩萊德。」

她說道，「請進。」

「今天還好嗎？」他在客廳挑了個位置坐下來，這並非是客氣的問候，顯然是叫她與前一天的狀況進行比較。

「我父親依然非常不安，我也依然非常不安。」

艾恩萊德一臉同情點點頭，「一定的。」

「他們衝進來，」她說道，「我們當時在睡覺。」

「老實說，他們本來想要打開窗戶、悄悄進入屋內，只是為了要……」

「難道你們不是應該先求證某人說的話是否真確嗎？」

「懷特醫生，我們……」

「我父親起來尿尿，發現走廊裡有好幾名持槍男子，你們沒有害他嚇出心臟病，甚至槍殺他，還真是奇蹟。」

艾恩萊德耐心點頭，「您也知道，根據他們的線報，有名男子已經開槍殺死了他的妻子，接下來要槍殺他女兒。這是我們警員進來時的認定，他們必須要盡快評估狀況才能排除危險。而他們所判斷的危險，就是妳的人身安全受到威脅，妳是那名女兒。」

安娜說道，「你們被騙了。」

「這一點我不否認。」

「他們逼我爸爸趴在地上、拿槍指著他的頭！」安娜咬牙切齒，拚命不想拉高聲音表達怒氣，她不希望她父親聽到這一切，「老人！失智症老人！」

「我可以理解您——」

「你理解？真是鼓舞人心的說法。我爸爸和我差點被殺。」

「我認為狀況並非如此，該團隊成員非常專業。」

安娜花了一秒鎮定下來，然後，把話題引入到另一個方向，「你們逮捕他了嗎？」

「妳指的是希金斯先生。」

「不然我講的是誰？」

「我們已經訊問過了，是的。」

安娜一臉懷疑打量他，「然後呢？」

「我們完成問訊，目前正在調查，」他說道，「我們判定打到九一一的電話來源是手機，是一種他們稱之為王八機的拋棄式手機……」

「我知道什麼是王八機，我有看電視。」

「我們想要找出那台王八機的購買地點，然後再看看是否能夠確定購買者的身分。」

「那手機不在他身邊？你們搜查過了嗎？」

艾恩萊德說道，「我剛剛講過了，我們正在調查中。」

「打電話的人聲音聽起來是什麼樣子？我說的是打九一一的那一個？」

「聽起來像是個老人。不過，現在有各式各樣的變音軟體。希金斯先生是否曾經對妳講過類似這種行為的威脅話語？類似這樣的惡作劇電話？」

「沒有，但這就是他的風格。我父親有失智症困擾，希金斯就是喜歡嚇唬搞不清楚狀況的老人。」

艾恩萊德說道，「我們需要更多的線索……」

安娜嘆氣，「我覺得他可能也殺過狗。」

艾恩萊德拿筆，準備記下更多的細節，「繼續說下去吧。」

她咬住下唇，「我沒辦法……我沒有任何證據。」

艾恩萊德放下筆，站了起來，「對於這起事件，我要重申歉意，要是有任何進展，我一定會讓您知道。」

安娜請對方自行離開，她回到廚房，想知道父親的狀況，但他不在那裡。

她大叫，「爸？」

她上樓到了他的房間，原本以為他會在玩划船機，但也沒有。

然後，她覺得自己聽到了嗶的悶聲。

安娜走到她父親臥室的窗前，站在那裡可以俯瞰後院。他在那裡，手裡拿著高爾夫球桿——似乎是開球木桿——已經有六顆球飛落在精心修整的草坪，不過，上面留有他之前多次大力切球時留下的草皮。

她自言自語，是他，我知道是他。

18

保羅準備開始了。

他已經打字寫下許多筆記，從新聞網站複製貼上了有關雙屍案的諸多段落，而他現在準備要進行那個步驟了，也就是寫下第一個句子，不管最後會成為什麼內容。回憶錄？小說？真實犯罪故事？誰知道呢？

保羅知道無論最後匯聚成什麼樣的面貌，有一點他很確定：這是他的故事。

所以他打下了第一句話。

肯尼斯・霍夫曼是我的朋友。

保羅盯著自己筆記型電腦螢幕上的那幾個字，然後，他按下換行確認鍵。

把游標移到下一行，繼續寫道。

肯尼斯・霍夫曼曾經想殺我滅口。

無論從各種文類看來，那似乎都是不錯的開頭。他以此為出發點，直接跳到了那一晚的情節。看完西黑文學生的劇場表演之後，在返家途中發現霍夫曼那台富豪旅行車在郵政路鬼祟前進的種種細節。

保羅打了約一千字之後，開始發現這種過程有療癒效果。文字從指尖奔出宛若行雲流水，他的打字速度發揮到極致。他還瞄了一下筆電旁邊那台沉重的安德伍德，開口說道，「我倒想看看你有沒有那個能耐可以打字打得這麼快。」

當保羅寫到自己目睹肯尼斯車子後方那兩具女屍的時候，他暫停了一會兒，在心中深呼吸，然後繼續下去，直接寫到了自己頭蓋骨被鏟子狠敲的那一段。

然後，他停手了。

他覺得精疲力竭，同時也覺得興奮高亢。他做到了，跳進了冰冷游泳池的深水端，習慣之後，繼續游下去。

當晚夏綠蒂回家的時候，他迫不及待把自己的進展告訴她。

「太好了，」她說道，「我以你為傲，真的，」她停頓了一會兒，「可以讓我看嗎？」

「還不行，我還不知道最後會寫出什麼，等到我覺得快要成形的時候，一定會給妳看。」

她差點露出了如釋重負的表情。她累了一整天，晚上某場帶看結束之後才劃下句點，她現在只想要上床休息。今天就跟平常大多數的夜晚一樣，她只要頭一沾枕幾乎就立刻入睡。她很少打呼——保羅有自知之明，他不敢誇稱自己也是如此——不過，他可以從她呼吸的深度判斷她是否入睡。

十點半的時候，他關了燈，但躺在床上的他依然很清醒，他確定至少有一個小時之久，或許有兩小時。

保羅覺得好亢奮。

這是自攻擊案發生之後，他第一次覺得……心情激昂。就算以前他懷疑自己是否具有直接面對霍夫曼事件的智慧，現在也已經疑慮盡消。不過，這種態度的轉變是否會呈現在各種不同的面向？書寫有關霍夫曼的故事，是否具有驅魔的效果？惡夢會就此終結嗎？也許不是一蹴可幾，但至少可以漸漸達成目標吧？

如果接下來的書寫很順利——我們先不要話講得太滿，這只是第一天而已——那麼，另覓寫作地點也許會更添樂趣。畢竟，他帶筆電到哪裡都不成問題。而且，他想到的不只是距離家最近的那間星巴克，還可以到鱈魚角之類的地方。

要是夏綠蒂可以休個幾天的假，他們可以驅車前往普羅威思頓，或是搭乘渡輪到瑪莎葡萄園。他甚至還可以把幾本最近的暢銷書丟進行李箱，也許可以從中挖掘出幾本重要作品、加入他的通俗小說課程之中。

他會在早上與夏綠蒂談一談這件事，但他很擔心她給出的答案。她一定會說，事情太多了，人不在這裡是要怎麼賣房子？他會告訴她，妳不能每天二十四小時都在工作。要是他這次可以說服她抽出時間旅行，他會看看喬許是否願意一起來。他可以打電話給海莉詢問她是否願意放行。

不，不應該這樣。要是他有機會說服夏綠蒂同意他的構想，那麼就該只有他們兩個人。倒不是說夏綠蒂不喜歡喬許，保羅確定她喜歡他，但她愛他嗎？要是她不愛他因而責難她，這樣公平嗎？喬許不是她兒子，而且出現在她生活中才幾年的光景而已。

就是在這一刻，也不知道是幾點幾分，當他在思考去鱈魚角休假的時候，他睡著了。

而他醒來的時候是凌晨三點十四分，他不是自然醒來。

而是被吵醒。

噠噠噠，噠噠。

❖

他突然睜開雙眼，是否又是在做夢？他是不是一直在做夢？就算醒來的時候很難想起夢境的細節，但保羅通常可以判斷自己到底是不是真的在做夢。

他不覺得自己在做夢。

而且他很確定當下的自己很清醒。

他捏了一下手臂，想要確定無誤。

是啊。

他屏住呼吸，豎耳傾聽。

沒有。在接下來那幾秒鐘之中，他只聽到自己的心跳。

然後，出現了。

噠噠噠，噠噠。

不是夢，而是千真萬確。

比爾建議他要是遇到下次這種狀況的時候該怎麼處理？喚醒夏綠蒂，找一個能夠證明自己的目擊者。

「夏綠蒂，」他低聲說道，「夏綠蒂，快醒來，夏綠蒂。」

她動了一下身體，沒有睜眼，「怎麼了？」

「出現了，」他說道，「那個聲音。」

「什麼聲音？」

「打字機。」

她雙眼睜得好大，抽出壓在枕下的那隻手，坐起來，眨了好幾次眼睛。

他輕聲細語，「妳專心聽就是了。」

「好，好啦，我起來了。」

「噓……」

她回道，「好啦！」

「安靜，仔細聽。」

夏綠蒂不再說話，兩人就這麼坐在床上，等待，過了十秒鐘之後，夏綠蒂開口，「我什麼都沒聽到。」

保羅伸手示意要她安靜，「等一下。」

又過了半分鐘之後，夏綠蒂才開口，「一定是你在做夢。」

「不是，」他壓低聲音，語氣尖銳，「絕對不是，我要下樓。」

「那我跟你一起去。」

「一定要保持安靜，隨時可能再次出現。」

他們兩人躡手躡腳穿過走廊，到達梯口，慢慢走下去。保羅伸手，兩人定住不動，他一共阻斷了兩次。

什麼都沒有。

當他們到達廚房的時候，保羅摸到了四個電燈的開關面板，一次全開，燈光灑落在中島與餐桌、櫥櫃下方，以及鄰近的起居空間。

保羅大吼，「我們知道你在這裡！」

但屋內沒有人。

保羅衝下通往大門的階梯，這一次他小心翼翼緊抓欄杆，這樣一來就不會摔得屁股落地。

夏綠蒂尖叫，「保羅！」

大門鎖住了，也上了門閂。然後，他打開了通往車庫的另一道內門，整個人入內消失了十五秒鐘，然後又回到屋內，搖搖頭，拖著沉重的腳步上樓，回到廚房。

「保羅？」

「我以為……我以為可以抓到那個人。」

夏綠蒂語氣溫柔，「這裡沒有人……」

他走向他的智庫，打開了電燈，盯著那台安德伍德。

夏綠蒂悄悄走到他後面，把手擱在他肩頭，兩人都安靜了好一會兒。不過，保羅終於打破沉默。

「妳覺得我瘋了。」

「我從來沒這麼說。」

「我知道我聽到了什麼。」保羅咬著下唇，聲音近乎是輕聲細語，「第三次了，我已經有三個晚上聽到那聲音。」

夏綠蒂雙眼霧濕，「相信我，那是夢，回去床上吧。到了早上的時候，一切就會清楚多了。」

保羅堅持，「我沒有瘋……」

「你累了，壓力沉重，而且一整天都在寫那個……」

「夠了！」他大吼大叫，雙臂陡然一沉，向後退了一步，遠離妻子，「我對天發誓，要是我再聽到壓力沉重這個字，我不知道接下來我會做出什麼事。」

「好，」夏綠蒂語氣平靜，「對不起。」

「比爾也說了一樣的話，一定是我在做夢，不過，」保羅放緩語速，「他想出了一招。」

「你跟比爾說了？」

「我們見面打球，然後……」

「壁球？」

「很溫和的一場比賽，我不想——」

夏綠蒂暴怒，「你瘋了嗎？頭部明明遭受重創，還進去壁球球場？你知道自己這種舉動有多麼愚蠢？你很可能會撞到頭——」

「閉嘴！」他大叫，「幹！給我閉嘴！」

夏綠蒂退後一步，「我想要幫你。」

保羅低頭，兩手撐住不放，「媽的我覺得我腦袋要爆炸了。」

夏綠蒂語氣溫柔，「沒關係，」她等了一會兒之後才開口，「你說比爾有個提議。」

保羅嘆氣，「對，我不知道他是不是在開玩笑還是在揶揄我。」

夏綠蒂靜靜等待。

「他說我應該把紙捲進去。」

夏綠蒂眨眼，「他說什麼？」

保羅指向那台打字機，「他說，要是這東西夜半發出了噪音，那就送紙進去，看看它要說什麼。」

夏綠蒂不發一語。

保羅問道，「妳覺得我應該照做嗎？」

她回道，「真是荒唐。」

保羅聳肩，「他提到了鬼魂。其實，他講到的是『魔鬼剋星』。」

「天，他真是大混蛋。」夏綠蒂翻白眼，雙手一攤，「好啊。」

「什麼？」

「你就這麼做吧，把紙捲進去。要是你在半夜又聽到了什麼聲音，但紙上什麼都沒有，那你就知道是怎麼一回事了。」

「知道什麼？」

她以食指點了一下自己的太陽穴，「那真的是夢。」

保羅下巴緊繃，與他妻子四目相接了好幾秒，他終於打破僵局，走到印表機前面，從紙匣取出了一張紙。他把它放入打字機的滑動架，把它捲進去，將紙頭拉高，比字鍵敲打位置高了約兩三公分。

「太好了，」她說道，「我要回去床上了。」

她轉頭，直接走人。

保羅在那裡又待了一會兒，盯著打字機不放。他的手指撫觸中間那一排字母，隨便壓了一個鍵，確定金屬長桿是否一如預期、彎向紙張的方向。

19

那禮拜過了幾天之後，安娜．懷特坐在辦公桌前，忙著在電腦裡為某名病患的檔案增添病例資料，等一下保羅．戴維斯就會過來，進行他一週一次的約診，就在這時候，她覺得聽到樓上傳來聲響，上面只有她爸爸而已。

她擔心他可能摔了下來。

她立刻起身，從住家辦公室的那一側急奔到了起居室，然後又火速衝上樓梯，猛敲父親的緊閉房門。

「爸？」

沒有回應。

她試了一下門，發現自己只能開個兩三公分，嚇了一大跳。她透過隙縫向內張望，發現有家具擋住了門，那是她父親的衣櫥，剛剛聽到的噪音就是這個，她父親把自己的衣櫥從房間的另一頭拖拉到門口。

「爸！」

小縫裡露出法蘭克的臉，「嗯？親愛的？」

「你在做什麼？」

「小心為上。」

「爸，警察不會再來了，那種狀況、絕對不會重演。」

「他們絕對進不來，我拍胸脯保證。」

安娜語氣平靜，「爸，你不能永遠待在裡面。要是得上廁所的時候，你該怎麼辦？」

他的人不見了，但五秒之後再次現身，一手拿著裝著用過衛生紙的垃圾桶，另一手拿著一捲衛生紙，「我一切都想到了……」

「好吧，」安娜說道，「要是你餓了呢？」

「妳可以幫我帶一點東西上來。」

「你覺得誰會幫你清尿桶？因為，我可以告訴你，我絕對不會幹這種事。」

他回道，「有窗戶啊……」

她腦中浮現那個畫面，心想，我的天啊。現在她只剩下最後一張牌可以出手，她知道自己對這一招深惡痛絕，「萬一要去療養院探視喬安妮的時候怎麼辦？」

法蘭克陷入躊躇苦思，顯然他並沒有考慮到所有的可能性。

「爸，何不把衣櫃推回去？然後打開電視，也許這時候正在播放巴哥兔的卡通。」

她聽到他把它推回原位的尖銳吱嘎聲響，安娜把門推開，盯著他移動家具。她沒打算要幫忙，他在划船機上頭花了這麼多時間健身，應徵「五月花」搬家公司的工人應該也不成問題。衣櫃歸位，他拿起遙控器，打開電視。自己靠在床角，彷彿沒事一樣。

安娜深感疲憊，回到了樓下。

當她踏進辦公室的那一刻，她尖叫了一下。

蓋文．希金斯坐在他平常坐的位置，正在等候她。

「天哪……」

他擺出無辜神情，「我從來不會取消約診，我都是這時候過來。」

「給我離開。」

他雙手一攤，做出投降姿態，但並沒有離開座位，「我來這裡是告訴妳，我原諒妳了。」

安娜眨眼，「你什麼？」

「我原諒妳。因為妳以為我與那女人和死狗事件有關聯，還有前兩天這裡不知道出了什麼事，妳居然派警察來找我。我知道妳做出那種事很可能違反了什麼醫病權利法則，但我很樂意放妳一馬。」

「蓋文，我說真的，你得離開了。」

「因為呢，妳也知道，我覺得自己應該算是罪有應得吧？而當妳做出我之前的那種舉動的時候，妳發現自己面對的是錯誤的指控，除了妳自己之外，妳不能怪罪任何人。這是妳自己想像的情境，我現在領悟到了。」

「我要打電話報警。」

蓋文的無辜面容轉為受傷的神情，「妳的意思是再也不為我做心理諮商了嗎？」

「你差點害我爸爸沒命。」

「我不知道妳在說什麼。哦，對，我知道，因為警察告訴我了。想必一定很可怕吧，特警小組以那樣的方式衝入屋內。」

「蓋文，你病了，希望有人可以幫助你，但那個人不是我。老實說，我不知道有誰辦得到。」

他站起來，「如果妳想知道我的看法，我認為這是某種模仿犯。某個知道我固定來找妳諮商、而且想要誣陷我的人。妳應該要注意妳的其他病患，看看有誰可能會做出那種事。」

安娜大步進入診間，經過蓋文身邊，坐到她的辦公桌後面，伸手拿起電話。正當她要拿起話筒的時候，蓋文伸手，壓住她的手背，害她動彈不得。

她盯著他的微笑臉龐。

他說道，「妳知道嗎？妳睡覺的時候不打呼，不過，當妳在呼氣的時候，嘴唇會跳可愛的小小舞蹈？」

安娜全身一涼。她想要尖叫，但是卻發不出聲音。

蓋文放開她的手，哈哈大笑，「只是在開玩笑罷了。」他走向門口，但卻在離開之前最後一次轉身，他對她說道，「幸好妳沒有寵物。」

安娜緩緩坐入椅內，緊抓椅背，不讓雙手繼續顫抖下去。

20

保羅起床的第一件事就是直奔他的書房。當他下床的時候，夏綠蒂依然窩在被裡，他光腳，身穿內褲，小跑進入廚房。

晚上的時候，他並沒有聽到其他打字聲，但他告訴自己，出現是有可能的，他只是睡熟了。要是那些字鍵——也不知道是什麼原因，在夜盡之前被人碰觸的話，那麼證據將會留在那張捲入的紙裡面。

保羅心想，*這真是太瘋狂了，我怎麼會做出這種事？*

他猛吞口水，緩緩推開書房房門的時候，心跳飛快。

安德伍德在那裡。

紙面一片空白。

保羅把手擱在門柱支撐身體重心，吸氣，他不知道自己該覺得如釋重負？還是覺得失望？

他低聲說道，「我真的是瘋了。」

在一片天光之中，夜晚事件似乎變得比較清晰。夏綠蒂的結論是他在做夢，他一直與她爭論不休，但現在還有其他解釋嗎？

你自己想想看，有人在大半夜潛入你家、敲打某台老舊打字機的鍵盤，合理嗎？

保羅知道答案。

他今天會在自己的約診時段向懷特醫生提到這件事。他會問一些問題，人是否可能會處於半醒半睡的狀態？當他自認已經清醒過來、聽到噠噠噠聲響的時候，是否可能意識並沒有完全恢復正常？會不會是某種形式的夢遊？

他必須承認，那種推測比其他說法合理多了。

他上樓回到臥室，鑽進被窩的時候，夏綠蒂正好醒來。

「嗨……」她昏沉打招呼，眨眼眨了好幾下，挺直身子，「還好嗎？」

「不錯，」他伸手，貼住她的臂膀，「只是想要向妳道歉。」

「因為什麼事？」

「我昨晚的行為態度。對妳講話粗魯，但妳其實只想要幫忙而已。」

「沒關係，」她說道，「不用擔心。」

當他講出自己準備要詢問懷特醫生的時候，夏綠蒂點點頭，很是興奮，「這樣應該一切都可以解釋得通了……」

保羅低頭，整張臉因為尷尬而發紅，「我下樓查看過了。」

「查看？」

「確定那張紙上面有沒有留下打字痕跡。」

「然後呢？」

他抬頭，「我想妳也知道答案。」

❖

前往諮商的時候，保羅心情很樂觀。他等不及要告訴安娜・懷特自己不只是踏出了寫作計畫的第一步，而且還推測出夜半噪音來源的可能原因。

他決定要先去史泰博買一些碳粉匣，然後去邦諾迅速看一下最新上市的小說。當他看到那台富豪的時候，他正在河流街的南行方向。

它從達利那區路出來，切到他前頭的車陣之中，就在鐵軌涵洞的下方。那名駕駛沒看到保羅，或者也不在意吧。保羅必須踩煞車，不然就會擦撞到那台車了。

保羅看不到開車的人是誰，不過，這可能是因為他在全神貫注研究那台車的全貌。

這台富豪是旅行車，深藍色，與肯尼斯・霍夫曼的那台古董車一模一樣。

保羅覺得心臟在狂跳，他的雙手幾乎是立刻開始冒汗，呼吸變得短淺。

當那台車駛入他正前方線道的時候，保羅特別注意是否有任何車尾燈破損，不過，正當他要凝神細看的時候，卻發現自己的視線變得模糊。

我的恐慌症馬上要發作。

等一下就會昏倒了。

保羅踩煞車，把車切到路邊，後面有台車猛按喇叭。他把車停在橋下，整個人縮在方向盤前面，頭貼其上，他閉上雙眼，努力對抗那股暈眩感。

突然之間，他頭頂上方出現了通勤列車駛過的轟隆聲響。

保羅的心臟簡直要從胸口蹦出來了。

「深呼吸，」他提醒自己，「深呼吸。」

他花了足足將近五分鐘的時間才穩定下來。他緩緩把頭抬起，離開了方向盤，靠在頭枕上面。他放開緊抓方向盤的手指，在大腿上方猛擦汗濕的手掌。等到他確定自己心跳速度與呼吸恢復正常之後，繼續上路。

❖

安娜·懷特不在辦公室。

保羅待在等待室，偷偷往裡面瞧，但是並沒有看到她坐在自己辦公桌後面，或是坐在他們對話的時候、她習慣坐的那張真皮座椅。

他又忍了兩分鐘，然後才朝屋宅的主區探頭探腦，開口問道，「懷特醫生？安娜？」

他覺得聽到了餐具碰撞的哐啷聲響，彷彿有人在水槽裡洗碗。他沿著聲音的方向進入廚房，安娜背對著他，站在水槽前面。

她開口，「安娜？」

她轉身，雙眼驚恐瞪得好大。濕答答的玻璃杯從她手中滑脫落地，破裂為無數碎片。

「啊，天哪，真抱歉，」保羅趨前，仔細審視地板狀況，評估災情，「妳千萬不要亂動。」

安娜看了一下雙腳周邊的玻璃碎屑，「靠，」她一臉歉然看著保羅，「你嚇到我了。」

他跪下來撿拾大片碎屑，開口說道，「當我發現妳沒在辦公室……我應該要在那裡繼續等下去就是了。」

但她沒有理會他，自己蹲下來撿拾雙腳周邊的碎玻璃。

「哦靠……」她握住自己的食指，鮮血從側邊滴落而下。

「等我一下，」保羅說道，「妳過去水槽旁邊，我差不多撿完了。」

他拿擦碗巾抹地板，沾拭手指遺漏的細小碎片。

他站起來，開口問道，「妳的急救用品在哪裡？」

她指向某個抽屜。保羅找到了一盒OK繃，撕開了其中一片的包裝。他與安娜肩並肩站在一起，溫柔執起她的手腕，握在自己的手中，打開水龍頭洗淨她流血的手指頭。

保羅說道，「妳在發抖……」

「我……只是今天有點緊張不安，」她搖搖頭，「我連我為什麼要做這種事都不知道，我明明有洗碗機，我只是……需要釐清思緒。」

保羅關了水龍頭，以紙巾輕輕擦乾了她的手指頭，仔細端詳傷口。

「沒看到玻璃。」

保羅把那條小繃帶緊緊纏住她的手指，「如果是我多管閒事，妳不需要回答，不過，妳為什麼會緊張不安？是因為妳父親嗎？」

「不是，」她回道，「嗯，多少有點關係。」

「出了什麼事？」

「有人惡作劇打九一一謊報事故。警察衝進來，拔槍，我父親真的嚇壞了。」

保羅握住她的手，過了好幾秒之後才放手。「好，妳現在應該沒問題了。」

❖

他們待在辦公室裡面，分坐不同的座椅，安娜說道，「我真的很抱歉，當你到的時候，我應該要待在這裡才是。」說完之後，她深吸一口氣。

他好心提議，「我們今天可以不用做諮商……」

她舉手示意，不要和她繼續爭辯下去，「我很好，繼續。」

「我真的以為自己就要遲到了，」保羅把自己看到那台酷似霍夫曼座車的經過告訴了她，「我不知道恐慌症發作是怎麼一回事，但我覺得自己當時的確如此。

我知道那並不是霍夫曼，而且我根本不覺得那是他的車，但一看到它就觸動了某種情緒。在過去這幾天當中，我真的覺得自己已經逐漸走出來了，但那樣的經驗確實提醒了我，我還有一段路要走。」

安娜想要確定他現在狀況正常，能夠開車回家，保羅說他很有自信不成問題。

「但我必須要告訴妳……又發生了。」

「什麼事？」

「半夜發出的打字聲響。而且我很確定自己很清醒。我叫醒夏綠蒂，但她什麼都沒聽見。」他講出了自己有關半醒半夢的那套理論。

「有可能，」安娜說道，「但那不是我專精的領域。不過，對，我覺得有可能。雖然你是清醒狀態，但依然可能受到某種夢境的影響。」

保羅盯著她好幾秒之久，「我想一定是這樣，除非，」就在這個時候，他勉強擠出了咯咯笑聲，「是遇到了鬼。比爾——我的某個朋友——就是這麼說的，但他是在開玩笑。」

安娜尷尬一笑，「如果真的是那種問題，那麼你遇到的狀況就真的不是我的專精領域了。」

諮商快要結束的時候，保羅再次詢問安娜還好嗎？

「好多了……」她握著自己貼住繃帶的手指，對他牽動了一下嘴角，「你是我的新英雄。」

21

夏綠蒂在晚餐的時候，開口說道，「我今天訓了比爾一頓。」

「為什麼？」

「有沒有搞錯？讓你去壁球場跟他比賽？」

「哦，那件事啊。」

「我不知道誰比較蠢？你還是他？」

保羅微笑，「很難判斷。」

她狠狠瞪了他一眼，「不好笑。」

他們開始聊其他的事。她問他有沒有乾洗單據，明天她可以過去取件。

他問道，「什麼乾洗？」

「我請你送去乾洗的衣服。」

「妳沒有叫我拿衣服去乾洗啊。」

「今天早上，我跟你說了，麻煩去乾洗店一趟，我還朝我門臥房那張椅子上的袋子指了一下。你說，沒問題，你去諮商的路上順便拿過去。」

保羅盯著她，「沒有，妳沒跟我說。」

夏綠蒂回他，「也許接下來這一段話可以幫你想起來。我那時候說，叫他們要注意那件黑色洋裝。你跟我說，就是那件看起來像是被油漆潑到的那一件嗎？我說，怎樣，你是有脫漆劑嗎？這段話有沒有幫到你？」

保羅臉色一沉，「我根本不記得。」

夏綠蒂努力打起精神，「沒什麼大不了，我明天自己送洗。」

❖

保羅嚇了一跳，自己居然睡得很好。也許處理霍夫曼的事發揮了效果，已經可以放下富豪汽車事件。

當他在七點五分醒來的時候，他聽到了流水聲。他掀開床被，無精打采進入浴室。夏綠蒂全身赤裸，站在淋浴間霧化玻璃門的後面，她的頭往後、讓水花潑濺在她的臉龐。

「嗨！」他大聲打招呼，蓋過了水聲。

她關掉水龍頭，打開門，空隙正好能夠讓她伸手拿鉤架上的毛巾。

「你是什麼時候上床的？」她問道，「我等了你二十分鐘，後來自己就睡著了。」

「我熬夜了一會兒，」他說道，「寫東西。」

保羅端詳自己鏡中的面容，仔細檢視雙眼。夏綠蒂在玻璃門後面擦乾身體，然後開了門，毛巾裹住身體，走了出來。

她問道，「後來你有睡吧？」

「有，」他說道，「現在覺得反應有點遲鈍，但是我睡得很好。」

保羅知道她其實想要問什麼。昨晚有沒有聽到異聲？他伸手撫摸自己刺感明顯的下巴與頸部，打開抽屜，拿出了剃刀與刮鬍霜。

等到他剃完鬍子之後，她開口問他，「你要不要趁我換上衣服的時候煮咖啡？」

他疲憊點頭，又看了鏡中的自己一眼之後，開口說道，「要恢復正常，靠的不只是咖啡而已。」

他離開浴室，走到樓下。夏綠蒂拿掉浴巾，盡量擦乾頭髮，然後從洗手台下方的櫃子拿了手持吹風機。她插上插頭，打開開關，突然之間，這小小空間裡的聲響就像是在噴射引擎裡面一樣。她把它對準頭部，任由髮絲翻飛。

不到一分鐘之後，保羅站在浴室門口，臉上全無血色，她關掉了吹風機。

他說道，「拜託，妳到底有沒有聽到我在講話？」

她在他面前揮了揮吹風機，「用這個的時候是能聽到什麼嗎？」

「下樓。」

「怎樣？」

「下來就是了。」

她進入浴室，拿了浴袍，穿上之後立刻綁好腰帶，她跟在她丈夫後頭跑下去，他早已急奔到樓梯的中段位置。

夏綠蒂問道，「怎麼回事？」

他直接帶她到了小房間那裡，站在門外，指向那台打字機。

「妳看……」

「看什麼？」

「那張紙，」他說道，「妳看看那張紙。」

從她站立的地方，可以看到一些字母，保羅前幾天捲入機器裡的那張紙上面，某一行的部分文字。

她低聲說道，「這什麼鬼東西啊？」

她緩步進入房間，在那台黑色金屬打字機前面彎身，距離已經近到足以看清那些不知道到底是靠什麼方式、在他們上床之後那段時間所冒出來的字句：

我們乖乖遵照指示，但結局還是一樣。

22

「我不想要嚇你，但可能有人在我們不知情的狀況下闖入我們家，所以我們要保持警覺。我一直在考慮是否要告訴你，因為我不想害你緊張不安。」

法蘭克．懷特一臉憂心望著女兒，「有人闖進來？」

安娜把手伸到餐桌的另一頭，以雙手握住他的手，「我不知道，他可能只是想要嚇唬我們。」

「是誰？」

「我的某名病患，嗯，以前的病患了，」她說道，「他昨天講了一些話。」

「妳覺得就是他叫警察過來的嗎？」

「我沒有任何證據，不過，對，我是這麼覺得。警方已經因為另一起事件訊問過他，但是他們也沒有真憑實據，但大家就是心知肚明。我已經巡過了整間屋子，檢查了窗戶，玻璃滑門，一切沒問題，看起來安全無虞。」

法蘭克緩緩點頭，然後開口，「我們得要把這些事告訴喬安妮。」

安娜回他，「當然。」

「但不要搞得大驚小怪，我不希望她瞎操心。」

「我會注意。」

她父親露出笑容，「不然也可以等到我們去看她的時候、由我開口告訴她。」

她微笑回道，「好啊。」

「妳的手指頭怎麼了？」他目光低垂望著繃帶，還輕輕碰觸了一下。

「沒什麼，」她回道，「昨天打破了玻璃杯。」安娜停頓片晌，「我心中還掛記著另一件事。」

法蘭克靜靜等待她說下去。

「這有點像是某種在專業遇到的兩難困境，」她說道，「我覺得這個病人可能已經對我的其他病患造成威脅，不知道是否該警告他們。」

法蘭克的雙眼似乎變得空茫。安娜知道他不可能會解決她的問題，而她自言自語大聲說出自身焦慮，效果應該也一樣，「我已經把這男子的狀況向警方通報，他所做的某些行為已經事涉公領域檔案的範疇，所以我想道德面的影響已經降到最低了。」

法蘭克點點頭，往後一退，從餐桌前站起來，「我想要打一下球，可以準備出發的時候跟我說一聲。」

她對他露出慘然一笑，「爸爸，好的。」

23

「哦天哪，」夏綠蒂盯著打字機裡的那張紙，轉身回望廚房的方向，「真的有人出現在這裡。」

「不是，」保羅抓住她的肩膀，「現在這裡沒有人，而且我也找不到任何曾經有人進入屋內的證據。我已經檢查過所有門窗，屋內的每一個角落都徹底檢查過了，我確定自我們上樓之後、沒有人在半夜潛入這裡。」

她說道，「你又不能確定……」

「跟我來，」他帶她走向通往大門的階梯，「妳自己看。」

「要看什麼？」

「那隻鞋子。」

門邊的地板上有一隻深藍色的慢跑鞋。

「這幾個晚上我都做同樣的事。把一隻鞋斜靠在門邊，如果有人開門的話，一定會動到鞋子的位置。」

夏綠蒂目瞪口呆，先是盯著鞋子，然後望向保羅，「所以是怎麼回事？我不明白。」

保羅問道，「妳是從哪裡弄到那台打字機？」

「我告訴過你了，某場車庫拍賣。有人搬家，清理家中物品。」

「在哪裡？」

夏綠蒂眨眼眨了好幾下，努力回想，「位於勞萊爾巷，兩層樓、三衛、雙車庫的某棟房子。那不是我的物件，但我開車經過的時候，你也知道，因為我喜歡了解米爾福德的房市狀況，而他們正好在拍賣。我發現那台打字機，一看就知道你一定會喜歡。」她停頓了一會兒，「現在知道是大錯特錯。」

「可不可以再找到那間屋子？」

夏綠蒂對他露出那種「你說真的假的」的表情。

保羅說道，「我們得找那些人談一談。」

「為什麼？從哪裡買來的很重要嗎？媽的不就是台打字機而已！保羅，我說真的，你嚇壞我了。」

「我得要知道還有誰用過它，到底之前有誰使用過這台機器。」

「很可能有數百人用過，」夏綠蒂說道，「拜託，跟我說你到底在想什麼？」

「再看一次。」

「什麼？」

「來啊，再看一次。」

他帶她回到小房間，抓住那張紙的紙頭，從打字機硬撕下來，「給我唸出來就是了。」

「我已經看過了。」

保羅朗聲唸出來，「我們乖乖遵照指示，但結局還是一樣。對妳來說，沒有任何意義嗎？」

「保羅，我發誓我真的不知道。」

「那是肯尼斯在殺害她們之前，殺死那兩名女子之前，逼她們做的事。」

夏綠蒂一臉茫然盯著他，長達好幾秒之久，然後目光又望向他手中的那張紙，「真是荒唐。」

「的確。妳覺得我在進行暗示的時候，難道不會覺得自己已經瘋了嗎？」

「你到底在暗示什麼？」

這次換他對她露出「妳說真的假的」的表情。

夏綠蒂說道，「等等，讓我確定自己弄清楚你所說的話。你覺得那兩名女子在對你傳遞訊息？靠的是這台打字機？保羅，你自己聽聽你在說什麼。」

保羅陷入遲疑，「好，我知道這聽起來很荒唐。但萬一……萬一那些道歉信就是從這台打字機寫出來的呢？」

「但那台打字機怎麼可能最後會出現在某場車庫拍賣？難道不是應該由警方保管嗎？這一點很明顯吧？」

保羅思索了一會兒，「好問題。妳覺得理應如此，老實說，我不知道。當我想起肯尼斯把某個東西放入那個垃圾集運箱，已經是好幾天之後的事了，警方可能一直沒找到，也許被別人拿走了。」

「好，所以它可能是那台真正的打字機，也可能不是。不管怎樣，你要怎麼解釋這東西？」

她從他手中抽走了那張紙，然後在他面前揮了好幾下。

「我不知道，」他思索了一會兒，「我要打電話給那個女人。」

「哪個女人？」

保羅從她身邊擠過去，坐在他的便宜工作椅裡面，啟動了他的筆記型電腦，「就是撰寫這篇報導的記者。我不記得她的名字，她寫了某篇專題報導，裡面提到了這個案子的諸多細節。當初我下定決心要回頭研究的時候，那是我看到的第一筆資料。」

他狂敲鍵盤，搜尋結果出現之後往下拉，「找到了，報導在這裡，葛溫．史坦頓。就是她，在《紐黑文星報》，她對這個案子了解的程度似乎超越了任何人。」

保羅又按下好幾個鍵，「好，這是《紐黑文星報》的員工名單……等等，好，史坦頓，我來寄電郵給她。」他一邊打字，一邊大聲說出郵件內容，「親愛的史坦頓小姐，您對肯尼斯．霍夫曼的報導，我全都看了，很有興趣，我有一個問題。那台拿來寫道歉信的打字機怎麼了？是不是在警方手中？如果您知道答案，能夠告訴我的話，不勝感荷。如果您不清楚的話，麻煩請告知我可能知悉者的姓名。」

他轉頭，面向夏綠蒂，「妳覺得怎麼樣？」

她遲疑了一會兒，「嗯，應該吧。」

「怎麼了？妳聽起來言不由衷。」

「我很擔心你。」

他指向打字機，「我必須要知道更多真相，妳懂吧，是不是？」

夏綠蒂目光低垂，望向依然握在她手中那張留有打字跡痕的紙，把它放在桌上，回頭望著她先生，「你就寄吧，我不在乎，我要準備去上班了。」

她離開書房，保羅的注意力又回到了筆記型電腦，他把游標移向寄送鍵，按了一下。寄給葛溫．史坦頓的那封電郵，咻一下就從螢幕消失了。

他自言自語，「好……」

他望向那台古董安德伍德，盯著它好幾秒，

他低聲說道，「如果妳們還有其他事想說的話……」

24

當夏綠蒂回到廚房、為自己弄點早餐吃的時候，保羅對她說道，「我開車送妳去上班。」他早已奔上樓、迅速穿好衣服，只要等到她準備好，他可以立刻出門。

「我自己需要車，以備不時之需……」

「不，聽我說，妳當初買到這台打字機的那戶住家，我想知道我們還能不能找得到。」

夏綠蒂整個人變得委頓，「保羅，聽聽你講那什麼話。」

「我只是想要跟他們聊一聊而已，就是主辦車庫拍賣的那一家子。詢問他們是從哪裡弄到它。聽我說，如果他們已經持有了五十年，很好。但如果他們是最近這八個月才入手，那麼就有可能……」

她又講了一次，「我得要用我自己的車。」

「好，沒關係，我們開妳的車，之後我再從妳辦公室搭計程車就是了。」

「我們路上可以買杯咖啡吧？」

保羅嘆氣，「好。」

她在下樓之前，盯著他的書房，「你又捲了一張紙進去。」

「對。」

她朝那裡走過去，「你真的覺得……」

他抓住她的手臂，「好啦，我們出門吧。」

夏綠蒂進入駕駛座，從包包裡拿出手機，「我不知道接下來會遇到什麼狀況，所以讓我先打電話給辦公室，讓他們知道我可能晚一點進去。」

保羅坐入副駕座位，「很好……」

她按了電話號碼，把手機湊到耳邊，「嗯，嗨，我是夏綠蒂。好，事情是這樣的，保羅和我一早要處理幾件小事，所以我進去可能也是九點半之後左右的事了。」她朝自己通話的對象點點頭，然後說道，「對，是啊，檔案在我的辦公桌上面，一會兒見。」她把手機放回包包，「好，我們就過去吧，但不要忘了，你答應我要買咖啡。」

夏綠蒂離開龐德角大道區，到達新黑文大道的時候，右轉，前方是某間當肯甜甜圈，她駛入停車場，對他說道，「你去買。」

保羅進入店內，回來的時候拿了兩個紙杯咖啡。她喝了一小口，然後把它放入座位間的杯架。她發動引擎，後退離開停車位置，然後繼續上路。

她一派從容，穿越了市中心公園，然後，一連串的右轉加左轉，終於到達了勞萊爾巷。

「這是一條死巷街道，」她說道，「無論對買方還是賣方來說都很有吸引力。車流少到不行，不會有人以你家外頭的馬路當捷徑。」

她把車停在大門前插有「已售出」房地產標誌的某棟房屋外頭。

她說道，「就是這裡……」

她車還沒停妥，保羅已經開了車門。

「天，你慢一點啊……」

他已經下了車，前往大門口。他根本沒找電鈴按鈕，直接猛力敲門。等到他看到之後，立刻以食指狠狠按下去。

夏綠蒂坐在車內凝望，一臉憂心忡忡。她伸手拿咖啡，又喝了一小口。

保羅再次敲門，也按了第二次的電鈴，沒有人應門。夏綠蒂盯著他透過大門內窗向裡面張望，以雙手當成遮陽板，想要看得更清楚。他雙肩陡然一沉，轉身，緩緩朝車子方向走回去。

當他在副座坐定之後，夏綠蒂問他，「怎樣？」

「我看了屋內，什麼都沒有，已經全部都清空了，連傢俱都沒有。」

夏綠蒂看了他一眼，目光充滿憐憫，「很遺憾。」

他問道，「妳可以找到吧，對不對？」

「什麼？」

「屋主是誰？又去了哪裡？妳認識賣這棟屋子的仲介嗎？」

她點頭，「我認識。」

「要是妳弄得到名字，無論他們搬去了哪裡，我都可以打電話過去。」

「當然，」夏綠蒂說道，「我來處理。」

保羅皺眉，「妳似乎不覺得我的念頭很瘋狂。」

「不會啊，沒問題。」

「什麼？什麼意思？」

「我說我會處理。」

「妳的語氣我聽得出來，其實妳不想理我。」

夏綠蒂沉默了好幾秒鐘，然後調整坐姿，能夠以更直接的角度面對她先生，「其實，」她語氣變得柔和，「也許打字機的來源並不重要。」

「當然是重點啊。」

「只有當我們接受它——我甚至不知道該怎麼稱呼才好——某種超自然或是靈異，還是那台打字機與以往某個使用者之間的連通性，打字機的來源才會變得重要。還有，保羅，抱歉，但這真的不合理。」

「妳看到那些話了，」他勃然大怒，「妳親眼見到了那些字句，當我們看到的時候，我們並非在做夢，它們就是在那裡，印在紙上。」

「我知道。」

「而且我找不出任何人潛入屋內的跡象，」保羅繼續說道，「我的意思是，對，就我們所知，喬許有鑰匙，而海莉可能也有，不過，那鞋子，夏綠蒂，那隻鞋子，我非常確定它從頭到尾都沒有被動過。」

她又講了一次，「我知道……」

「好，那妳的解決方案是什麼？」他問她，「要是完全不合理，妳覺得那張紙上頭的那些字到底是什麼？」

她別過頭去，轉動鑰匙，在勞萊爾巷直接做三點式迴轉。

保羅說道，「回答我啊……」

她說道，「我是這樣懷疑，我不希望你誤會我，不過，我在懷疑，是否有另外一種解釋……」

「什麼？」

「我們是否可能同時處於半醒半夢的狀態？你是否問過懷特醫生？」

「是，」他緩緩回道，「她說有可能。」

「所以，」她把車開出了那個區域，準備前往她的辦公室。

「妳直接說出來就是了。」

「如果你聽到了其實並沒有出現在那裡的聲響，也許是因為你自己做出了什麼舉動卻只是忘了。」

「拜託，幹……」他轉過頭去，眺望窗外。

「你昨晚在樓下待了許久之後才上樓睡覺，也許你還沒有挨在我身邊之前、已經在書房裡打盹，或者，你半夜起來，而我沒有聽到你的動靜。」

「妳覺得是我打出了那些字。」

「我只是要說，你必須思索會有那種可能性。」

在剩下的路程當中，他沒有說話。距離她辦公室只剩下一個街區的時候，她開口說道，「好，我開車送你回家，你不需要搭計程車。」

「媽的隨便把我丟在哪裡都可以。」

「拜託，我絕對沒有那個意思……」

他說道，「夠了……」

她把車停入房仲公司的停車場，保羅不再說話，直接甩門離開。

25

「抱歉，我沒有預約……」那天早晨的稍晚時分，保羅對安娜・懷特醫生開口，「我知道我昨天才來過這裡。」

安娜一看到他出現在門口的時候，一臉驚訝——現在大家都必須先打電話，沒有人會流露痛苦神色，直接走進等候室。

「保羅，」她說道，「五分鐘內就有人要過來赴診，不過，你是發生什麼事了？」

她邀他入內，帶他進入她的辦公室。

他再次道歉，「抱歉我就這麼直接衝過來。」

「怎麼了？」

他陷入猶豫，「讓我問妳一些事，我需要妳對我直接說出答案。」

「沒問題。」

「妳覺得我像是那種陷入全然妄想症的人嗎？」

「怎麼會突然這麼說？」

「夏綠蒂覺得我瘋了，這一點我非常確定。」

「我不相信，她為什麼會這麼講？」

「發生了非常離奇的事，我不知道該怎麼解釋。」

「跟我說就是了。」

所以，他在印表機裡的紙張裡發現了那些字句的事，他就全告訴她了。

安娜緩緩說道，「我明白了……」

「我不喜歡那種『我明白了』的語氣，」保羅說道，「我的假設，嗯，相當詭異，而我覺得夏綠蒂有一種比較務實的想法。」

安娜緩緩點頭，「意思是你嗎？你自己打字？」

保羅動作徐緩，點了一下頭。

她問道，「你覺得有這種可能嗎？」

「不，」他立刻蹦出答案，但後來又低垂著頭，追問了一句，「天，有這種可能嗎？」

「你可以再講清楚一點。」

「夏綠蒂從來沒有在半夜聽過打字機的聲響。我是唯一的一個。我的意思是，對，有可能是我在做夢，但夢境相當逼真。」

「嗯。」

「不過，打字機出現了字句，那就不一樣了。那是可以抓在手裡的東西，貨真價實，夏綠蒂也跟我一樣，看得一清二楚。」

「我們以符合邏輯的方式來看待這件事，」安娜說道，「要是大家跟我一樣，接受這樣的事實，也就是在我們的世界當中、其實並沒有鬼魂或是超自然力量，這種事物只會在電影或是史蒂芬・金小說的紙頁之間出現，那麼，我們就必須要思索，你最近所承受的壓力，正在以你根本渾然不覺的異想方式彰顯而出。還有，大約在上禮拜的這段時間當中，你決意要重新審視肯尼斯・霍夫曼企圖殺害你的那些細節。」

「所以我打出了那句話，自己完全不知道。」

「我覺得我們應該要把這納入可能的選項。」

保羅伸手撫摸嘴唇與下巴，「昨天夏綠蒂和我講到了乾洗的事，但我完全不記得。那些我根本不記得寄出過的簡訊，當然還有在真正的字句出現之前、夜半發出的打字噪音。不過，構思寫出某句瘋言瘋語，完全沒有記憶，這種事真的是……」

「我可以研究一下，」安娜主動提議，「有人夢遊的時候會做出令人大吃一驚的事，遠遠超過了走路。有例子是上了車之後隨便亂開，完全沒有記憶。要是有人能夠做出那種舉動，那麼打出幾個字也不算太誇張。」

保羅長嘆一口氣，「好，無論我是在昏睡的時候做了什麼，反正都害我在清醒的時候陷入瘋狂。」

安娜的表情看起來是想要詢問些什麼，但最後還是欲言又止。

保羅問道，「什麼事？」

她問他，「你家安全嗎？」

他點點頭。

「所以你不覺得是有人闖入家中、把那張字條放入打字機裡面。」

保羅搖頭，「我覺得不可能，而且我想不出為什麼有誰會做出那種事。」

安娜沉默了好幾秒，然後，開口說道，「有件事我必須要告訴你。老實說，我不覺得有任何關聯，不過你知道前幾天的那名病患嗎？發脾氣衝出去的那一個？」

保羅點點頭，「嗯，蓋文對嗎？姓氏是不是希區考克什麼的？」

「名字不重要，」安娜說道，「但這名病患可能，我要強調可能，會騷擾找我看診的某些人。我沒有辦法證明，但如果是他的話，的確很符合他當初被送來我這裡時的那種犯行。」

「他做了什麼事？」

安娜遲疑了一會兒，「你對電腦熟嗎？」

保羅聳肩，「我的程度就跟大多數的人一樣。」

「要是有人靠著那種小東西從某台電腦裡下載檔案，需要多久？你知道我說的是什麼吧？」

保羅吐了一口長氣，「我不知道。應該不需要很久吧，為什麼問這個？」

她搖頭，「你知道這對我來說是很為難的處境，但我可以告訴你已經在公領域揭露的部分。曾經有條新聞，他打電話給某個悲慟逾恆的父親，佯裝是他過世的兒子。」

「天，怎麼會有人做出這種事？」

「他似乎會以利用他人弱點的方式得到快感。」

「妳覺得……」

「不，」她迅速回道，「但我講這件事只有一個用意，這樣一來你就會隨時注意，某種高度警戒的狀態。要是你發現他在你家附近徘徊或其他的類似舉動，打電話給我，甚至打給警察。」

❖

保羅離開安娜的辦公室之後，不想立刻回家。他想要開車繞一繞，仔細思索。

他很好奇，到底自己的心會對自己玩弄哪些把戲？當然，他一直承受了許多壓力，但他並沒有遇到真正的幻象。好，偶爾吧，他會聽到腦中出現霍夫曼的聲音，還有那麼一時半刻，他以為切到他前面的那台富豪汽車是他前同事的座車。

但那些都只是稍縱即逝的幻象，如此而已。

難道，即便只是短暫的猜測，他那台打字機裡的字句是否真的出於他推測對象之手，這樣算是不正常嗎？凱瑟琳．蘭姆與吉兒．佛斯特是不是努力想要與他進行溝通？

不要想了。

他不禁因此開始揣測自己是否面對了更可怕的狀況，不只是頭部重擊的後續問題而已。他是不是因為某種心理疾病而飽受折磨？保羅過去曾經認識兩個被診斷出有精神分裂症的人，他們都十分篤定，認定自己是複雜陰謀的受害人。其中一個認定美國政府對他窮追不捨，總統親自主持某項計畫，打算要對他開顱取腦。而第二名女子是在西黑文大學僅就讀一學期的成人學生，她覺得自己全身上下都充滿損傷，但她的皮膚明明美得跟剛出生的小嬰兒一樣。

他告訴自己，我不是那樣，我對於自己的真實狀況很清楚。

不過，那兩個人不也這麼自認的嗎？

他在米爾福德開車晃了將近一小時之後，決定回家。

他把車駛入住家私人車道，下車，站在那裡好一會兒。他取出手機，找到了夏綠蒂的號碼，點了一下，把手機湊到耳邊。

「接啊，接啊，快接起來啊……」

「喂？」

他開口，「嗨……」

夏綠蒂也回他，「嗨……」

「抱歉，我今天早上真的是失控暴怒。」

「沒關係。」

「我去找了懷特醫生，」保羅說道，「有點算是硬闖進去。重點是，各種可能性我現在都欣然接納，就連妳暗示的那一個也一樣。」

「其實我並沒有說……」

滴滴，滴滴，滴里滴，滴滴，滴答，滴答，滴答滴。

他回道，「沒關係。」

「那是什麼聲音？」

保羅望向馬路上那台逐漸靠近的車子，那個星期五晚上，他與喬許特地跑出來，就是為了這一台冰淇淋餐車，駕駛是雷納德，也就是霍夫曼之子。

「我得掛電話了……」

「我得想辦法問出是誰賣那棟房子，等到我——」

「之後再說吧。」他已經收起了手機。

依照既定計畫行事，不要分心。你早已準備要面對這種困局，面對這種本來就應該正向迎擊的困局。所以，路上一直會出現奇奇怪怪的顛簸狀況，繼續前行就是了。

那台冰淇淋餐車放慢速度，因為有兩個小孩從相隔半個街區的某棟房子跑出來，朝他猛揮臂，餐車緩行，停了下來。

滴滴，滴里滴，滴滴，滴答，滴答，滴答滴。

保羅在街上大步前行。等待那兩個小孩點完餐，然後，他站在供餐口前面。那個胸前別有小雷名牌的大塊頭年輕人開口，「你要點什麼？」

保羅開口，「中號甜筒，就這樣。」

「你是雷納德．霍夫曼，對嗎？」

不再恐懼，不要再別過頭去。

當小雷在準備的時候，保羅開口，「你是雷納德．霍夫曼，對不對？」

雷納德轉頭，望著保羅，「對。」

「你知道我是誰嗎？你認得我嗎？」

雷納德停下在霜淇淋機搖晃甜筒的動作，把它放在櫃檯，開口說道，「不認識吧。」

「我是保羅．戴維斯。」

雷納德的遲鈍雙眼終於慢慢恍然大悟，「你……我知道那個名字。」

「你爸爸……我是目擊者。你父親因為攻擊我而遭到起訴，就在那一晚發生的事。我在想……這樣說也許很奇怪……但我在想不知能否和你聊一聊你父親的事？」

雷納德細瞇雙眼，「為什麼？」

「我只是……很難解釋。過去這幾個月以來，我過得很痛苦，我一直想要……該怎麼說才好……想要直接面對問題……」

雷納德說道，「你是壞人……」

「什麼？」

「都是你的錯。」

「我的錯？」

「你害我爸爸去坐牢。」

「哦，不，雷納德，不是這樣吧。那是你爸爸的錯，因為他殺死了那兩名……」「都是因為你攔下他。要是你沒有攔下他，他也不會被逮捕了。」

也許其實這念頭根本不妙啊。

「都是因為你攔住他，害我爸爸在那裡待得太久，然後警察就來了。」

保羅眨眼，「如果警察沒來的話，我必死無疑，你爸爸一定會殺我滅口。」

雷納德說道，「他當初應該這麼做才是……」雷納德用手背猛力一揮、把那個冰淇淋甜筒從櫃檯啪一聲撥下去，彈飛到保羅的胸膛，留下了一大塊不斷在滴水的白色污漬。

「混蛋，不跟你收錢了！」雷納德回到貨車前座，打檔離開。

❖

他要回家換襯衫，等一下把髒的那一件塞入本來應該要拿去送洗、還放在臥室的那袋衣服裡面，然後再從衣櫃裡抓了一件新的。

他嘲弄自己，「嗨，雷納德，要不要聊一聊你的殺人魔爸爸？坐下來吧，準備要開始講你的兇手父親了嗎？」

他上樓的時候，經過了廚房。

朝他的書房瞄了一眼。

看到了放在書桌上的打字機。

某個東西吸引了他的目光。

他低聲說道，「不會吧。」

從他站立的位置，可以看到當天早上他捲入機器裡的那張新紙、出現了一行新的墨跡。

打字機打出的一排字句。

他緩緩走向那間小書房的門口，入內，動作宛若躲在門後的老虎。保羅心跳飛快，變得口乾舌燥，他眨了好幾次眼，想要確定自己所見為真。

最新冒出的那一段話是這樣的：

血濺四方。是什麼原因讓某人做出如此可怕的事？

他踉蹌離開書房。

他告訴自己，我沒有做，我沒有做這件事，我不記得做過這件事，我根本沒來過這裡，我不可能……

他外套裡發出一聲巨大的高頻聲響，害他嚇了一大跳。他取出手機，點開了螢幕。

原來是收到電郵的通知，他打開它，看到是《紐黑文星報》葛溫・史坦頓的來信。

內容如下：

親愛的戴維斯先生：

我想我一看到你的電郵就認出你是誰了。我從一開始就在追霍夫曼的雙屍案，我可以告訴你，警方一直沒有找到這起案件中所使用的打字機。為什麼要問這個問題？

祝好

葛溫・史坦頓

26

保羅心緒狂亂。

如果那不是他寫的、留給他自己看的話——要是夏綠蒂在這裡，很可能會提出這樣的假設——而且，如果那兩名死掉的女子其實並沒有想要與他溝通，那麼，只剩下唯一可能的解釋。真的有人潛入屋內。

不過，他回來這裡之後就鎖好了門。他記得很清楚，自己把鑰匙插進去，然後，把門閂扣回原處。

會不會有人進入車庫，然後利用車庫與家之間的那道連通門溜進來？

保羅衝下樓，走出大門，努力轉動車庫門的把手，動不了，也是鎖得好好的。

他回到屋內，檢查客廳與臥室的陽台門，搞不好有人爬牆上來。但陽台的門不只是鎖得好好的，就連防止滑動的軌道木條也依然在那裡。

不可能有人進得了這間屋子。

他十分確定。

他回到廚房，然後又進入自己的書房，一拿到放在打字機旁邊的筆電，立刻就出來，轉移陣地到廚房中島。他拉開椅子，他沒辦法留在自己的小書房裡面。此時此刻的他，怕得要死，根本不敢待在那台古董打字機的旁邊。一想到要回到那個跟衣櫃一樣狹小的空間裡，就害他覺得呼吸困難。

他想到了那部電影，名稱裡有「超自然」的那一部，主角們在臥室裡安裝了攝影機。到了一早的時候，住在裡面的夫妻看到了他們在熟睡時的這些恐怖事件，床被遭掀開，而且門不斷開開關關。

不過，保羅提醒自己，那是電影。

而這是真的。

他回想自己與夏綠蒂去尋找她當初買到這台安德伍德的那棟房屋地點、離家之前所發生的一切。他會不會在他們出門之前的那幾秒匆匆利用打字機寫下這段話？不過，在那個時候，他根本沒有在昏睡，已經醒來了數小時之久。

「我沒有，」他低聲說道，「我確定我並沒有做出那種事。」

他打開自己筆記型電腦的電郵程式，再次閱讀剛剛在手機裡看過的電郵，葛溫．史坦頓寄來的那一封，提到警方一直沒有找回那台霍夫曼打字機。

「為什麼要問這個問題？」這是她在署名之前寫下的最後一句話。

他找出了自己先前看過的《紐黑文星報》網頁，撥打報社主機的電話號碼。

「這裡是《紐黑文星報》，」另一頭出現預錄的聲音，「如果您知道分機號碼，請直接輸入。要是今天早上送報出了問題，請按一；要是想要登錄休假日期暫停寄送、或是取消訂報，請按二；要是想要刊登廣告，請按三。」

保羅怒道，「他媽的！」

「要是您想要聯絡新聞部，請按四，要是……」

保羅按下了四，心想要是有誰為了要爆料打電話進去，現在八成早就放棄了吧。

某個男人開口，「這裡是新聞部。」

「我找葛瀶．史坦頓。」

「稍等。」

電話沉寂了將近十秒，然後，有人開口了，「我是史坦頓。」

「史坦頓小姐，我是保羅．戴維斯。今天早上，我寫電郵給妳，詢問肯尼斯……」

「嗯，打字機的問題。我們聊過對吧？我在寫這個案件的某篇專題報導，霍夫曼認罪之後的事。」

「沒錯。」

「你還好嗎？」

「還可以。」

「我知道你傷得很重，但從許多方面看來，你真的很幸運。」

「我想妳說得很對。好，關於那台打字機，我覺得一直沒有看到它的下落——妳的報導裡並沒有提到——不過，我看到肯尼斯的那一個晚上，他的確把東西丟入了某個垃圾集運箱。我覺得那就是他逼使受害女子打出那些字句的打字機。不過，因為我頭部受傷的關係，過了多日之後才想起來，我想，在那個時候，那台垃圾集運箱很可能早就被清空了。」

「有這個可能，」葛溫說道，「戴維斯先生，我在電郵裡提過了，為什麼要問這個問題？」

他稍作停頓，「我們是私下閒聊吧？」

對方也愣了一下，「嗯，是啊。」

「自從發生意外之後，我一直定期看醫生。妳也知道，就是要處理心理創傷問題。我決定要寫下事發經過，作為我面對的方法之一，我想妳可以把它稱之為某種治療。不過，檢視那晚發生的一切之後，有關這一點，嗯，有種交代不清的感覺，我是說打字機。」

葛溫說道，「你聽起來像是現代版的神探可倫坡……」

保羅承認，「也許吧……」

「你知道的應該跟我不相上下，甚至更多一點。霍夫曼殺死那兩名女子之後，企圖湮滅證據。據說她們的屍身與打字機都沾有大量血跡。想要好好整理那種古董機器隱藏的所有血跡，實在太困難了。」

保羅坐在原處，望向那台安德伍德。如果這是那台打字機的話，一定是有人把它清理乾淨了。不然，就是在霍夫曼丟棄它之後被雨淋濕，被大自然清洗得乾乾淨淨。

他說道，「是啊……」

「所以，對，他丟了它，而且一直沒找到。不過，既然霍夫曼認罪，警方也不需要它來辦案。我相信警方一定努力找過，但就像你所說的一樣，它很可能在那時候已經進了某個垃圾場，被埋在數以噸計的垃圾下方。」

保羅的目光一直無法離開那台打字機，被它緊盯不放的那種感覺，一直揮之不去。不過，打字機沒有眼睛。像這台安德伍德的老舊機型，只不過就是一堆金屬的組合體而已。它們是機器，就是這麼簡單，它們看不見、聽不到、沒辦法講話，或是……

也許可以說話。

葛溫問道，「戴維斯先生？」

「我在。」

「我以為你斷線了。有沒有什麼我可以幫忙的地方？」

「沒有，」他回道，「我的意思是，也許吧。」

「什麼？」

「妳有沒有和肯尼斯．霍夫曼講過話？」

「短暫對話，」她回道，「不是訪問。不過，某天他被帶出監獄、前往法院的時候，曾經有機會講個幾句話。」

「妳對他的印象是？」

「很有魅力，」葛溫回道，「超有魅力。」

❖

保羅結束電話才一秒鐘，立刻想起要回電給夏綠蒂。

她問道，「為什麼之前掛我電話？」

「因為冰淇淋餐車。」

「你掛我電話就是為了要買冰淇淋？」

「妳說過要跟大家打聽一下有關保全公司的事？」

「對，我已經列入了待辦事項，」她的語氣中透露出一絲倦累，「除此之外，還要找出那間房子的前屋主。為什麼？又發生了什麼其他的事嗎？」

他想要把發現另一張字條的事告訴她嗎？正當他在考慮該如何回應的時候，夏綠蒂又開口了，「保羅？」

「沒，沒事，」他說道，「只是想要提醒妳而已。」

「我會去打聽的。好，我得打一通電話。」

「去忙吧。」

他把手機放在流理台上面，坐在那裡，陷入沉思。

他想起來了。

他啐罵一聲，「幹！」

他回到筆記型電腦前面，打開瀏覽器，進入谷歌首頁。他輸入了好幾個關鍵字，蓋文、死亡、偽裝、兒子、父親，以及希區考克。

保羅找到了那篇新聞報導，只不過姓氏弄錯了，是希金斯，不是希區考克。果然和安娜描述的一樣，那個病態混蛋害某名男子痛苦不堪，因為他謊稱自己是對方在伊拉克遇害的兒子。

保羅記得自己衝出安娜辦公室的時候，曾經撞到蓋文・希金斯，兩人曾經小小扭打了一會兒。

然後，保羅就找不到自己的鑰匙了。

27

很合理。

要是正如安娜・懷特所擔憂的一樣，這個變態侵入她的檔案，那麼他當然會知道保羅的所有病史。要是希金斯在谷歌上積極搜尋保羅，就像是保羅先前在谷歌查詢希金斯的過往一樣，那麼他一定知道保羅與霍夫曼之間的事，很清楚保羅差點沒命，也知道霍夫曼逼那兩名女子寫了什麼。

他知道打字機的事。

希金斯一定很清楚要怎麼耍他。

保羅找出線上電話簿網站，輸入希金斯的名字。出現了某個電話號碼與某個位於米爾福德的地址，這傢伙住在康斯坦斯大道。

保羅大罵，「你這個大混蛋……」

他覺得體內的怒氣宛若高燒飆升，他想要給這個畜生一點教訓。

他取出手機，撥打安娜・懷特的辦公室，第一個合情合理的動作就是要聯絡她。語音信箱。

「靠！」他切斷電話。

他再次望向螢幕，專心盯著蓋文・希金斯的地址。他關上電腦，抓起這幾天使用的備份鑰匙，走向通往大門的樓梯。

不過，等一下。

保羅有時候會留在門內的那隻鞋呢？要是希金斯曾經潛入屋內，那麼他怎麼可能在出去的時候把鞋子擺回原處？

保羅衝向大門。拿了一隻鞋，打開門，然後走到外頭。他跪下來，靠著約十公分的門縫、把手臂伸進去，讓肘部卡在門縫間，然後彎曲，將鞋子斜靠在門背的位置。

他心想，這樣應該大功告成了吧。他必須承認，他並沒有確定鞋子到底有多靠近門邊，要是差了幾公分，難道他會注意到嗎？

不過，等一下。

西金斯怎麼可能會知道他把鞋子斜靠在那個位置？要是此人真的在大半夜潛入屋內，那麼他可能會聽到鞋子移動的聲響，鞋底在磁磚地板被擠壓的時候會發出吱嘎聲響。

保羅心想，這是枝微末節，但這個混蛋蓋文也不知怎麼搞的居然注意到了。

保羅的火氣雖然越來越大，但卻感受到另外一種情緒，釋然。對於這陣子的狀況，他找到了答案，而且解答並非是他瘋了。

那是好消息。

不過，他等一下會向蓋文・希金斯宣布某些壞消息。

保羅大笑，「我來找你了，你這個大混蛋。」

❖

那房子不難找，兩層樓白色房屋，雙車庫。住家私人車道外頭停了一台藍色的豐田可樂娜。保羅把車停在與其相隔兩棟住家的位置，開始往回走。

他並沒有任何計畫。

好，媽的他到時候要把自己的鑰匙拿回來，他的計畫差不多就是那樣。

保羅看到他的時候，兩人之間還相隔一個家戶的距離。蓋文．希金斯從大門出來，準備步向那台可樂娜的停放處。

保羅加快腳步，直接走草坪抄近路，底下的細草掩蓋了他的腳步聲。

希金斯走到駕駛座，正準備要開門的時候，保羅出現在他背後，伸出手掌，抓住他的後腦勺，迅速緊捏希金斯的頭髮，將他的頭顱撞向車頂。

希金斯痛得大叫。

保羅把他的頭往回拉，差點沒發現可樂娜車頂已經出現了一小塊凹痕。

保羅大喊，「你這個混蛋！」然後他又把希金斯的頭再次撞向車頂。不過，現在他的力道不如第一次，希金斯在抵抗，好不容易半側頭，想要看清楚攻擊他的人是誰。

「人渣！」保羅口沫飛濺，「你這個變態的人渣！」

希金斯扭身，掙脫了保羅的雙手。他軟綿綿撲向保羅，但是剛才頭部重創害他失去了方向感，整個人半滑貼在車子側面。

保羅把腿往後一伸、然後狠狠朝希金斯的膝蓋踢下去，希金斯尖叫，現在整個人已經全部滑下去，癱在車道上面。

保羅站在希金斯面前，現在他的前額血流如注。「我知道是你，」保羅說道，「我知道你幹了什麼好事，而且我也知道你是怎麼搞出來的。」

希金斯發出哀號，他雙眼迷濛，抬頭，「我要報警……」

「很好，」保羅說道，「你可以告訴他們啊，你闖入我家，他媽的想把我逼瘋。我的鑰匙呢？靠，我要我的鑰匙。」

希金斯好不容易挺直上半身，背部貼靠在前輪，「你麻煩大了……」

保羅回他，「根本比不上你捅出的婁子。」

他外套口袋裡的手機發出了鈴響。

「私闖民宅，他們會叫你為此付出代價，」保羅說道，「要是有什麼把人逼瘋的罪名，他們還會把這一條加上去。」

他覺得胸膛怦怦作響，不知道自己這種舉動是否會害自己心臟病發。不過，感覺其實很爽。

保羅已經許久不曾有過這種暢快生猛的感受。

當他低頭望著希金斯的時候，他也看到了霍夫曼的臉孔。

他外套口袋裡的手機一直響個不停。

保羅終於把它從口袋裡拿出來，發現是安娜，他把手機湊到耳邊。

「喂？」

「保羅？」

「嗯？」

「我是安娜。你剛剛打電話給我。嗯，你聽我說，我找到它們了。」

保羅眨眼，「什麼？」

「你的鑰匙。掉在某張椅子後面，我剛剛找到了，你隨時過來拿都不成問題。」

28

有名鄰居目睹全部過程，打電話報警。

保羅覺得沒必要逃跑。他沒興趣與警方上演直奔費爾菲德郡的高速追逐戰。他坐在希金斯住家外頭的人行道邊緣，等待他們抵達。大約在救護車抵達的一分鐘之後，警方就趕到了現場。

那名鄰居是七十多歲的女子，她跪在蓋文旁邊，努力安慰他。

她對保羅尖叫，「你到底是什麼樣的禽獸啊？」她一直陪伴在希金斯身邊，等到醫務人員為他評估傷勢，當警察到來的時候，她伸手指向保羅。

「就是他幹的！」

保羅坐在那裡，雙臂放在大腿上面，努力擺出不具任何威脅的模樣。

警察走到他面前，「先生，可否請你站起來？」

過沒多久之後，他被上銬，被扔進巡邏車後座，前往派出所。

❖

到達那裡之後，警方讓他打電話給夏綠蒂。

他問道，「妳有沒有認識什麼律師？」

「一堆啊，」她回道，「我在房地產界工作。」

「我需要的不是房仲界的律師。」

等到夏綠蒂知道他的狀況之後，她說她會找人，等一下就會到警局見他。

保羅被帶進留置室等候，因此也讓他有充分的時間可以思索許多事情。

要是換作其他人遇到這種處境，可能惦記的是接下來會被什麼樣的罪名指控。是傷害罪嗎？會不會是更嚴重的罪名？比方說殺人未遂？他待在監牢的午後會不會變成六個月或是一年的徒刑？甚至更久？

不過，保羅壓根沒想到那種事。

他掛念的都是那台打字機。

蓋文．希金斯沒有拿他的鑰匙，蓋文．希金斯並沒有闖入他家，而且，蓋文．希金斯絕對沒有以打字機寫出那段話。

他這種狀況可能會被人稱之為腦袋短路。

霍夫曼的打字機一直沒有被找到。夏綠蒂在車庫拍賣所找到的這一台機器，就是那一台打字機，的確有其可能。

要是它真的是……

保羅仔細檢視這間狹小的囚房。有一張長椅，還有一個固定在牆面的馬桶。這裡似乎非常……寧靜。他覺得夏綠蒂還有她不管找到了哪個律師，他們都可以慢慢來，不成問題。

能夠有一個地方可以沉思，完全不受打擾，真的很棒。

所以，如果是同一台打字機，那麼保羅必須做出決定，是否要去細究那些難以令人置信之事。凱瑟琳．蘭姆與吉兒．佛斯特是不是試圖要透過那台打字機與他溝通？如果是這樣的話，她們想要說什麼？那訊息的意思是？

她們希望他做什麼？

這真是瘋了。他們會把我關起來，但不會像是這樣的地方，而是精神病院。

為什麼要找他？也許她們已經接觸過這台打字機的每一個持有人。（保羅默默記在心中：等到夏綠蒂找到之前的主人之後，他會詢問他們是否注意到這台安德伍德出現過什麼靈異事件，也許這就是他們賣出的原因。）不過，與保羅進行溝通，他畢竟是因為肯尼斯．霍夫曼而與這些女子產生直接關聯的人，一定別具意義。

保羅坐在囚室裡，突然產生了某種頓悟。他必須去找更多人談一談，需要找與這起案件相關的每一個人了解狀況，或者，至少應該要試試看。

那些身亡女子的配偶，與霍夫曼有染的其他女子，以及他的妻子蓋比蕾拉。他知道得越多，可能越有機會了解為什麼那些訊息會出現在那台打字機裡面。

❖

夏綠蒂帶著一個名叫安德魯．奇高爾的律師過來了，這傢伙似乎根本還不到二十五歲。

「戴維斯先生，我已經安排好了保釋，不過你之後得要參加一場審訊……」

囚室的門打開了，保羅在律師陪同下、被帶到了出口，他開口說道，「好，隨便啦，沒關係……」

「戴維斯先生，我得和你坐下來討論一下你的各種選項。你太太告訴我，你因為八個月前頭部受到重創而承受了巨大壓力，這一點對我們來說應該很有利……」

保羅回道，「我想要離開這裡。」

他在警局外頭看到了正在等待的夏綠蒂。她伸出雙臂摟住他，花糊的眼妝顯示她剛剛在哭。

「你還好嗎？」

「沒事，」他掙脫她的懷抱，走向車門，「我們走吧。」

奇高爾還有其他話要告訴保羅，但他根本沒在聽。他現在有了計畫，一心只想要馬上執行。

29

保羅與夏綠蒂得先去康斯坦斯大道取回保羅的車，才能夠返家——進入家門之後，她發現了那台安德伍德裡最新的字條。

血濺四方。是什麼原因讓某人做出如此可怕的事？

「保羅？」她問道，「這是什麼？你之前沒有跟我說。這是怎麼回事？你為什麼要攻擊那個男人。」

他回道，「我要出去了。」

「保羅，我們才剛到家。拜託，告訴我是怎麼一回事？」

「我有事要忙。」

❖

保羅站在米爾福德儲蓄與信貸營業處的客服櫃檯前面，「哈洛德・佛斯特在裡面嗎？」

「您有預約嗎？」櫃檯後方的女子對他展露宛若潔牙廣告的笑容。

「沒有。」

「哦，要不要先預約一下？」

「如果現在他人在這裡，我要見他。」

那女子的笑容消失了，「我來問一下。您的大名？」

「保羅．戴維斯。」

「那您的來訪事由？」

他回道，「私事。」

「哦。」她拿起電話，背向保羅，所以他就聽不到他們的對話。十五秒過後，她掛好話筒，開口說道，「請坐，佛斯特先生馬上就會出來見您。」

所謂的馬上最後卻成了五分鐘。終於，某個身穿深藍色西裝、頭髮稀疏的矮個男子現身。

他面帶疑惑，「戴維斯先生？」

保羅起身，「我是。」

「進來。」

他帶引保羅進入鋪有地毯的走道，然後進入一間約三公尺平方的房間。面對走道的那面牆是一大片玻璃。佛斯特走到自己的辦公桌後面，坐了下來，而保羅則坐在他的對面。

這男人的辦公桌塞滿了檔案夾，「抱歉這麼亂，好多文書工作，」他大笑，「我總是這麼說，一切都必須要有白紙黑字。」

「的確。」

「有什麼需要我效勞的地方？你沒有跟我們的櫃檯小姐講得很清楚，但我可以理解，財務狀況是非常隱私的事。無論你是打算拿出一百萬美元要投資，或是積欠了信用卡公司相同的數額，」說到這裡的時候，他大笑，「都不關別人的事。」

保羅說道，「不是那種事情……」

「那麼是？」

「我在西黑文大學教書。嗯，現在沒有，但秋天會回去。」

一聽到關鍵字，佛斯特的臉色幾乎是瞬間一暗，「哦？」他端詳保羅的目光多停頓了那麼一會兒，「可否再請教一下你的大名？」

「保羅・戴維斯。」

佛斯特往後靠在椅背上，「我的天，你……你當時在現場。」

保羅點頭，「是的。」

「他想要殺死你。」

「對。」

「如果沒有你出手阻止……警察也不會找到他。」他長嘆一口氣，「我們可能也永遠不會發現吉兒還有凱瑟琳到底出了什麼事。」

「對於你太太的事，我真的感到很遺憾。當然，我認識吉兒，不是很熟，但在西黑文大學的時候偶爾會遇到。我比較熟的那一個人，或者至少我以為我認識的其實是肯——」

佛斯特舉起手不動，「夠了。」

「抱歉？」

「千萬不要講出他的名字，」他的語氣近乎是威脅，「不要在我面前提到那人的名字，永遠不要。」

保羅點頭，「我明白了。」

佛斯特恢復冷靜，「好，你要做什麼？」

「我……我也不知道該如何啟齒，不過我想要詢問你一些有關吉兒的問題，還有事發經過。」

「為什麼？」

他沒有辦法講出那台打字機的事，不過他可以告訴這個男人，他正在努力面對自己的創傷後壓力。

「我……我在寫東西，撰寫有關自己的這一場經歷，還有復原的過程。」

「寫書嗎？」

「我還不知道。當下的目標是要把它全部寫出來，面對自己的遭遇。也許，之後吧，可能會成為一本書或是雜誌文章，我還不知道它最後會是什麼形式。」

「哦。」

「嗯，對，反正這就是我來此的原因，請教你——」

對方再次揚手，「夠了。」

「我只是想要……」

「夠了。戴維斯先生，我很同情你的遭遇，而且我覺得我該向你道聲謝謝。你很可能，當然，是在無意的狀況下，巧遇對方，因而幫助警方……將此人繩之以法。但是我不想要討論這件事，我不想和你討論，誰都一樣。想必你過去這八個月一定很難熬，這一點我毋庸置疑。好，我也很難受。而你面對它的方式可能是將它轉化為某種創意寫作練習，但我對於向你揭露自己的內心世界、抑或是回答你對於我妻子的淫亂問題，我根本沒有興趣。」

「淫亂？有誰說——」

佛斯特伸手，指向門口。

「給我滾，不然我要叫警衛了。」

保羅點點頭，起身離開。佛斯特一直跟在他後面，相隔有五步之遙，確定保羅離開大樓之後才停下來。

30

安娜・懷特聽到電鈴聲響。

這次是大門，不是她辦公室的門。已經過了五點鐘，而且她最後一個約診病人剛離開。她與這名有強迫症的病患每週見一次面，此人認定與左邊有關的活動就是走邪魔歪道。開車的時候，為了避免左轉，他會做連續三次右轉，他盡量避免使用左手，所以左手臂已經開始退化。如果他必須要走左邊，那麼他就會把身體斜傾兩百七十度，然後就這麼一直以這種方式前進到目的地。這一切都是肇因於拉丁詞彙的「邪惡」，意思就是「向左」或是「左撇子」。他的政治立場偏右，這一點也並不令人意外。

安娜對於他的狀況一直沒什麼進展。萬一蓋文・希金斯真的下載了她的許多檔案的話，她期盼那一位病患千萬不要落入他的手中，像希金斯這樣的心理變態，一定會把對方玩弄得死去活來。

正當她打算要寫下某些看診後的病歷資料時，她聽到了門鈴聲。她匆匆衝向另外一頭，萬一父親打算下來應門的話，她可以搶先一步。不過，她透過窗戶發現他人在外頭，拿著九號鐵桿在草坪上鏟球。

安娜開了門，那是一個她不認識的女子。

「嗨？」

對方開口，「保羅已經瘋了……」

「抱歉？」

「我是夏綠蒂。夏綠蒂．戴維斯，保羅的妻子。」

「哦，我知道了。出了什麼事？」

「我可以進來嗎？」

安娜把門打開，

夏綠蒂說道，「他們逮捕了他……」

「他們？誰？警察嗎？」

「他攻擊某個人。」

「哪個人？」

「某個叫做希金斯的傢伙。」

安娜臉色一沉，「啊天哪不會吧。」

「什麼？」

「我不該——我是想要警告他，但萬萬沒想到——」

「警告保羅什麼？」

「拜託，趕快告訴我出了什麼事。」

夏綠蒂把自己從保羅與警方那裡得知的消息全告訴了安娜，「他腦中冒出了這種瘋狂念頭，這個徹頭徹尾的陌生人闖進了我們家。或者，至少在接到妳的來電之前，他一直是這麼認為。」

「我在我的辦公室裡找到了保羅的鑰匙，他一定以為是希金斯拿走了。」

夏綠蒂抹去臉頰上的一滴清淚，「我不知道我還能承受多少壓力。保羅最近實在是……反正，我本來就打算想要找妳約診，談一談他的事。但現在發生了這種事……」

「我不能跟別人討論我的病患，」安娜解釋，「尤其是在配偶面前。」

夏綠蒂立刻點頭，「當然，我理解。但我必須要把最近的事告訴妳。」

「我真的不知道這樣是不是——」

「求求妳。我本來以為保羅逐漸好轉，但過去這幾天以來，他的狀況是雪上加霜，越來越神智不清。」

安娜遲疑了一會兒，然後開口，「繼續吧。」

「他在半夜的時候會聽到異聲，我根本聽不見的聲音。比方說，有人對著我送給他的那台打字機在敲打鍵盤。現在，他又有了新發現，」她伸出手指，在空中比出引號刻意反諷，「他認為打字機裡的訊息是出於肯尼斯．霍夫曼殺害的那兩名女子之手，而且，他已經把惡夢的事告訴妳了，對不對？」

她回答得小心翼翼，「他有說。」

「我不知道該怎麼看待這種事？來自死者的訊息？」她搖搖頭，把手伸入包包裡拿面紙，先擦去了臉頰上的淚珠，然後是雙眼，「除非妳相信有鬼，我自己是不信，不然，唯一可能的解釋就是他自己打出了那些字句。」

夏綠蒂下巴顫抖，「我該怎麼辦？我好擔心他。他今年過得好痛苦，惡夢，身體康復。我覺得，他想要直接面對自己的遭遇，把它寫出來的這個念頭，也許會有幫助，但是卻造成了反效果。我覺得，書寫那一段遭遇……就像是他被拖進了某種黑洞裡。」

「我會和他好好談一談，多給他一些額外的諮詢。」

「我實在好擔心他──妳覺得他不可能做出那種事吧，嗯，傷害自己？」

安娜皺眉，「妳觀察到了什麼嗎？」

夏綠蒂陷入遲疑，「我不知道，我沒辦法確切丟出來。但他已經低迷了好久，現在，又出現了……這算是妄想嗎？我不知道還能怎麼稱呼那種狀況。接下來呢？打字機裡的訊息，宛若幻聽的文字版，要是接下來的訊息是叫他自殺怎麼辦？」

「如果我發現了任何足以讓我推斷妳先生會自殘的蛛絲馬跡，我會採行適當措施。」

「我的意思是，」夏綠蒂繼續說道，「它們都是妄想，對吧？我要問的是，如果那是他刻意的舉動，也算是妄想嗎？」

「這話什麼意思？」

「他宣稱聽到的那些噪音、還有打字機的訊息，一開始的時候，我覺得是他在幻聽，甚至是他自己打出了那些句子，他是在完全無意識的狀況下做出這種舉動，不知道自己在做什麼。不過，要是他的確知道呢？那麼我又面對的是什麼樣的景況？他為什麼要演出那樣的劇碼？是不是打算要把我逼瘋？」

安娜說道，「我想不出他為什麼要這麼做的理由。」

「所以那就是幻覺了？」

「我不知道。」

「他是不是有服用什麼會影響神智的藥品？某種詭異的副作用？」

「沒有。」

夏綠蒂開始撕手中的面紙，「我不知道該怎麼辦，不知要怎麼幫助他。」

安娜請她稍等，然後進入自己的辦公室，拿出為保羅保管的鑰匙，等到她回到大門口的時候，將鑰匙給了夏綠蒂。

「妳不需要自己承受這一切，」安娜告訴她，「這就是我的功能，幫助保羅度過這段時期，我們必須要給他一點時間。」

「拜託千萬不要讓他知道、我來過這裡。」

「妳何不自己告訴他？這其實對他來說意義非同小可，知道妳這麼關心他。」

「我不知道，」她比較像是在自言自語，「我真的不知道。」

夏綠蒂準備要離開，然後又停下腳步，「當我說我不信有鬼的時候，妳沒有回應。我猜，我的意思是，妳在自己的職涯中一定什麼都見識過了。妳是否曾經遇過任何徵兆，嗯，隱含了那些來自……」她雙頰漲紅，彷彿覺得好丟臉，沒辦法把話講完，「我想要說的是，妳從來沒有看過任何人真的接收到來自另一個世界的訊息吧？」

安娜微笑以對，「這不是我的專業。」

「我根本不知道如果真是這樣的話，是否算得上某種安慰。如果那兩名死掉的女子真的在努力與我丈夫進行溝通，好，至少可以證明保羅沒有瘋，對吧？」

31

與哈洛德．佛斯特見面的情緒波動恢復正常之後，保羅已經到了康乃狄克郵政路購物中心。他需要走動一下，思索之後再採取下一步行動。所以他走到購物中心大廳的另一頭，目的地並不是哪家商店，而是落腳在美食廣場，買了杯咖啡，坐在那裡慢慢啜飲。

當他離開家門的時候，心中懷抱的是最艱難的計畫構想。找吉兒．佛斯特的先生談一談，然後是基爾佛特．蘭姆，霍夫曼另一名受害者凱瑟琳的配偶。他也想到要聯絡安潔莉卡．羅傑絲，曾與霍夫曼有染的西黑文大學政治學教授，葛溫．史坦頓的那篇報導曾經訪問過她。

與佛斯特先生的會面並不順利，不過，這並不表示他會就此放棄。他很清楚，不該預設這些談話能夠一切順遂，他可能是唯一想要好好透視霍夫曼靈魂的人，也許其他人只想要把這整起恐怖事件拋諸腦後，佛斯特甚至不准保羅在他面前提起霍夫曼的名字。保羅擔心，肯尼斯的妻子蓋比蕾拉應該是最難搞定的談話對象。如果說有誰想要徹底走出陰霾，那麼非她莫屬。不過，能夠掌握霍夫曼人格秘密關鍵的人，很可能就是她了，而不是其他人。

不過，保羅現在必須要釐清思緒。購物中心美食商場並不像牢房那麼與世隔絕，但還是可以發揮作用。

他坐在那裡，望著媽媽們推娃娃車，青少年廝混大笑，還有某對互相對坐的老夫婦不發一語，他不知道這種對於體悟的追求過程是否值得？

唯一能夠確定的是，無論他找了多少人談話，無論他問了多少問題，也未必能夠得到答案。

有時候，就是某些人做了壞事，如此而已。

不過，現在並非只是這樣。

有狀況不對勁。

那台他媽的打字機。

對於那些訊息，保羅已經想不出任何合理的解釋。雖然當初以為蓋文・希金斯闖入他家搞出那些花樣令人氣惱，但知道這傢伙是罪魁禍首，卻也令人鬆了一口氣。

而「真實世界」唯一的另外一種原因呢？是保羅自己打出的字句。但他還沒有準備好接受這種說法。夢遊是一回事，但是編造出死者的訊息，而且完全沒有記憶？那就太誇張了。

好瘋狂。

問題是，對他來說，剩下的唯一解釋也好不到哪裡去。

那台打字機會不會是吉兒・佛斯特與凱瑟琳・蘭姆的某種溝通渠道？那兩名女子其實是有話想對他說？

不。

不可能。

保羅相信凡事發生必有什麼理由嗎？如果答案是肯定的，那麼，當初就是有一隻看不見的手導引夏綠蒂前往那一場車庫拍賣，某種他恐怕無法理解的暗力，告訴她必須要下車，查看這些人想要出清的垃圾。

而那股暗力也知道當她一看到那台老舊的安德伍德，她就會立刻覺得那是送給她老公的完美禮物。

這個懸疑沉重之物被送到他家樓上。

等到那台打字機進入屋內之後，吉兒與凱瑟琳就可以開始與他進行溝通。

「天，真是他媽的瘋了。」

「你在跟我說話嗎？」

保羅轉身，坐在他隔壁那一桌的是某名八十多歲的女子，正在對著紙杯裡的茶吹氣，茶包還在裡面，細繩懸垂在杯側。

「對不起，」保羅說道，「抱歉我爆粗口。我……我只是自言自語得大聲了一點。」

那女子滿佈皺紋的風霜面容露出微笑，「那是早期徵兆之一。」

這句話讓他露出了今日的第一次笑容，「就我的狀況來說，還有可能真的被妳說中了。」

「你還好嗎？」她抓起細繩，將茶包上下晃動。

「我沒事，」他回道，「謝謝妳。」

「你這個年輕人似乎是心情煩憂。」

他又笑了一下，硬擠出來的笑容，「我以前不是這樣。」

那女子點點頭，她彷彿沉思了一會兒之後，開口說道，「我每天都來這裡喝茶，很期待，這是我的一日高潮。」

「很好啊……」從他的語氣聽起來，好像不確定這到底算是美好抑或悲傷。

「而且，我在這裡研究眾人，思索他們的生活，還有歷經的一切。我以前會看書，但現在發現專心閱讀很困難，所以我來這裡觀察大家，編出他們的故事。」

保羅覺得自己該起身走人了。

「我多次看到男人坐在這裡獨飲咖啡，都是因為在等老婆結束購物行程。不過，我覺得你不是這樣。」

「為什麼這麼說？」

「你並沒有一直看錶或是手機。所以你並沒有在等人，你是自己一個人坐在這裡。」

保羅說道，「妳很厲害。」

那女子點點頭，頗是得意，「謝謝。」她側頭問道，「是什麼事把你逼瘋了？」

這句話讓他大受震撼，他的心事居然被這位溫柔老太太說了出來。

「妳覺得，」他態度遲疑，「死者可以跟我們說話嗎？」

那女子的反應宛若這是她有生以來聽過最簡單的問題，「當然不成問題，」她取出茶包，把它放在餐巾紙上面，「我一直聽到我先生在講話，你知道他是什麼時候死的嗎？」

保羅靜待對方說出答案。

「他是在一九九七年十月過世。他已經病了許久，也知道接下來會面對什麼結局。好，四個月之後，一打玫瑰出現在我家門口。他知道自己撐不到二月，所以他在九月的時候就幫我訂了情人節花束。」她微笑，「你說呢？」

「嗯，」保羅說道，「他以前一定是很棒的人。」

她喝了一小口的茶，「的確如此。」

保羅起身，把自己的餐巾紙塞入空的咖啡杯，「祝妳有個美好的一天……」

他把杯子丟入垃圾桶，前往從美食廣場通達商場主要區域的電扶梯。他回頭面向那女子，瞄了最後一眼，覺得自己應該要對她友善揮手道別才是。

她已經不見了。

32

他決定接下來要去拜訪基爾佛特．蘭姆。

這位曾經擔任西黑文大學人力資源處處長的男子，在妻子遇害之後就再也沒有回到工作崗位。一開始的喪假變成了延長的病假。就保羅所聽到的消息，他一直沒有從自己的情傷中走出來。

保羅在網路上找到了他的地址，發現對方住在米爾福德的迪爾比區某棟素樸的兩層樓屋宅。保羅開進住家私人車道，停放著某台二十年的老舊生鏽克萊斯勒小型休旅車。他下車的時候，發現未修整的草坪被馬唐草所吞噬，大門階梯旁的欄杆歪七扭八，牆壁油漆斑駁脫落。

保羅心想，天，才不過八個月而已。

當保羅按下電鈴的時候，沒有聽到任何聲響，一定是壞了。

所以他敲門。

第一次的時候，沒有太用力。不過，他發現沒有人應門，又試了一次，這次加上了指關節的叩力。

屋內有人開口，聲音含糊不清，「等一下。」

幾秒鐘之後，門開了。完全沒刮鬍子的基爾佛特．蘭姆，透過貼了膠布的玻璃窗盯著保羅，他眨了兩次眼睛，然後開口問道，「保羅嗎？」

「嗨，基爾。」

「哇，我靠，什麼風把你吹來這裡？」

保羅猜基爾佛特應該是四十多歲，但是他看起來卻比較像是六十多歲的男子。他的頭髮變得稀疏，而且已經轉為銀絲，保羅覺得與上一次見面時相比、對方應該瘦了有十四公斤吧，也就是大約九個月之前的事了。他的條紋襯衫只有一半塞在牛仔褲裡面，那條褲子最後一次清洗應該是老布希總統在任的時候吧。

「正好經過這裡，心想該過來拜訪一下，好久不見了。」

「靠，對啊，真的是好久不見，快進來。」

他打開了門，保羅一進去就想要立刻離開。這個地方充滿了汗水、尿騷、酒味，以及腐肉的氣味。這裡的客廳，或者應該說曾經是客廳的地方，到處塞滿了報紙、雜誌、酒瓶、各式各樣的東西，髒兮兮的地毯上放了一個橢圓狀的模型火車軌道，不過，那台「萊諾」牌蒸汽火車想要成功繞圈勢必困難重重，因為一段段的鐵軌上面有許多散落物，包括了外套，還有破裂的電腦螢幕。

基爾佛特問道，「要不要喝什麼？」

「不用，沒關係。」

「好，我要來一點。」他說完之後，短暫消失在廚房之中，保羅聽到熟悉的拉罐噗吡聲響，基爾佛特回來的時候，手上多了一罐百威淡啤。

「天，看到你真是太好了，」他的笑容似乎很真誠，「前幾天我還想到你，不知道你怎麼樣了。」

「我也是很開心見到你。」保羅看到基爾的生活急劇旋落，他一直拚命掩飾自己的驚訝之情。

「隨便坐。」

保羅當然不想坐下來，但他想不出拒絕的方法。他從某張休閒椅的髒污靠墊移開了某些舊雜誌——科學期刊、鐵道迷雜誌，甚至還有一些漫畫書——而基爾佛特自己則是一屁股坐在當成沙發墊的某疊報紙上面，為了讓自己找到舒適的位置，頻頻發出了沙沙聲響。

「來找我的大學同事並不多，」他說道，「哎，老實說，根本沒有人過來看我。我偶爾會聽到人力資源處的消息，不過也就只有這樣而已，你應該知道我還在告假中。」

「我也是，」保羅說道，「但我應該會在九月回去。」

「頭部完全康復了？」

「逐漸復原中。你呢？」

「哦，」他微笑以對，「我永遠不會回去。病假能請多久，我就會拖多久，之後就是辭職，我再也不會踏進那校園一步。」

「你是怎麼……過日子的？」保羅提出這個問題的時候，只能盡量忍住不要張望客廳。

「哦，過一天算一天，」他哈哈大笑，「我根本什麼都不鳥。」

對於這麼明顯的事實，保羅覺得也沒有必要閃躲了，「想必你受傷很深……」

「嗯？」

「凱瑟琳。」

基爾佛特臉色鐵青，端詳他好一會兒，然後別開了目光，「嗯，是啊。」他的目光在飄蕩，彷彿能夠穿透牆壁直通戶外一樣，「我覺得罪惡感一直在啃噬著我吧。」

保羅全身起了一陣寒意，「罪惡感？」

「我對這女人的愛意勝過一切，真的。」

保羅溫柔說道，「我想也是。但我不明瞭罪惡感這個部分，基爾，那不是你的錯。」

他凝神盯著保羅，「怎說不是？我覺得明明就是。」

「那是肯尼斯的錯。」

基爾語氣柔和，「肯尼斯……」

「你不能自責啊。」

「也許割斷她喉嚨的人是他，但我卻是把她推到他身邊的人，」基爾說道，「是我逼走了她。我……我不知道，我變得疏離，我把她的存在視為理所當然，我不記得她的生日足足有六年之久。我知道這聽起來像是我並不愛她，但我真的很愛她，我只是……反正就是變得不再體貼。我活在自己的世界裡。現在，我看得很清楚，當初我自己是怎麼把她送到另一個男人的懷抱。而且他不只是男人而已，還是殺人魔。」

「誰能料到呢，」保羅好心安慰，「沒有人知道肯尼斯會做出那種事。」

基爾佛特聳肩，「反正，也不重要了。好，那就跟我說吧，今天下午到底是什麼風把你吹來我家？你進來的時候，我發現你一直在四處張望，我知道我看起來像是什麼發瘋的隱士，但我還沒有糟糕到看不出有人在我面前撒謊。你不會只是開車過來，要跟我打聲招呼而已吧。」

「沒錯。」

「所以到底怎麼了？」

「我最近一直在想肯尼斯的事。」

「他一直在我心頭盤據不去。」

「我想也是。其實我不知道該怎麼解釋，但最近發生了一些事，逼使我必須要找尋答案。」

「什麼事的答案？」

「他為什麼會做出那種事。」

保羅陷入遲疑。要怎麼向某人開口呢？他的亡妻一直在向你發送訊息？他決定要在基爾佛特面前一賭，至少要提到與霍夫曼有關的最新狀況。

「不知道你覺得有沒有這種可能，」保羅緩緩問道，「我們日常使用的物品，它們——我該怎麼說才好——具有某種能量，可以在它們的裡面保存我們的某些部分？」

基爾佛特問道，「什麼？」

「我解釋得不太好。不過，這樣說好了，你有你祖母的某個東西，比方說鏡子，你覺得鏡子裡是否具有她的某些魂魄？」

基爾佛特喝光了他的百威淡啤，「保羅，可以講重點嗎？」

「要是我告訴你，我拿到了某個東西，曾經擁有特殊黑暗歷史的東西，而曾經使用過那個物品的人，也不知道怎麼搞的，以某種我再怎麼想也想不到的方式，努力和我聯絡。那麼你覺得如何？」

「我想我會說，媽的你到底在講什麼啊？」

「說來話長，但我覺得我有那台打字機。」

基爾佛特瞇眼，「有什麼？」

「那台打字機。肯尼斯……逼凱瑟琳與吉兒打出道歉信的那一台。」

基爾佛特打量他，「不會吧。」

保羅點頭。

「真有意思。」

保羅回道，「是啊。」

「你為什麼覺得你的打字機就是那一台？」

保羅舔唇，他現在覺得自己超級口乾舌燥，「好，首先，那是同一品牌。而且警方一直沒有找到肯尼斯的打字機，所以，至少有可能是同一台。」他停頓了一會兒，「我還在裡面發現了字條，我先前捲進去的那些紙出現了打字的留痕，詢問肯尼斯為什麼做出這種事，」

基爾佛特傾身向前，「是誰在問？」

「凱瑟琳與吉兒。」

「嗯，」基爾佛特說道，「真令人驚奇啊。」

保羅等待，想知道他還會不會說出別的話。看來是沒有後續了，保羅才開口問道，「你有沒有什麼想法或是疑問？」

他緩緩點頭，速度超慢，「有啊。」

保羅身體前移，「說吧。」

「你只要張望一下這裡，就可以看出我過得不是很好。我不是那種你在囤物狂影集裡看到的對周遭環境不以為意的神經病，我知道這裡很髒亂，我很清楚我自己住在地獄裡面。重點是，我根本不在乎，自從那個混帳從我身邊奪走了凱瑟琳之後，我就什麼都不管了。我知道自己來日無多，遲早會哪個晚上喝到掛，不然就是忘了什麼在爐火上面，把這裡燒得精光，或者哪個夜晚可能會拿出藏在臥室衣櫃裡的手槍、轟爛自己的腦袋，媽的我每一天都會動這種念頭。這樣一來，我就不會成為你在街上看到那種推著購物車、裡面放滿自己所有家當的瘋子，不會自取其辱。」

基爾佛特．蘭姆稍作停頓，吸氣，然後繼續說道，「不過，在過去這八個月當中，我從來沒有冒出過你剛剛提到的那種荒唐想法，一次都沒有。我狀況這麼糟，但從來沒有喪失現實感。不過，兄弟，你似乎出現了這種狀況，我很同情你。我知道你也過得很痛苦。我的建議是，你要去尋求援助，找人好好談一談，以免為時晚矣，因為我認為你的腦部創傷比你想像的更嚴重。」

保羅說道，「我有找人講起這件事……」

「我希望是神經科醫生。」

「也有。」

基爾佛特緩緩點頭，「好，這樣很好，這一點毋庸置疑。保羅，看到你來訪我真的超開心，雖然我依然不是很明白你為什麼要來找我。要是你下次開車經過，產生再次來訪的衝動，如果我問你是否腦袋依然有問題，希望你千萬不要生氣。」

33

保羅運氣很好，要找安潔莉卡・羅傑絲的時候，真的被他堵到了人。

保羅不需要去找這位西黑文大學政治系教授的地址，兩年前，她寫了一本有關美國內戰婦女狀況的書，新書發表會就在她家裡舉行，保羅與夏綠蒂當時也參加了，某家當地書商負責兜售，保羅買了一本。保羅本來覺得可以仔細審視美國那段過往歷史當中的女性角色，但是學院式寫作風格卻讓他看得費力，他到現在第一章都沒有讀完。後來，那本書就一直擱在他的書架上面，根本沒看完，而當他告訴安潔莉卡他很喜歡這本書、已經完成拜讀的時候，他很擔心她會問他最喜歡的是哪一章。

她住在史特拉佛德公園大道，某間長狀的石板牆面風格牧場住宅。在公園大道的另一側是某條狹長大道，然後是長島海灣。景觀絕美，長島本身不過就只是地平線上的一小塊地而已。

住家私人車道停放了一台綠色休旅車，車尾門大敞。貨物區有一半的區域堆滿了行李與袋子。當保羅開進去的時候，安潔莉卡正好從大門出來，拖著帶輪的小旅行箱。一看到保羅從他的那台速霸陸下來，她雙眼瞪得好大，一臉驚訝。

「保羅，」她說道，「哦天哪……」

她講話還是聽得出一點法國腔，她曾經把自己的過往告訴保羅，不過才十歲的年紀，從巴黎搬到美國，因為她父母雙雙在康乃爾大學拿到了教職。她說話的時候，顯然聽得出她不是當地人，但離開法國已經有數十年之久，也很難讓人確定她的出身之地。她個頭嬌小，一頭灰金色頭髮，額前有瀏海。

他站在車尾等她，等到她到來之後，準備幫忙伸手拿行李箱。

他說道，「讓我來……」

他一把抓起行李箱，塞入車子後方。

「謝謝，」她說道，「不過，要是查爾斯重新整理位置的話，你千萬別生氣，他疊行李箱的方式就像是把它當成了俄羅斯方塊一樣。」

在保羅印象中，她前夫的名字並不是查爾斯。安潔莉卡發現他的茫然表情，露出微笑，「那是我的新男友，我們在緬因州租了個地方，接下來這三個禮拜要住在那裡。」

保羅回道，「聽起來好棒。」

她說道，「你看起來氣色不錯。」

他不確定這是不是真話，但他還是聳肩接受了這個讚美。「抱歉我沒先通知就過來了。」

她微笑，「沒有人會剛巧來到這裡，我家有點偏遠。」

他點點頭，「對，不是剛巧。」

保羅盡量長話短說，把自己的計畫告訴了她，但他這次就完全保留有關打字機的部分。

「所以你是想要搞清楚是什麼原因引發肯尼斯的殺機。」

「簡單來說，就是這樣，妳當初告訴報社妳很驚訝。」

「有誰不驚訝？我們的肯尼斯，他是謎樣人物。有一陣子他對我施咒，我一直沒想到自己是那種……」

某個全身曬得黝黑、一頭銀色短髮的短褲男從門口邁步出來，「妳怎麼了？」他對安潔莉卡大叫，「還有食物要……」

當他一看到她在跟某人講話的時候，立刻收口，「哦，抱歉。」

安潔莉卡介紹查爾斯與保羅互相認識。她說保羅是同事，但並沒有提到他的遭遇。

安潔莉卡說道，「我當初是找查爾斯買了這台車。」

他微笑，「她進入營業據點的時候，我心想，能不能賣車給這女人，我不在乎，但我絕對要拿到她的電話號碼。」

她說道，「親愛的，把冰箱右邊的東西放到保冷箱吧……」

不知道查爾斯有沒有察覺自己被她打發走人，但就算如此，他也沒有顯露任何異狀，「沒問題，保羅，真是幸會。」

保羅點點頭。查爾斯回到屋內，安潔莉卡說道，「如果你想要問什麼的話，現在機會來了。」

「跟我說一下這個人吧。」

她眺望海灣，「就像我剛才所講的一樣，謎樣人物。他是萬人迷。你知道他寫詩嗎？」

他回道，「我聽說過……」

「我有時候會在我的系所信箱、或是我的辦公室房門下方發現他打出的短詩，可愛的小詩。」她露出燦笑，「老實說，寫得很糟糕。」她對保羅露出刻意一笑，「我猜英語系教授比較擅長這種事。不過，肯尼斯呢，沒有什麼太多的浪漫可以連結到數學與物理這類科目，但他很努力。」

「記得任何一首嗎？」

她搖搖頭，「都是看過就會忘記的那一種詩，而且我後來有一次就把它們全都扔了。我記得其中一首，關於女體之美，是大自然最輝煌的成就。」她哈哈大笑，「說來還真丟臉。我現在回頭顧盼，心想是不是有什麼我沒注意到的線索，可能透露出他那種本事的蛛絲馬跡。」

保羅不發一語。

「我來講個故事。在我們……逢場作戲這種字詞會不會太做作？反正，結束之後，又經過了一段時間，他和我正好都待在教職員休息室。我們沒講話，零互動，我知道他人在那裡。氣氛很奇怪，我拚命想要迴避他。當我正打算要離開的時候，手機響了，我兒子阿爾曼德受傷。他那時候八歲，在學校附近的斑馬線被某台汽車狠狠撞上，他被送去醫院。感謝老天，幸好沒有生命危險，但傷勢嚴重，我差點昏倒，我先生當時出差在國外。肯尼斯問我出了什麼事，他送我到醫院——我當時的狀況根本沒辦法開車——然後他在那裡陪了我一整晚。我告訴他可以回家了，但他不肯離開。天知道他是怎麼跟蓋比蕾拉交代行蹤。但是他一直陪伴我，每當我好幾個小時沒聽到最新消息的時候，他就去找醫生，他一直照顧我，而且完全看不出他企求任何回報。他看到我需要幫忙，就這麼出手相救。」

她停頓了一會兒，「而他就是割破那兩名女子喉嚨的男人。」

❖

保羅決定要再去找哈洛德．佛斯特。

他想起自己曾經看過一本書，作者是邁阿密的某位警政線傳奇記者。當她打電話給某名兇案受害人家屬、希望能夠為自己的報導增添一點私人細節的時候，通常得到的反應是對方狠摔電話。所以，她會等個幾分鐘，然後再試一次，假稱不知是什麼原因電話斷了。通常在這段空檔當中，會有另外一名家人持相反意見，覺得應該要接受媒體訪談，不管警察怎麼說，這世界必須知道他們離世的至親是個體面正派的人，而不是什麼死了活該的人渣。

哈洛德的狀況不太一樣，但也許會有類似的心境轉換。

保羅拜訪了安潔莉卡、之後，駛入會經過米爾福德儲蓄與信貸營業處的路線。就在快要到達銀行的時候，佛斯特從大門口出來，前往隔壁的停車場。保羅火速停在路邊，熄火下車。這位銀行經理快要走到自己停車處的時候，看到保羅節節逼近，他停下腳步。

保羅努力擺出和善語氣，「哈洛德……」

對方不發一語。

「自從我們上次聊過之後，我希望你也許會回心轉意，願意回答我更多的問題。」

「你這個人到底有什麼毛病？別煩我。」

「聽我說，我對此感到很遺憾，真的非常遺憾，但要是你現在不幫我忙，我明天還是會過來，如果到時候你依然不幫忙，那我就後天再過來。」

「戴維斯先生，我知道你的遭遇很難受。你知道嗎？我的遭遇也是很痛苦。你被敲壞的遲鈍腦袋難道就是想不透嗎？」

「既然這樣的話，我明天再來找你。」

佛斯特滿臉怒容嘆氣，「好，你到底要幹什麼？」

現在，他似乎已經繳械投降，保羅必須鼓起勇氣講出他的疑問。

保羅怯懦點點頭，滿臉通紅。

「其實，我真的有一個問題想要請教你，某個可能會讓你覺得很奇怪的問題。或者，我不知道，也許你並不這麼認為。」

佛斯特僵住不動。

「自從你太太過世之後……你……是否曾經……這部分很離奇，但請稍安勿躁……她是否想要以某種方式與你溝通？」

「抱歉？」

「我想知道的是，你是否曾經感受到她在跟你說話？你也知道，就是當你失去某個摯愛的人、他們還是以某種方式待在你的身邊的那種感覺。」

哈洛德．佛斯特語氣冷漠，「摯愛……」

「對。」

「你很認真啊。」

「是的。」

「你為什麼要問這個？」

保羅陷入遲疑，「如果能容我不做任何解釋，我會十分感激。」

「好，」佛斯特繼續說道，「那我就回答你這個他媽的問題。」他臉上露出賊笑，「有時候，我可以想像吉兒在跟我講話，我的腦袋後方聽得見她的聲音。」

「真的嗎？」保羅覺得受到鼓舞，心情有些激昂。

「是啊。」

「你聽到她說什麼話？」

「她說，『你這個狗屎運的大混蛋。肯尼斯．霍夫曼幫了你一個大忙，你說是不是？』」

保羅嘴巴張得好大。不只是因為這句話而讓他大感震驚，還有，哈洛德．佛斯特現在居然願意說出殺妻兇手的名字。

「你知道我怎麼回她嗎？」佛斯特繼續說道，「我說，『媽的妳說對了。』我就是這麼說的，霍夫曼幫我除掉了一個劈腿的狡詐賤貨。」他搖搖頭，「如果你想要知道真相，自從她死掉之後，我從來沒有覺得這麼快活過，彷彿我得了癌症之後康復了，我覺得自己可以重啟人生。」

聽到哈洛德的話，保羅不知道自己的表情是否反映出自己內心的驚訝之情。

「老實說，跟離婚相比，這真的是輕鬆多了。我多次考慮要問她，但一想到那樣的過程就讓我卻步。吵架、反控、律師、失眠的夜、財產分割，沒完沒了。只要殺死了自己的配偶，什麼麻煩都省了，多簡單。不過，當然，我永遠不會做出這種事，我連想都沒想過。不過，霍夫曼的舉動，讓我現在有了體悟，這真是一場節省了我的時間、了不起的謀殺案，我有時候在想，是不是應該要開一張支票給他。」

保羅想不出接下來要問什麼問題才好。

佛斯特問道，「這算是解答你的疑問了嗎？」保羅不發一語，那男人解鎖，上車，發動引擎。

當佛斯特驅車離去的時候，保羅依然站在原地不動。

❖

保羅轉到自家門口那條馬路的時候，才發覺夏綠蒂的車就在他前面。她打了方向燈，轉入他們家的私人車道，他直接跟進去。

兩人同時離開自己的座車。

夏綠蒂朝他走來，「嗨……」

他回道，「嗨……」

她腳步猶豫，目光低垂，宛若某個女孩向男孩邀舞時可能出現的那種情態，但那並不是靦腆，簡直是近乎恐懼的表情。

「我做了一件事，我想要告訴你，因為我不希望你自己發現之後大發雷霆，心想我為什麼不告訴你。」

他憂心忡忡問道，「妳在說什麼啊？」

她與他四目相接，「我去找了懷特醫生。」

保羅不發一語。

「保羅，我只是很擔心你，」她說道，「你把我嚇得半死。我並不後悔自己去找她。不管你多生氣，我也不管了，我必須找她談一談。」

保羅沒生氣，他伸出雙手，擱在她肩上，「沒關係，」他停頓了一會兒，「她怎麼說？」

夏綠蒂眼眶盈淚，「她還能說什麼？她什麼都不能說，你是她的病人，我不是。」

「妳跟她說了什麼？」

「我不知道你到底是怎麼回事，居然出手打人！你一回家就匆匆跑出去，我根本不知道你去哪裡，又見了誰。你覺得自己快瘋了嗎？那你知道嗎？我也覺得自己快瘋了。」

他想要把她摟到懷中，但她堅持不肯，他更用力了一點，她這才願意讓他擁抱入懷。

他開口，「抱歉。」

「我要你聽我的話，」她說道，「我希望你要去尋求援助。你要答應我，如果懷特醫生沒辦法幫助你，你必須去找別人，到時候你就會釐清一切，找出自己為什麼……為什麼現在會做出這種舉動的原因。」

「我一直在朝這方向努力。我今天在外頭一整天，到處找人談話。」

「什麼人？」

保羅全告訴她了，引來一聲焦慮的嘆息。

「你真的覺得這是明智之舉嗎？把所有人都扯進來。我的意思是，你找越多人談話，就會有越多人覺得你……」

她說不下去了。

「更多人覺得我怎樣？」

「沒事。」

「發瘋嗎？會有更多人覺得我發瘋了？妳要說的是不是這個？」

「我沒這麼說……我再也受不了，真的沒辦法。」

她轉身，手裡依然拿著鑰匙，打開了家中大門，進去之後，關門，留下保羅一個人站在住家私人車道

他心想，我要失去她了，要是她不相信我，那我又該何去何從？

少了夏綠蒂的支持，他不確定自己是否擁有熬過這一切的力量，不論這一切到底是什麼。

大門又打開了，夏綠蒂站在那裡，淚流滿面。

「怎麼了？」他問道，「出了什麼事？」

「保羅，這樣已經一點都不好玩了。」

「妳在說什麼？」

「你為什麼要這麼做？為什麼要對我做這種事？」

「夏綠蒂，妳在說什麼？」

她伸手往肩後一指，保羅衝過她身邊，進入屋內，兩步併作一步奔向樓上廚房。等到他一到達梯頂，整個人愣住不動。

廚房地面散落了一堆紙張。

一張又一張的紙，與他印表機裡的那種紙一模一樣。乍看之下有二十張吧，或者可能有三十張，

每一張紙都只有一行字。

保羅彎身，開始一張張撿拾，仔細閱讀。他努力讓雙手不要顫抖，但是他手中的每一張紙卻像是在暴風雨之中的葉子。

血濺四方

我們尖叫時的笑聲

為什麼我們得受這種罪？
我們不忠誠但罪不致死

保羅不再盯著緊捏手中的那一團紙，望向書房門口。
那台安德伍德，裡面沒有任何一張紙，正回瞪著他。
保羅覺得有人在後頭盯著自己，他轉頭，看到夏綠蒂站在梯頂。
「跟我講實話就是了，」她說道，「是不是你？」
他直視她的眼眸，「我發誓，不是。」
她緩緩點頭，目光飄向那台打字機，開口說道，「那我們就得把這鬼東西給弄走。」

34

保羅不假思索，已經有了腹案。

「我們把它放進後車廂，開車到橋中央，然後把它丟進他媽的豪薩托尼河裡面。」

夏綠蒂點點頭，「可以啊，我們可以這樣處理，我喜歡這樣的提議。」

保羅一臉狐疑看著她，「我聽到妳的語氣裡有『但是』。」

「好，如果你想要這麼做的話，沒問題，但最好是半夜動手。你把東西丟入河中，一定得面臨什麼環境污染的指控，亂丟垃圾啊什麼的。還有，要是警察來找你的時候，你該怎麼解釋？為什麼有人要跑到橋上扔掉某台打字機？你的說法是什麼？就算是半夜處理，也很可能會有車道攝影機。」

保羅緩緩搖頭，「是不是還有別的橋？哪個地方可以……」

夏綠蒂舉手示意，「好，現在就讓我們把它移出這裡，可以等一下再討論永久棄置的地點。」

他們站在一起，肩並肩，她盯著那台安德伍德，思索了一會兒，「車庫。」

保羅咬住下唇，「那樣怎麼會解決問題呢？如果這東西真的有問題，那麼把它移出這裡也不會就此一勞永逸。」

「丟到河裡也一樣，不過，無論它在水裡還是在車庫，你都不會半夜聽到打字聲了，」夏綠蒂說道，「這……東西在車庫裡要打多少張字條，就隨便它吧。要是我們不知情，也就不需要在意了。」

「好，」他的語氣中聽得出一絲挫敗，「我同意。」

他把雙手放在打字機下方，他這才驚覺這是他第一次移動它。

他說道，「這東西真重。」

「我早就告訴過你了，」她回道，「這根本是長了字鍵的冰箱。」

保羅小心翼翼，不想踩到依然散落地面的紙張而滑倒，他抱著那台打字機，穿越廚房，到達了一樓。在台階底部，大門右邊，就是通往車庫的第二道門——也配有門閂鎖。夏綠蒂走在保羅前面，打開了門閂，推門，扶住了它，等待她丈夫進去。這是進入車庫的室內門，裝設了防止一氧化碳意外事件的自動回彈式鉸鏈。

她打開電燈開關。車庫裡一片凌亂，有紙箱，還有幾台老舊的腳踏車，已經派不上用場的家具。

「那個……」保羅的下巴朝角落點了一下。

夏綠蒂指向貼牆的某個古董儲毯箱，「這個嗎？」

保羅點頭，將打字機的重心換到了另外一隻手臂，「對，打開它，看看裡面是不是還有東西。」

那個箱子將近有一公尺寬，高度與深度約四十五公分，夏綠蒂打開了蓋子。

「裡面塞了一堆《生活》與《國家地理》雜誌之類的東西。」

「天，我們為什麼有那些東西？那些都是我父母的物品。妳可以把它們推到旁邊，為這個東西挪出空間？」

夏綠蒂跪下來，把那一疊雜誌堆到一旁，在左側清出了一個洞。他彎身，把打字機放入箱子底部。放手之後，他活動十指，讓血液恢復循環，「媽的重死了。好，關上它吧。」

夏綠蒂闔上儲毯箱的蓋子，保羅掃視整個車庫。她問道，「怎樣？」

「找個重物壓住蓋子的頂端。」

「天，保羅，那又不是會從裡面冒出來的小丑，它不會衝出來攻擊我們。」

保羅沒回應這段話。他找到三個酒箱，邊側有黑色麥克筆潦草寫下的「書籍」字跡，把它們放在儲毯箱的上面。

「應該可以發揮效果，」他說道，「這些東西重得要命。」他拍了拍雙手，彷彿在撣去灰塵一樣。

夏綠蒂挽住他的手臂，「你現在應該可以輕鬆一點了吧？」他沉默了好幾秒，她繼續追問，「保羅？」

「我還得找一個人談一談。」

「誰？」

「蓋比蕾拉．霍夫曼……」他看到妻子眼中的疑慮。

「怎麼可能呢？」

「把那台打字機鎖在箱子裡，並不表示我已經沒有任何的疑問。」

「保羅，我不知道，搞不好這從一開始就錯了。也許你應該要把這一切拋諸腦後，不要再去挖掘任何內幕。」她瞄了一下那個被書箱壓住的儲毯箱，

「我根本不該買下那東西。」

保羅問道，「如果是妳注定要買下它呢？」

「你在說什麼？」

「萬一這是某項計畫裡的環節呢？」

夏綠蒂別開目光，不想再聽了。

「聽我說。無論那些訊息的原因為何，那台打字機有可能是肯尼斯．霍夫曼的東西，也就是他當初強迫那兩名女子打出道歉話語的那台機器。妳正好被那一場車庫拍賣所吸引，剛剛好找到那一台機器的機率是多少？買下某個與我認識之人、與我已經打算要書寫的事件習習相關的物品，機率是多少？」

夏綠蒂悄聲說道，「微乎其微。」

「沒錯，難以計算之微乎其微。不過，如果不知道是什麼原因而天生注定，那麼就可信多了。萬一是某種力量牽引妳這麼做呢？」

「天，保羅？什麼力量？又是誰的計畫？」

「我不知道。妳找到那是誰的房子了嗎？」

「我告訴過你了，我打了許多電話，但依然沒有回音。」

「也許那根本不重要，也許我們注定不會知道答案。那台打字機就是這樣。除了霍夫曼逼她們以它寫東西之外，沒有其他的過往，它存在於那個當下。」

「這聽起來像是《陰陽魔界》的劇情。」

保羅忍不住哈哈大笑，「靠還真的是這樣。不過，無論是什麼原因，我覺得我注定要查個水落石出。也就是說，我得找蓋比蕾拉談一談，最後是肯尼斯，只有他才能——」

「等等，等一下，肯尼斯？」

「監獄，我想在獄中和他談話。也許蓋比蕾拉可以促成那段申請流程，如果她願意的話。」

「她為什麼要這麼做？」

「也許她不願意，但值得試試看。」他抓住夏綠蒂的雙肩，「誰知道呢，也許她跟我們一樣渴望知道答案。」

「我和你一起去。」

他搖頭，「不用，沒關係，我覺得這是我必須要獨自完成的任務。」

夏綠蒂的表情沒那麼篤定，「我很擔心你。跑到那裡去，東問西問，似乎……」

「似乎瘋了。」

她無奈嘆氣。兩人走過帶引他們回到屋內的那道車庫門。當保羅掩門的時候，又看了那個儲毯箱最後一眼，然後才關燈。

35

保羅對蓋比蕾拉・霍夫曼說道，「我本來擔心妳可能不想見我……」

「完全不會，」她為他開了門，「我覺得這一點我起碼還做得到。」

他找其他人談肯尼斯的事都是直接拜訪，但針對蓋比蕾拉，保羅卻是先打電話。她並沒有問他是什麼原因，也讓保羅懷疑她是否一直覺得他會打電話給她，只是遲早的事。

當保羅與肯尼斯以前是同事的時候，保羅從來沒有進過他家。那是一棟位於米爾福德北區、退縮路面的雄偉兩層樓住宅。保羅本來以為會看到疏於打理的情景，未必像基爾佛特・蘭姆那麼嚴重，不過，當家中遭逢悲劇的時候，有時候其他的面向會開始頹敗。

不過，草坪卻維護得整齊美觀。花朵綻放的花園，還有修剪得完美無瑕的灌木叢。

蓋比蕾拉個頭高瘦，一頭及肩銀髮，在葛溫・史坦頓報導中的描述是四十九歲，不過她看起來比實際年齡蒼老。但除此之外，她體態健康，而且高挺著下巴，彷彿天地之間沒有任何能讓她感到羞愧的事物。

她說在廚房談話會比較自在一點，把他帶到了那邊。她從半滿的咖啡壺倒出咖啡，放了兩個馬克杯在餐桌上，兩人對坐。

她說道，「我想過要聯絡你，好多次了……」

「妳有過這樣的念頭？」

她點點頭，「發現自己嫁給了禽獸的時候，忍不住覺得應該要對他的某些作為負責。」

「我不怪妳。換作是我，我永遠不會想到要做這種事。」

蓋比蕾拉露出微笑，摸了摸他的手，「你人真好。其實，我一直無法鼓起勇氣去找你。我很想要向哈洛德或是基爾佛特表達哀悼什麼的，任何話都好，但我也必須坦承，我同樣找不到勇氣。我要怎麼說？帶著十幾個手工自製的瑪芬過去，就能與他們修補一切嗎？我想不可能。我好幾次想要寫信給他們，寫信給你，最後都是把它們扔進垃圾桶裡面。」

保羅不知道該說什麼是好。

蓋比蕾拉繼續說道，「我曾經有一次看到加拿大的某個案例，某個受大家敬重的軍人成了殺人魔，他妻子完全不知道。我思考她的處境，很是好奇，她每天早上起床，知道自己曾經與那樣的人一起生活過，然而她卻看不出來，如果當初她發現的話，也許可以做點什麼？」

「我覺得不可能。」

「肯尼斯的行為沒有那麼可怕，不過，我的天，其實也相去不遠。如果有什麼值得感激的地方，那就是你逃過死劫。」

「嗯，」保羅說道，「確實如此。」

她把手放在他的臂膀，「我覺得我們在教職員聚會見過幾次。」

「是啊。」

「你以前知道嗎？」

保羅一驚，「我知道什麼？」

「肯尼斯和每一個肯讓他把手伸進內褲的女人上床？」

這麼直白的問題害他愣了一秒鐘，對於他講出的答案，他深感羞愧，愣了一會兒之後才開口，「嗯。」

「我想大家都知道。」

「我不能代表每一個人發言，但我想有可能，」他說道，「現在，坐在這裡，也不知道為什麼，我的感覺也是很複雜。評斷他人不是我的本性，不過，要是當初我可以提醒肯尼斯要注意自己的行為，也許狀況就會有所不同。」

「哦，我並沒有要害你產生罪惡感的意思，我只是純粹好奇而已，千萬不要內疚，我當然知情。」

「真的嗎？」

「拜託，」她說道，「我知道他到處拈花惹草，我知道他是什麼樣的男人。不過，同時與兩人一起交往，這倒是讓人嚇了一跳。」

「對，我想也是。」

她雙掌緊貼桌面，挺直背脊，彷彿示意要轉變話題，「肯尼斯經常提到你，其實，他現在依然如此。」

保羅挑眉，「真的嗎？」

她點點頭，「我每兩個禮拜會去看他一次。這男人真心感到懊悔，我們是否選擇相信就是另外一回事了。我覺得他對你感到格外愧疚，你以前是他的好友。」

「他會提到我，妳會去探監，我真的不知道哪一個讓我比較吃驚。」

「他畢竟還是我丈夫。」

「妳從來沒有——抱歉，這應該不關我的事——不過妳從來不曾採取任何步驟要終結這段婚姻？光是婚外情就足以成為離婚的理由，而自從肯尼斯做出那種事之後……」

當保羅詢問這個問題的時候，一想到他就坐在這個地方，不禁大驚。

他正待在霍夫曼家中的廚房，這就是兇案現場。他的目光在桌面四處游移，可能是同一張嗎？打字機是不是就放在這裡？他現在坐的這張椅子，是否就是吉兒．佛斯特被綁的位置？還是凱瑟琳．蘭姆？

他割斷她們的喉嚨之後，一定是使用了什麼清理這地方吧。這張木桌表面的紋理裡面是否還有隱藏的血跡？那兩名女子苦苦哀求、期盼兩張打字機的打字信也許可以讓她們逃過一死的地方，是不是就在這裡？

蓋比蕾拉開口問道，「保羅？」

「抱歉，怎麼了？」

「你似乎在發呆。」

「我剛剛恍神了一下，妳說什麼？」

「剛剛在講話的人是你。你覺得奇怪，我為什麼沒有跟肯尼斯離婚。」

「抱歉，這不關我的事。」

她微笑，「這樣說可能很難想像，他是受害者，自我衝動的受害人。自從他入獄之後……曾經想要自殘結束生命，光我知道就有一次了。好歹肯尼斯是我先生，這是我立下的誓約，你也知道，誓約有它的重要意義。」

「肯尼斯也立下了相同的誓約，必須要保持忠誠，捨棄其他選擇。」

蓋比蕾拉露出悲傷微笑，「對他來說遵守那種事，是不是很難？」

「房子呢？」他問道，「有沒有想過要賣掉？搬離米爾福德？」

「有那麼容易就好了，」她說道，「你的妻子，不就在房仲業工作嗎？」

「對。」

「她應該很清楚賣掉發生過慘劇的屋宅有多難。過了一段時間之後，有機會吧，但現在大家依然記憶猶新。」她停頓片晌，「對我來說，永遠忘不掉。」

她喝了一小口咖啡，然後放下馬克杯，「所以到底是為了什麼要緊的事要見我？」

「我想要見肯尼斯。」

「哦？」

「我覺得要是你跟他說也許會有幫助，這樣一來，請他把我放在接受訪客名單裡面就容易多了。」

「我想不成問題。但我一定得問，為什麼？」

「首先，我就是單純想要見他，」他聳肩，「跟他好好談一談。過去這八個月，我知道妳飽受煎熬，但我也很痛苦，我想我有創傷後壓力症候群。我一直做惡夢，三不五時就會出現記憶喪失。就連……我覺得自己記憶很真實的時候，其實卻不然。」

蓋比蕾拉對他投以同情目光，提出了疑問，「天哪，真慘，不過你覺得見肯尼斯有助改善症狀嗎？」

「我覺得有，也許我大錯特錯，但我真的會有幫助。我想要當面見他，把他還原成一個真正的人，而不是半夜入夢的某種惡魔。」

對方指稱她先生是邪魔，不知道是否觸怒了她，就算有，她也沒有顯露出來。

「我正在書寫我的遭遇，不知道最後會變成什麼。可能是回憶錄，小說，或者就只是寫給自己、絕對不會讓別人看到的雜文。但我覺得這樣的過程幫助我慢慢接受了那一場遭遇，我已經與受到肯尼斯行為影響的其他人講過話了。」

蓋比蕾拉以手摀口，「哦天哪。你的意思就像是哈洛德和……」

「對。」

她似乎變得很沮喪，「他們跟你說了什麼？他們覺得怎樣……不，還是不要告訴我，我覺得我還沒做好想聽的心理準備。」

「我懂。」

蓋比蕾拉一下子就恢復鎮定，「我想你有去看治療師吧？」

「是的。」

「他覺得這樣好嗎？」

「我的治療師是女的。她不覺得很好，但也沒有阻止我。其實，要是我可以見肯尼斯的話，我希望有她陪同我一起去。」

「哦，」她說道，「你剛剛提到了首先，還有其他想見他的原因嗎？」

「在我回答之前，我想要先問妳其他的事，可能有些光怪陸離的事。」

「你就問吧。」

「妳是否曾經感覺……肯尼斯殺害的那些女子對妳死纏不放？」

她微微側頭，彷彿從來沒有人問過她這個問題，「應該是有吧？」

「以什麼樣的方式？」

「我不知道……我覺得，有時候我可以看到她們坐在這張餐桌，詢問我為什麼。」

保羅點點頭，「好。當妳看到她們的時候，感覺有多真實？」

「真實到不行。我的意思是，我雖然根本沒有目睹當時的狀況，但很遺憾，我能夠想像出那樣的畫面，」蓋比蕾拉目光凌厲盯著他，「為什麼要問這個？」

來了。

「我想，」保羅說道，「我可能有那台打字機。」

蓋比蕾拉整張臉瞬間凝凍。

「抱歉？什麼？」

「我覺得我有那東西，肯尼斯逼她們寫下道歉信的那台打字機。」

「不可能，他們一直找不到那台打字機，你怎麼可能會有？肯尼斯在殺人當晚就丟了它，警方遍尋不著。不，反正絕對就是不可能。」

他還來不及講出更多細節，她已經先一步逼問，「是哪一種打字機？」

「是一台安德伍德，非常老舊，黑色金屬材質。就是一台古董手動打字機，我妻子最近在某場車庫拍賣買下了它。」

她似乎在努力回憶，「說來好笑，我明明每天在家裡看到它，現在卻得要好好想一想。是皇家牌？還是雷明頓？奧林匹亞？這些全都是我小時候記得的那些廠牌名稱。不過，我想到了，我們那一台老舊打字機可能是安德伍德。不過，他們生產了無數台，幾乎所有的二手商店都可以找得到。你為什麼覺得那一台是我們的？」

保羅早就思索過該怎麼回答，「我有些事情打算要與肯尼斯討論一下。」

「你應該跟我說才是，」她臉色一沉，「畢竟我忍受這男人這麼久了，無論你究竟隱瞞了什麼，我當然有權知道。」

「我想先跟肯尼斯談一談。如果他想要把我跟他說的事轉告給妳，我不介意。」

對於這種回應，她看起來並不開心，但她也沒有和他繼續吵。她顯然還有別的事要問他，但是卻被似乎是貨車駛入的噪音給打斷了。

她說道，「我兒子到家了。」

「可否請妳詢問肯尼斯一下？是否願意見我？」

蓋比蕾拉起身，顯然是迫不及待要迎接兒子，「我會看看我能幫上什麼忙。有時候安排這些事比你想像中的容易。還有，你想要帶進去的那個人叫什麼名字？」

保羅把名字告訴她，她點點頭，朝大門走去。

她還沒到門口，大門就已經開了，依然身穿沾有冰淇淋污漬圍裙的雷納德·霍夫曼進入屋內。

他盯著保羅，開口，「你……」

36

保羅打招呼，「嗨，雷納德……」

蓋比蕾拉嚇了一大跳，「你們認識？」

雷納德說道，「這就是我跟妳說過的那個壞人。」

她問道，「等等，什麼？」

「雷納德經常在街上賣冰淇淋，」保羅為自己辯護，「我承認，前幾天的時候，我曾經在他面前提到了，嗯，某種關聯性。」

蓋比蕾拉面色失望又憤怒，「你為什麼要那麼做？為什麼要把我兒子拖下水？難道他因為他父親幹下的那些事所受的折磨還不夠多嗎？」

「抱歉，我……」

「他前幾天回來說有人問他爸爸的事，但我不知道是你。」

保羅一臉歉然望向雷納德，「抱歉，我不是故意要害你傷心。」

「雷納德，我現在準備要送客，你何不進去吃個點心？」

他陷入猶豫，不確定是不是要接受自己就這麼被打發。不過，最後他說道，「好。」他朝背後望了一眼，又補了一句，「不准再進來。」然後，整個人消失在廚房中。

保羅對蓋比蕾拉說道，「真的，非常抱歉。」

「我們永遠沒有辦法體會，」她壓低聲音說道，「這件事對小雷的創傷有多麼嚴重。」

「我可以想像……」

「不，你沒辦法。小雷一直不是那種超好帶的小孩，他有他自己的困難之處，但無論你喜不喜歡肯尼斯，他深愛他的兒子，而且永遠挺他。」

「雷納德的——」

「如果你要說的是『問題』，雷納德完全沒有問題。他只是一直比其他小孩慢一點而已，但他完全沒有任何狀況，他也許沒有可以念大學的資質，但他現在得到了冰淇淋餐車的工作，他自己覺得這就是他的世界。你可以想像父親因為自己的行為入獄對他來說會有什麼感覺嗎？我真的是謝謝老天，他多年前就已經沒念書了，不然其他小孩一定會把他凌遲至死。」

保羅說道，「我該走了……」

「我想也是。」

不過，保羅並沒有朝門口走去，蓋比蕾拉猜出了原因，「我還是會幫你忙，我會和肯尼斯與獄方聯繫。」

「謝謝。我留我手機號碼給妳好嗎？」

她去拿紙筆。等到她回來的時候，他把號碼給了她，她抄寫下來。

她說道，「好了。」

「當我和雷納德講話的時候，」保羅態度猶豫不決，「他說那是我的錯。」

「什麼？」

「因為我遇到了肯尼斯。因為要是我沒有撞見他的話，也許當警察到來的時候，肯尼斯早就逃之夭夭了。」

「你聽到這種話有什麼好驚訝的？」她問道，「我覺得，就某種程度來說，雷納德不相信這種事是真的，一定有某種情有可原的狀況，他父親不可能會做出眾人所說的那種事。」

保羅點點頭，「蓋比蕾拉，謝謝妳撥冗見我。」

❖

保羅回家的時候，已經快要十點鐘了。

他一進屋就鎖好了門。當他準備要上階梯的時候，目光飄向了通往車庫的那道門。

保羅本來想伸手摸門把，但又抽手。

他告訴自己，不需要檢查吧。

不過，他站在那裡越久，越覺得必須要進行自我確認。這就像是要回家確定有關好爐火一樣。你知道自己做了那個動作，也知道已經關上，但就是要弄個清楚。

他回頭，面向那道門的門閂，打開了它，然後又伸手摸了一下，開了電燈開關。

他繞過一堆盒子與家具，走到了車庫遠處的那個角落，一共有三箱書堆疊在那個原木儲毯櫃的上方。

他告訴自己，這念頭太瘋狂了，當然是在裡面啊。

他屏息，專心聆聽。要是那個盒子裡的字鍵在動，他絕對聽得到。

而他什麼都沒聽見。

這應該是好的預兆吧？

雖然保羅把那台打字機放入那個木箱之後，一直沒有出事，但他一直沒有塞紙進去，所以這台機器沒有辦法進行任何溝通。

不，等等。

不對。那些散落在廚房的紙張又該怎麼解釋？媽的怎麼會發生那種事？

為什麼有數不盡的紙張被捲入那台打字機？而且到底是怎麼被抽出來的？

保羅開始移動儲毯櫃上方的那些書箱，全部清到一旁之後，他跪下來，把手伸入蓋頂的溝槽，這樣一來，打開箱蓋就輕而易舉了。

做就對了。

掀起來，朝裡面看個仔細。

保羅深呼吸，準備要打開箱蓋。

「保羅！」

他大吼，「天！」他放下箱蓋，旋身，心臟在胸膛中激跳不已。

車庫的內門開了，露出約三十公分的隙縫，夏綠蒂探頭進來。

「你在做什麼？」她說道，「我覺得聽到你進門的聲音，但你一直沒上樓。」

他依然跪在地上，「妳快把我嚇死了。」

「怎麼回事？」

「沒事，」他說道，「只是在……檢查而已。」

他轉身，再次面向儲毯箱，掀開了蓋子，光線透入箱內。

打字機在裡面，機內沒有捲紙，除了那一疊疊雜誌之外，也沒有其他的紙張。

保羅吞口水，放下箱蓋，站起來。

夏綠蒂問道，「怎樣？」

「在裡面……」

「哦，當然啊，拜託，上床了啦。」

他怯懦點頭，走到車庫另一頭，熄燈關門，回到了屋內。

37

第二天中午過後沒多久，當保羅正在使用筆記型電腦的時候，手機響了，是蓋比蕾拉・霍夫曼。

「安排好了，時間是明天，」她說道，「兩個都可以進去。」

「實在太感謝了，」他問道，「他願意見我嗎？」

「是啊。」

然後，他打電話告知安娜・懷特，如果她還有興趣的話，那麼去監獄探望肯尼斯・霍夫曼的行程已經安排好了。

「好啊。」她毫不猶豫就答應了。她等一下得要空出明天的行程，確定可以找到蘿西幫忙，她是住在隔壁的退休護士，只要安娜必須出遠門，通常都是靠蘿西看顧她父親。

她說道，「就讓我開車吧。」

保羅本來想要問為什麼，但繼之一想，要是他必須面對某個頭部受創、而且從種種跡象看來都具有妄想症嫌疑的人，他也會希望是自己開車。

「好，」他說道，「我先去找妳，然後我們搭妳的車。」

❖

當安娜開車倒退、離開她家私人車道的時候，她開口問道，「夏綠蒂有沒有想要跟我們一起來？」肯尼斯‧霍夫曼服刑的監獄靠近沃特伯里，安娜覺得要花將近一個小時才能到達那裡。她在她的林肯休旅車的內建導航系統輸入了地址，出發的時候會走德比—米爾福德路，接三十四號公路，然後往西，接八號公路一路北行。

「她知道我打算去探監找肯尼斯，不過，當她知道妳答應和我一起去的時候，她覺得這是最好的安排。她告訴我，她有來找妳。」

安娜瞄了他一眼，「我告訴她應該要說出口。她很擔心你，這不是需要掩藏的秘密。」

保羅點點頭，「現在的狀況最讓她擔憂不已。」

「嗯，你們現在比以往更辛苦。」

「不只是那樣，」他說道，「除了她覺得我已經完全發瘋的那些時刻之外，她就是變得更……小心翼翼。反正，她決定給自己放一天假，出城走一走。她母親住在翠貝卡區，她已經好幾個禮拜沒有進紐約探望母親。所以我今天早上把她送到火車站。她會去探望她母親，而且我很清楚夏綠蒂，她一定會在趕上回家的那班列車之前、抽空到布魯明黛百貨逛街。」

安娜來不及閃避某個坑洞，車子後方置物區傳來一陣嘈雜的金屬碰撞聲響，似乎是從車內傳來的聲音。保羅還沒來得及詢問，安娜已經主動開口，「是高爾夫球桿。」

「哦，妳平常打高爾夫球？」

「有時候。每次去玩高爾夫球的時候，至少都會有一根球桿不見。我爸爸老是會拿入家中，這樣一來他就可以在後院打球，而且他拿了就從不歸還。」她轉換話題，「你去見肯尼斯，到底有什麼期盼？」

「我沒有預設任何期待，我想就是看狀況再說吧。」

她發現他大腿上放了一個牛皮紙袋信封，「裡面是什麼？」

「我想要給他看的東西，前提是要得到獄方准許。」

「要給我看嗎？」

他從信封中抽了幾張紙出來，全都是他之前看到散落一地、來自打字機的那些訊息。

保羅在她面前逐一翻給她看，安娜瞄了好幾次，「保羅，我真的不知道該怎麼看待這些東西。」

他說道，「這些都是證據……」

「到底是什麼的證據？」

他瞄了她一眼，「也許妳認為那是我發瘋的證據，我覺得這都是吉兒與凱瑟琳想要與我溝通的證據。」

安娜決定不做任何回應。

他們默默前行了好幾英里之後，保羅終於開口，「跟我講一些法蘭克的事吧，聊聊妳爸爸。」

「哦，他很厲害，是退休的動畫師。以前為華納兄弟工作，其實就是大家熟知的迪士尼，他現在還是天天看卡通。自從我母親過世之後，他就與我住在一起。一年前左右，狀況開始……出現了，搞不清楚狀況，有時候他把我當成了我媽，也就是他的妻子，還有的時候，他希望我帶他去探望她，我擔心我們會每況愈下。」

保羅回道，「妳別擔心……」

她抿嘴，然後才開口，「他本來一直是我的好幫手。他最近一直告訴我，必須要為他找安置他的地方，他似乎很擔心自己成為我的負擔。」她又微微抿嘴，彷彿那個動作可以抑制淚水一樣，「他說，妳已經沒有任何要把我留在身邊的理由了。」

「他是對妳做情緒勒索嗎？」

「完全不是那樣，他是真心擔憂我，」她發出輕笑，「他希望我要去那裡。你知道他怎麼稱呼我們這一次的監獄之旅嗎？一趟歡樂的遠足。」

保羅哈哈大笑。

安娜安靜了一會兒，然後說道，「我不知道接下來該怎麼辦，我的意思是，最後該怎麼處理。我們現在相安無事，不過，六個月之內會發生什麼狀況？很難說。特警小組闖入的那起事件把他嚇壞了。」她望向他的方向，露出微笑，「如果你知道有多少治療師自己的生活其實糟到不行，一定會嚇一大跳。當我們自己過得淒慘無比的時候，我們要向他人提供該如何振作起來的建議。」她露出自嘲笑容，「我們是那種對會眾訓誡道德的時候、在現場被妓女抓個正著的佈道人。」

保羅微笑以對。

安娜繼續說道，「我們只是一般人，跟大家一樣的一般人，只是多了牆上某張炫目的紙而已。到頭來，我們還是會產生與大家相同的疑慮。我們有進展嗎？是不是改變了什麼？我們真的能夠幫助到任何人嗎？」

他說道，「妳幫助了我……」

她勉強一笑，「希望如此。但我們還是上了路，開車去找某名殺人犯。我想破了頭，也不知道這樣是否對你有任何幫助。」

「這是一趟讓我們兩人都進入未知世界的旅程。」

「對啊，嗯，真希望這台導航可以告訴我們是否做出了正確之舉。」

保羅盯著她緊抓方向盤的雙手，他沒看到繃帶。

他問道，「手指頭還好嗎？」

她露出微笑，「復原得很好，謝謝。」

一股暖意流竄保羅全身。他想要撫摸安娜，把自己的手輕輕放在她的臂膀。建立某種肢體接觸，動作無論多麼細微都沒有關係。他想起了自己曾經握住她的手、放在水龍頭下方，兩人肩碰著肩。

❖

在接下來的那半個小時當中，兩人幾乎都保持沉默。直到導航系統發聲，建議安娜在下一個出口離開高速公路的時候，兩人才又開始對話。繼續開了幾公里、又轉彎幾次之後，他們看到遠方的某棟建築，周邊有不尋常的金屬高牆，上方還滿佈鐵刺網。

安娜說道，「不太像是什麼托兒所……」

保羅回她，「的確……」當車子逐漸駛向大門的時候，他轉頭盯著她，「我突然不確定這樣好不好。」

「你未必一定要進去啊，」安娜說道，「我可以掉頭，我們直接回去。」

保羅緊抿雙唇，「我們都來這裡了，」他說道，「還是進去看看吧。要是他們因為我對希金斯做出的那種行為、把我送來這裡，也許肯尼斯和我最後會變成獄友。」

38

夏綠蒂要去曼哈頓，這一點她並沒有對保羅說謊，就連要探視母親這件事也沒撒謊，她的確打算這麼做，如果還有時間的話。而且，當保羅送她到米爾福德車站的時候，取笑她一定會想辦法抽空去布魯明黛百貨逛街，也被他說中了。

不過，她前往紐約，完全與上述理由無關。

她從中央車站東側出來，到了萊辛頓大道，幾乎立刻就攔到了計程車。

她關上車門，開口說道，「六十三街與公園路交叉口。」

計程車一路南行，這個完全沒刮鬍子的胖司機切左線，在四十二街左轉。走過了某個長街區之後，他在第三大道北行，而夏綠蒂則一直忙著要關掉那個固定在她面前隔板的惱人小電視螢幕。

司機開口，「天氣不錯啊……」

夏綠蒂對於聊天沒興趣。

交通狀況，一如往常壅塞，不過，十五分鐘之後，計程車已經放慢速度，距離六十三街與公園路交叉口只剩下半個街區。司機問道，「要在哪裡下車？」

「都可以，」她說道，「隨便找個地方停就是了。」

計程車停在馬路左側。夏綠蒂拿出一張十元加兩張一元美金鈔票、放在塑膠隔板下面的托盤，隨即下車。她在人行道抬頭張望確定號碼，其實她從來沒有來過這處地址，不過，一大早她就查過了谷歌地圖，她的目的地應該就在她的前面沒錯。

然後，她看到了招牌。

班哲明行銷公司。

那是一塊精緻的黃銅標示牌，面積比一般證書大那麼一點而已，固定在某棟建築物的側邊，與雙眼等高的位置，旁邊是旋轉門。夏綠蒂進去之後，進入一個小型大理石門廳，櫃檯警衛抬頭。

「需要幫忙嗎？」

「我來找海莉．班哲明。」她知道自己應該是不需要加上公司名稱了。

「等我一下……」他拿起了電話。

夏綠蒂知道等一下對方會提出那個問題，她靜靜等待。

警衛盯著她，「名字？」

「夏綠蒂．戴維斯。」

警衛對著話筒重複姓名，掛斷，然後說道，「上去吧，在十六樓。」

夏綠蒂搭乘電梯，想像海莉被告知訪客身分時的反應。知道前夫的妻子出現在這裡，一定是驚愕不已，所以雖然沒有預約，但也很難拒絕到訪。

當電梯上到四樓的時候，夏綠蒂心想不知海莉會不會告知先生華特這個消息，她來到了這裡。華特・班哲明是「班哲明行銷公司」的總裁。雖然他的妻子以前為他工作，的確曾經是他的員工，不過，就夏綠蒂所聽到的各種線索，兩人當時就不只是夥伴關係。

當電梯門在十六樓打開的時候，海莉已經站在那裡，背後是六公尺長的藍色巨型字母公司名稱的牆面。

「夏綠蒂……」她的這句話有一半是歡迎，一半是疑問。

「海莉……」

海莉勉強擠出笑容，「放一天假來紐約玩？」

「差不多吧。有沒有哪個地方方便說話？」

「哦，當然。是什麼狀況？出事了嗎？一切都還好吧？」

「我們先坐下來再說。」

海莉對櫃檯的那名男子悄聲說了話，然後帶夏綠蒂走過某條玻璃廊道，到了「會議室B間」的門口。

裡面有一張可以容納十二人的長型玻璃桌。海莉拉出一張鉻鐵黑色真皮椅子給夏綠蒂，然後自己坐在她旁邊。

「要不要我給妳準備什麼飲料？氣泡水？還是卡布奇諾？」

「不需要，」夏綠蒂說道，「海莉，我知道我們這些年來的互動算不上什麼好閨蜜。」

海莉不發一語，靜靜等待。

「但這與我無關，而是與保羅有關。我知道妳心中還是依然關心他，而且……」

「我當然在乎保羅，」海莉說道，「我們只是合不來，並不表示我對他沒有了感情。拜託，我們兩個人生了小孩啊。怎麼回事？他還好嗎？是不是生病了？是否與那起事件有關？」

「對……也不能這麼說。他已經不是他自己了。他……他開始相信根本不合理的事物。」

「比方說？」

「首先，他聽到亂七八糟的聲音。」

「妳這話是什麼意思？妳是說人聲？保羅幻聽嗎？」

「不完全是，」夏綠蒂說道，「不過……」

門開了，一個高大的灰髮男子入內，他身穿深藍色西裝與白色開領襯衫，沒有戴領帶。

「夏綠蒂？」

「嗨，華特……」

她打算要站起來，但他卻伸出雙掌，彷彿這個動作可以散發什麼隱形力道，讓她留在原位，「拜託，真的不需要客氣站起來，看到妳真開心。保羅是不是怎麼了？」

「為什麼這麼問？」夏綠蒂的語氣聽得出疑心。

「我只是……」他沒有繼續講下去，望向海莉。

「我剛剛告訴華特妳要上來找我們，」海莉說道，「我們想到的只有一種可能，保羅不知道出了什麼狀況。他去看了神經科醫生嗎？是不是與這有關？」

「沒有，」夏綠蒂回她，「跟這個完全不一樣的事。我之所以來這裡，是因為我認為妳必須要知道保羅現在飽受煎熬，我不知道我能不能獨自面對。」

海莉聳肩，態度絕望，「跟我說他到底聽到誰在講話。」

華特開口，「天，聽到有人在講話？」

「我從來沒這麼說，」夏綠蒂回道，「比較像是夜半傳出的聲音，我聽不見的聲音。」

「妳把這件事告訴我們，很好，」華特說道，「謝謝妳。」

夏綠蒂狠狠瞪了他一眼，「謝謝妳？」

「哦，知道當然是好事，」他回道，「因為喬許的關係。」華特望向妻子，「沒錯吧，要是保羅有什麼狀況，我們得知道。」

夏綠蒂問道，「那到底是什麼意思？」

海莉一臉歉然，望著夏綠蒂，「嗯，就是萬一保羅狀況不穩，我的意思是，輪到你們和喬許在一起的時候，我們就必須把某些事納入考量。」

「我又沒有問題，」夏綠蒂說道，「而且我也沒說保羅具有危險性。」

「當然不是，」海莉語氣誠懇，「但我當然會關切喬許所身處的環境，自從他上次去住你們家之後，他整個人就變得非常不安。」

夏綠蒂緩緩搖頭。

華特點頭，彷彿這一切早在他意料之中，「我們知道保羅的遭遇並不是他的錯，對方攻擊他也不是他自找的，這是一起徹頭徹尾的恐怖悲劇。但我們必須要面對它所帶來的後果，不論是否公平都得要處理。」

夏綠蒂說道，「我並不這麼認為……」

「好，如果他有妄想狀況，」華特回她，「喬許當然不能在無人監護的狀況下與他獨處，這一點毋庸置疑。」

海莉說道，「我與華特意見一致。」

夏綠蒂把椅子後推，站起來。

她說道，「知道兩位這麼擔憂真是太好了……」

「別這樣，夏綠蒂，拜託……」她伸手抓住夏綠蒂的臂膀，夏綠蒂甩開了對方。

「我來這裡是為了要尋求援助，」她說道，「不過，看看你們在做什麼吧。把保羅的不幸當成了取得喬許完全監護權的大好機會。」

海莉回她，「這樣說真是太荒唐了。」

華特插嘴，「妳怎麼能講這種話……」

「這就是你們想要的結果？不是嗎？完整的監護權。逼保羅從他兒子的生活完全退場。就他現在的狀況來說，他需要兒子的愛更甚以往，他需要知道大家愛他。」

「莫名其妙，」海莉說道，「我絕對不會對喬許、或是他的父親做出那種事。」

「看來妳就是在謀劃這種事，也許要是保羅就這麼下去，自殘了結，妳的整個人生會變得比較輕鬆。」

海莉目瞪口呆，整個人往後一縮，「這從哪裡冒出來的？妳為什麼會講這種話？保羅想要自殺？」

夏綠蒂瞬間落淚，「我不知道！我已經幾乎什麼都不知道了。」她立刻恢復鎮定，「我只是要說，對妳來說，這樣就會讓事情變得比較簡單。」她死盯著華特，「然後，你就再也不需要因為前往米爾福德的時候、被困在羅斯福大道而幹譙抱怨了。」

華特說道，「夏綠蒂，我覺得妳該離開了。」

「我也這麼想。」

當夏綠蒂走到會議室門口的時候，她停下腳步，似乎是忘了什麼。

她望著海莉。

然後開口問道，「幾天前妳到底是怎麼進來的？」

「什麼？」

「闖進我們家。我們還沒有人來得及下樓幫妳開門，妳自己就開了大門。妳是不是有鑰匙？是不是從喬許那裡弄了備份？」

海莉問道，「妳到底在暗示什麼？」

夏綠蒂不再對兩人說話，默默離開了。

39

保羅與安娜不能帶太多東西進入主獄區。汽車鑰匙、皮包、皮夾、甚至零錢，全數都被檢查。警衛詢問保羅信封裡是什麼，保羅回答是「文件」。警衛打開了信封口，仔細盯著裡面許久，確定裡面真的只有紙張，沒有其他東西——保羅猜警衛本來以為會在裡面找到大麻吧——不過，對方也沒有把那些紙張全部拉出來、注意上面打了哪些字句，他允許保羅可以留著這東西。

當他們被帶引穿過兩道大門的時候，安娜對他低聲說道，「你真是幸運……」

獄方安排他們與肯尼斯．霍夫曼的會面地點是某個獨立房間，而不是一般的會面區。保羅之前從來沒有進過監獄——至於安娜，倒是曾經在受訓的時候參加過兩次的矯正機關「遠足」——沿途的一切都讓他想要拚命吸收沉澱，被漆成淡綠色的煤渣磚牆壁、鐵門關起的哐啷聲響，還有絕望之人的氣味。就某種特殊角度看來，這感覺像是某所高中，只不過這裡沒有窗戶，只有鐵條；待在這裡的不是活蹦亂跳的年輕孩子，而是沒有懷抱任何希望的人。

而且，這裡讓人產生了一種感覺，隨時可能會有哪個人拿出彈簧刀、朝你的側身刺下去。

保羅有十多個問題想要請教警衛——那個體格壯如衣櫥、帶引他們穿過監獄的男子。這裡是否曾經發生過暴動？有沒有人逃獄？大家真的會在蛋糕裡藏金屬銼刀嗎？不過，他不想要被別人當成白痴，這些話憋在心裡就好。

警衛開口，「到了。」他們到達了某道鐵門前面，與眼同高的位置有一扇三十公分平方的小窗。他開鎖，帶他們進入約莫三平方公尺的暗灰空間。除了架設在天花板某個角落頂端的攝影機之外，就只有一張桌子與三張椅子——某側放兩張，另一側放一張。保羅發現桌上拴有手銬，而且桌子椅腳也拴有腳鐐。

「坐吧，」警衛指向並排的那兩張椅子，「我等一下就回來。」他關上了鐵門。

兩人乖乖坐著。

過了三分鐘之後，保羅看著安娜，開口說道，「我希望他們沒有忘記我們在這裡。」

後來，又過了八分鐘，門開了，警衛進來，後面跟著肯尼斯．霍夫曼。

保羅站起來，仔細端詳這個曾經是他朋友的人，眼前的畫面讓他大吃一驚。身穿短袖連身橘色囚服的霍夫曼，雖然身高應該是有一百八十幾公分，但是他的肩膀卻變得圓腫，彷彿有隱形的大石頭落在他的脖子後方。而且，曾經有過八十公斤出頭體重的這個男人，現在看起來還不到七十公斤。他的雙臂細瘦如柴，而且，在那稀疏的灰色鬍鬚之下——保羅知道霍夫曼以往總是把鬍子剃得乾乾淨淨——可以看出雙頰凹陷。他嚴重掉髮，從寥落的灰髮空隙之間，可以看到粉紅色的頭皮。

一切都在八個月之間發生的事。

不過，最讓保羅震驚的是霍夫曼的雙眼，沒有神采，完全沒有層次，彷彿像是被貼了一層蠟紙。

死寂的雙眼。

霍夫曼的聲音低沉陰鬱，「保羅……」

「肯尼斯……」保羅本來打算對他握手致意，但獄方曾經提醒過他們不能有身體接觸。

霍夫曼詢問依然坐在那裡動也不動的安娜，「妳是哪位？」

她回道，「我是安娜．懷特醫生。」

「我猜是腦神經科醫生吧，」他露出微笑，露出了有褐斑的牙齒，「妳來這裡不是要檢查我的肛門。」

警衛開口，「坐下！」他離開房門的時候，對保羅與安娜說道，「要是有什麼需要，直接大叫就是了。」

霍夫曼坐下來。自從安娜自我介紹之後，他就一直對她死盯不放。

「我要問的可能是全世界最蠢的問題，」保羅說道，「不過，我也只能想到這個而已，都還好嗎？」

肯尼斯勉強一笑，「棒透了。」

保羅說道，「謝謝你願意見我們……」

「我訪客不多，」他聳肩，「單調生活發生改變，很好啊。而且你是西黑文大學第一個來找我的人，」肯尼斯搖搖頭，「我萬萬沒想到會是你。學校都還好嗎？」

「我還沒有回去，」保羅說道，「依然在請假。」他的語氣完全沒有任何諷刺的意味。

「哦，好，」肯尼斯說道，「那個，」他直視保羅的眼眸，「如果你來這裡是為了要一個道歉，我會跟你說對不起。」

保羅瞄了一下安娜，她的雙眉微微挑高。她知道保羅並沒有期待對方道歉，就算有吧，她知道他也沒猜到居然這麼快就聽到了對不起。

「我自己搞出這種狗屁倒灶的事，很遺憾把你拖進來，」肯尼斯說道，「我的意思是，我在那個當下、做出了我覺得必須該做的舉動，但我真的不希望出那種事，」他停頓了一會兒，「如果我反正都是會被抓到，那麼我覺得幸好你還活著，」他露出尷尬微笑，「丟棄兩具屍體已經夠難的了，但是三具屍體？要是得挖第三個墓穴，我很可能會搞到心臟病發身亡。」他微笑，轉動雙手，露出了他的手掌，「如果不是這樣，那麼我的手繭一定會慘不忍睹。」

保羅在他面前雙手合十，露出微笑，「見到你真開心。」

安娜發現肯尼斯左手內側有異狀，看起來像是一道新的傷疤。

保羅說道，「知道蓋比蕾拉來看你，讓我嚇了一大跳。」

「她是聖人，真的。」

「我以為她不希望與你有任何瓜葛了。」

肯尼斯聳肩，「真的不可思議，」他露出諷刺笑容，「我對女人一定有催眠能力，即便是那些被我辜負的女人也一樣，」他望向安娜，「妳說呢？」

她語氣冷淡，「就連邪教殺人魔查爾斯．曼森也有愛慕者。」

「哦，那種話真是傷人，」他低頭望著桌上的信封，然後又面向保羅，「所以你為什麼要來這裡？」

「我想，有三個理由，」他語氣徐緩，蘊積力量說出心聲，「這八個月很難熬。當然，因為身體復原的過程，已經夠辛苦的了，不過，還有心理問題。肯尼斯，你一直是我的心魔，經常半夜來找我。我一直在想辦法要面對這個問題，我認為，與你見一面會是解決的方法之一。與你一起坐在這裡，提醒我自己，你並不是某種……我不知道該怎麼說……無所不能的邪力，但只是一個普通人罷了，如此而已。光是看到你就已經幫助了我，你是過往自我的軀殼。無論對任何人來說，你看起來都沒有什麼威脅性。」保羅傾身向前，「肯尼斯，你已經毀了，是個想要剝奪自己人生的可悲的毀敗男子。所以，今天晚上，當我準備入睡的時候，你這樣的形象將會伴我入眠。不是那個企圖殺死我的人，而是一個飽受摧殘的可憐男子。」

肯尼斯盯著保羅的雙眸，「這種事可以幫上忙，很榮幸。第二件事呢？」

「我想要問為什麼。為什麼我覺得我明明認識的某個人卻做出這麼駭人至極的舉動？出了什麼事？」保羅點了點自己的太陽穴，「到底腦袋裡是哪裡斷線，害你做出了這種行為？或者，你根本就知道答案？」

肯尼斯似乎對這個問題嚴肅以待，「難道你不覺得我在事發之後、也曾自問過上千次嗎？你知道我的想法嗎？我認為我們所有人的內心世界之中——你、我，甚至是你與懷特醫生——都有一個迫不及待想要衝出來的惡魔。大多數人都知道要如何關住他，我們以道德鐵條構築而成的個人監獄、將他禁閉其中。不過，有的時候，他卻可以撬開那些鐵條，製造正好可以溜出來的空隙。一旦他在裡面待了許久，那麼，一等到他出來的時候，就會想要彌補失去的時光。」他微笑，「這樣有解答了你的問題嗎？」

「沒有，」保羅說道，「但我們能夠得到的結論也差不多就是這樣了。」

肯尼斯微笑，「那麼第三件事呢？」

安娜望向保羅，還有壓在他掌面之下的那個信封。

保羅說道，「記得車庫拍賣嗎？開車在住家附近亂繞，大家把自己家的垃圾雜物拿出來販賣。」

「當然，我又不是一出生就待在牢裡。」

「前一陣子，夏綠蒂在米爾福德的某場車庫拍賣找到了有趣的東西。」

「嗯。」

「一台老舊的打字機，品牌是安德伍德。」

肯尼斯眨眼，「然後呢？」

「你當初逼凱瑟琳與吉兒打出道歉信的那台打字機是安德伍德，對不對？」

「你怎麼說就隨便你吧，」霍夫曼說道，「老實說，我不記得了。不過，好吧，我想應該是安德伍德。」

「我等一下要告訴你一個你難以置信的故事，但我也不管那麼多了。你要大笑沒關係，但我不會鳥你。我很確定，我家裡的那一台打字機，正好就是你殺害凱瑟琳與吉兒之前、逼她們打字的那一台。」

霍夫曼傾身往後靠在椅背，雙臂交疊胸前，他似乎震驚到說不出話來，長達好幾秒之久，然後，他咯咯笑個不停。

「不可能，」他說道，「明明一直沒找到。」

「哦，有人發現了它，不是警方，我可以跟你保證，但真的有人找到了。」

「鬼扯。我明明把它丟入了垃圾集運箱，第二天就被收走了，被埋在垃圾掩埋地裡面。」

「並沒有……」

保羅回望信封口，取出了那些紙，仔細展示，一次一張，讓霍夫曼看個仔細，而他全程盯著放在自己面前的每一張紙。

「什麼鬼東西啊？」

「留言，出於你殺害的那兩名女子之手。」

肯尼斯不再盯著那些紙，目光飄向保羅的雙眼，「什麼？」

「她們出現在那台打字機裡面，這些字條全都是她們寫的。」

肯尼斯向右側頭，然後是左邊，簡直像隻搞不清楚是什麼狀況的狗兒。

「你是在開玩笑吧。」

「並沒有。」

肯尼斯哈哈大笑，但笑聲聽起來很勉強，「不可能，真的，這種東西，」他以食指拍了拍其中一頁，「真的完全是鬼扯。」

保羅緩緩搖頭。他發現安娜身體往後，稍微移開桌前，他得要自己上場表演。

「我還真希望那是笑話。一開始的時候我也很懷疑，當家裡只有夏綠蒂和我的時候，我在半夜聽到了打字聲。我必須承認，我有一陣子真的在思索其他可能的解釋。第一，有人闖入我家，做出了這種事；第二，我發瘋了，自己寫下了那些東西卻渾然不覺。不過，這兩個理論都讓我存疑，我想懷特醫生和我來到這裡，也是支持那個說法，對不對？」

保羅望著安娜，期盼會看到她為他打氣點點頭，但並沒有出現。

「反正，」他繼續說道，「我面前只剩下唯一可能的解釋，的確有超越我們理解範圍之外的力量，凱瑟琳與吉兒發出訊號，找尋答案。」

「保羅，你沒有忘記我教什麼科目吧？數學？物理對吧？我面對的是理性世界，你說的這些東西根本是胡說八道。」

「並非是你使用的那一台打字機，出現了這樣的訊息，那才真的是胡說八道。」

肯尼斯又仔細研究那些紙張，伸出食指撫摸打字跡痕。「這個H……」他的音量簡直就像是在輕聲細語。

「有一點偏離中心點，」保羅說道，「而且這個O略微模糊，你記得你的安德伍德有這樣的特徵嗎？」

肯尼斯似乎在努力回想。

他說道，「我想我知道是怎麼一回事了……」

保羅與安娜靜靜等待。

「你和你的治療師來到這裡，打算要對我玩某種遊戲。我不知道究竟是什麼，而且我也不知道箇中原因，但這是我目前想出的理論，因為，我告訴你，百分百確定，這根本就是鬼扯。」

「為什麼？」保羅問道，「為什麼不可能是超越我們理解範圍的事件？」

肯尼斯伸出雙掌壓住桌面，「我告訴過你，那台打字機，早就被我扔了。」

「一定有人在垃圾集運箱裡看到了它，」保羅說道，「就在垃圾收走之前。我不知道為什麼會這樣，但不重要。然後，最後出現在某人家中，他們在搬離米爾福德之前，把它拿出來拍賣。」

肯尼斯的面容第一次出現了疑慮，「也許吧，但只是也許而已，是有這個可能。但這些字條呢？鬼扯。」他瞄向那些紙張，看了最後一眼。

保羅問道，「你在看什麼？」

「那些E……」他說道，「警方沒有那台打字機，但他們有那些字條……」

「你逼凱瑟琳與吉兒寫下的字條，」保羅已經先一步說出了肯尼斯的想法，「當然，他們可以把這些字條與手中的證物進行比對。以前，打字機的字樣就像是指紋一樣，可以比對出特定的機型。」

保羅眼睛一亮，望著安娜，「我怎麼一直沒想到這一點？妳覺得警察會讓我們看證物嗎？」

「我不知道，」安娜說道，「應該會吧。」

肯尼斯並沒有感染到保羅的喜悅之情，他問道，「上面有血嗎？打字機有沒有染血？」

保羅思索了一會兒，「我沒有注意到。」當然，是有喬許的血，那是他手指卡在機器裡的時候流的血。保羅知道不需要提起這件事，「不過，我覺得字鍵之間的空隙可能留有血跡。我想，當初的賣家已經盡量清乾淨了，我的意思是，有誰會把一台沾滿乾涸血液的二手打字機拿出來賣？」

霍夫曼蹙眉，他的目光緩緩掃視整個房間，然後又回到了保羅身上。

「那台安德伍德，」他問道，「你要怎麼處理它？」

「問這個要做什麼？」

霍夫曼怒氣沖沖搖頭，「只是想要知道而已。」

保羅聳肩，「其實我還沒想到這一步，目前是留在我家。」

「你要把它交給警方嗎？」

保羅再次面向安娜，「如果那是證據的話，我應該交給他們嗎？」

她聳肩，還沒有開口回答之前，肯尼斯說道，「何必呢，是想要從上面採我的指紋嗎？」肯尼斯哈哈大笑，「他們已經抓到我了，你覺得他們還想要再給我定罪？這樣一來，我要等出獄不是一百年後，而是兩百年之後了。」

40

保羅與安娜離開監獄、回到車上之前，兩人都不發一語。等到大門關上之後，兩人同時吐了一口長氣，彷彿在剛才那兩個小時當中一直不曾呼吸一樣。

安娜面向保羅，開口問道，「你還好嗎？沒問題吧？」

「有一點緊張不安，」他回道，「不過，嗯，沒問題，妳呢？」

「我沒事，」她擠出了勉強笑容，「其實還滿值得雀躍的啊。令人毛骨悚然，但也值得雀躍。」

「『令人毛骨悚然』是心理學術語嗎？」

她哈哈大笑，「應該吧。」

「我覺得……我再也不怕他了。」

「看得出來，很明顯。」

安娜發動引擎、把車子從監獄停車場開出來的時候，保羅沉默了好一會兒。「我在那裡的時候，有那麼一瞬間，差點覺得他好可憐，也就是他提到我們人人心中都藏有惡魔的那個時候，我認為就某方面來說，簡直可以算是言之成理了。」

「或者，那只是藉口而已，」安娜說道，「聽我說，我想要為剛才那裡的狀況道歉。當你提到我對於那些字條的結論與你一致的時候，我不是很支持你。」

「我注意到了。」

「我當時應該要說些什麼才是。」

「也許該道歉的人是我，我不該擅自推論，但卻自己隨便作主。」

安娜陷入遲疑，「我覺得霍夫曼並不是真心認為那些訊息出於凱瑟琳與吉兒之手，而且兩名女死者可以透過那台打字機向你發聲，」又是一陣停頓，「我也很難相信。」

「難道妳不覺得有可能——只是有可能——這世界具有超乎我們想像之外的力量在運作？妳覺得這樣的事不可能會發生嗎？因為，對我來說，我已經幾乎找不出其他的選項了。」

安娜一直透過擋風玻璃盯著前方，「我們回去的時候就差不多天黑了。」

「妳這種回答不就是妳自己說的迴避嗎？」

她朝他的方向瞄了一眼，「我要告訴你一件其實我不該說的事。」

「好。」

「十二年前，好，應該是更久之前，我母親身體狀況不太好，長期走下坡。你知道嗎，就那一方面來說，生命真的很不公平。有時候，我覺得如果能夠就此結束的話，我們應該會活得比較輕鬆一點。」她其中一隻手離開方向盤，捻了一下手指，「完全不要有這種拖磨，它對每一個人來說可能都很痛苦。」

保羅回道，「當然。」

「有一件事我從來沒有告訴過任何人。我父親不知道，所有的朋友也都不知情，連我前夫也一樣，但當時我們已經離婚了。」

保羅點點頭，「嗯。」

他們回到了主要幹道，加快速度。

「那是某個星期二的深夜，剛過凌晨三點沒多久。」她停車，以鼻子用力吸氣，準備吐露難以說出口的那段過往，「我睡得很熟，聽到我母親在跟我講話，清晰的程度就像是你現在跟我說話一樣。她是這麼說的，我永遠忘不了，她說，『該來道別了。』我醒來，腦中依然聽得到她在對我說這段話。我看了一下時鐘，凌晨三點十一分。我不想要過分強調這數字，但我母親的生日是三月十一日。」

保羅緩緩點頭。

「她當時住在某間醫院的慢性病照護病房。我知道這聽起來很不理性，我知道她其實不可能那樣對我說話，但我覺得我得要去醫院一趟。我隨便穿了衣服，全速飆車，然後，我進入了她的病房。」

車子經過了某道緩衝坡，放在後車廂的高爾夫球桿宛若老骨頭一樣，發出咯咯聲響。

保羅發現自己幾乎停止呼吸，「後來呢？」

「她很清醒，盯著房門口，彷彿在等我到來一樣，她微笑，對我伸手。」

安娜伸手掩口，保羅看到一滴清淚從她臉頰滑落而下，她需要一點時間恢復鎮定，才能繼續講下去。

「她的那隻手，好小，只有皮包骨而已。我握住她的手，然後，她對我說道，『幸好妳收到了我的靈訊。』我知道這聽起來很瘋狂，但真的發生了。」她的淚濕雙眸望向坐在副座的那個人，「真的很瘋狂，是不是？」

保羅緩緩搖頭，「不，完全沒有。」

「我坐在那裡陪她，二十分鐘之後，她走了。」

保羅不知道該說什麼才好。

「我打電話給我爸爸，叫醒他，對他撒了謊，我說醫院才剛打電話給我，媽媽走了。我說我正趕往醫院。」她在吸鼻子，「我不能告訴他真相。」

保羅語氣充滿諒解，「真的不行……」

「我要怎麼向他解釋我在那裡？我要怎麼告訴他其實她先前找我，但卻沒有找他？也該聯絡我爸爸啊，為什麼沒有？」

「也許她試過了，」保羅說道，「他只是聽不見她的聲音而已。」

安娜打了方向燈，把車子駛向路肩，停下來之後，打入停車檔。

「給我一點時間，」她說道，「抱歉。」她任由淚水落下，伸手指了指置物箱，保羅打開，看到了一盒面紙，他抽出六張、交給了安娜。

「天，好尷尬，」她輕輕擦了擦眼角，然後擤鼻子，雙手放在大腿上，「何況也真的是太不專業了，要保持冷靜的人應該是我才是。」

「沒關係。」

我可以撫摸她，沒關係。

保羅伸手過去，輕輕放在她的手背上面，他開口說道，「妳沒有把這件事告訴妳的父親，也就等於告訴了我，妳相信我的遭遇為真。」

她望著他，「就算我不信，就算它只是一個夢，而且我及時趕到醫院是純然的巧合，我也不能告訴我父親，因為他可能會相信，所以我從來沒有對他吐露這件事。」

她把自己的手抽出來，把它放在保羅的手上，捏了一下，「這些年來，它一直在我心頭縈繞不去，真的，能夠對某人說出來真是太好了。」

保羅好想摟住她，但只能按捺衝動，這是他現在的滿心期盼。

「好，」她放開他的手，將車子打入行駛檔，盯著後照鏡，觀察是否安全能夠再次上路，「我想，基本上可以這麼說，對，答案懸而未決，我不能判斷你的遭遇到底是不是真的，我真的不知道。」

「我明白。」

天，我真的好想抱她。

不過，他們現在回到了路上，安娜猛踩油門，開了好幾公里之後，她開口說道，「我覺得這趟旅程對你來說真的有好處。如果你的唯一重點是肯尼斯・霍夫曼已經再也不是你夢見的惡漢，那麼就值得了。」

「我想也是，而且我還把那些字條拿給他看了。也許……也許我盼望他認為那些都是真的。如果真是如此，好，那麼我就可以好好想一想，開始相信這種不可思議事件的人，其實也不是只有我而已。」

「我認為那些字條讓他坐立難安，」安娜說道，「雖然我不確定哪一個讓他比較憂慮？是那些字條？還是你可能取得了他的那台打字機？」

保羅的電話響了，他從口袋裡拿出手機，看到了來電者姓名，皺眉。

「她想要幹什麼？」保羅這句話比較像是自言自語，而不是對安娜開口。

安娜問道，「是誰？」

保羅把手機湊到耳邊，「海莉，還好嗎？是不是喬許……什麼……夏綠蒂去妳辦公室找妳……對，我現在很痛苦，不過……我知道喬許有鑰匙。她為什麼要……嗯，嗯……知道了。謝謝妳告訴我……嗯……再見。」

他動作一氣呵成，把手機塞回外套口袋。

他盯著前方，開口說道，「真是奇怪了……」

「出了什麼事？」

「夏綠蒂明明說要去探望她媽媽，但她卻去找了海莉，應該是因為她擔心我，想要聽海莉的意見。不過卻演變成喬許的鑰匙，還有……」

「保羅，是什麼？」

他搖頭，彷彿這動作可以釐清一切，「等到我回家之後、得找夏綠蒂好好談一談的事。」

安娜決定不要逼他，「嗯。」

❖

安娜把車駛入自家的私人車道，停在保羅的車子旁邊，熄火。她抬頭瞄了一下父親臥室的窗戶，發現燈還亮著。

保羅拉開副座車門的把手，「再次感謝妳付出的一切。」

「不客氣，是我要謝謝你，今天真是豐盛的一天。」

保羅定住不動。他望向安娜，他知道在這個當下，他想要做什麼，不該做出的某個動作，他永遠不會做出的舉動。

「保羅，該走嘍，」她微笑，「下次約診時間見了。」

他回道，「是，沒問題。」

他下車，關上了門，找到自己的車鑰匙，解鎖。安娜等到他離開私人車道、進入馬路之後，自己才下車，進入住所。

❖

保羅開車回家的時候，心中充滿了罪惡感。

他並沒有做出任何不當的舉動，也沒有依照感情行事，但他起心動念卻讓自己懊悔不已。夏綠蒂如此支持他，對他忠誠不渝，幫助他度過生命中最艱難的危機，而他卻發現自己喜歡上另外一個女人。

他最近經常與安娜在一起，他可以對她說出自己不能告訴別人的事，她總是專心聆聽。

當然，你白痴啊，那是她的工作。

就理智層次來說，保羅很清楚這一點。她對他的關心之情是基於專業，要是他覺得她對他有專業之外的其他情愫，那麼就是他犯蠢了。

不過，這也不會改變他的感受。

他必須把它拋諸腦後。與安娜．懷特發展的其他關係絕對是毫無希望。

如果保羅為了報答與滋養，需要進行什麼努力，那麼就是他與夏綠蒂的生活。

不要讓複雜的生活變得更加複雜。

所以他想要回顧自己與肯尼斯．霍夫曼的會面過程，取代對安娜的種種懸念。

這場見面有幫助嗎？是不是被安娜說中了？先不說別的了，光是與肯尼斯面對面，已經大大減低了他引發的影響，真的，他已經成了頹敗之人。保羅覺得接下來的每一天，每一個禮拜，都是檢驗與肯尼斯見面是否適當的試煉。惡夢會消退嗎？能夠就此終止肯尼斯出現在他的腦海之中？

他按下轉彎指示燈，然後駛入自家私人車道、停在夏綠蒂的車子後面。

嗯，還是有好事，他真的記得開回來的路。

他一身疲憊，離開了自己的座車，這才想起自己好久沒進食了。在去程的時候，他與安娜還開玩笑要吃監獄裡的食物，不過，等到他們進去之後，兩人幾乎胃口盡失。他不知道夏綠蒂是否弄了什麼，準備好一盤……

啊天哪。

前門大開。

41

保羅衝入屋內，大吼大叫，「夏綠蒂！」

他狠狠關門，兩步併作一步衝上通往廚房的階梯。當他到達梯頂的時候，夏綠蒂在廚房中島那裡轉身，一臉緊張兮兮。

她問道，「怎麼了？」

「大門敞開，我很擔心，不知道……」

「我故意打開的，」她打斷他，「你不是在問保全系統跟換鎖嗎？好，我找到了人，今天進行了第一步，我們有了新鎖。我把門開了一點隙縫，所以可以讓你進來。我猜是風大把它吹開。天，你真的是緊張大師。」

「抱歉……」他回頭張望了一下，確認大門是否關上，「我現在去關門。」他急忙下樓，扣好門閂，回到了廚房，夏綠蒂站在中島旁邊。

她說道，「把你的鑰匙給我。」

他把自己的鑰匙串交給了她。大理石桌面上有一支鑰匙，乍看之下，與保羅原本的住家鑰匙一模一樣。夏綠蒂接下他的鑰匙串，從環扣裡取出原來的住家鑰匙，然後換上了新的那一支。她取下他的舊鑰匙，把它塞入自己牛仔褲前面的口袋。

保羅問道，「妳這麼做是因為海莉的緣故嗎？」

夏綠蒂神色緊張，「跟海莉有什麼關係？」

「她打電話給我。」

「我正打算要告訴你，」她的表情宛若說謊被抓個正著，「我就知道海莉可能會出賣我。不過，你記得前幾天她是怎麼晃進屋裡來的嗎？」

「妳該不會真的以為海莉溜進這裡，然後……」

她態度很防備，「我不知道，這樣可以了吧？」

「妳跟他們說了什麼？」

「我說我很擔心你。怎樣？你讓我擔心死了，老實說，我無法預測你接下來會做出什麼事。這幾天以來，也就是自從我買下那鬼東西、放在你的智庫之後，我已經什麼都不知道了。」

保羅瞄了一下書房的敞開房門，彷彿是要確定打字機已經不在那裡了。發現它不在裡面，他心中鬆了一口氣。

他知道它在哪裡，但這一次不會進入車庫去查看是否在那裡。

這樣的偏執有點過頭了吧。

「反正不管是什麼狀況，原因是什麼，」夏綠蒂語氣小心翼翼，「我覺得它把你逼到了……」

保羅刻意看了她一眼。

「好好聽我說就是了。如果海莉是這一切的背後主謀呢？她有鑰匙，可以偷偷潛入屋內。萬一是為了要爭監護權呢？萬一她和那個混蛋華特想辦法要設計你、造成你看起來心理狀況不適當，這樣一來就可以取得喬許的單獨監護權呢？」

「不！」他語氣斬釘截鐵，「她不會這樣！不會對喬許做出那種事，她不會從我身邊奪走他。」

「有時候，」夏綠蒂說道，「你不知道人們會做出什麼事。」

保羅嘆氣，悲傷搖頭，「我花了一整個下午的時間，才剛剛上了那一課。」

他把這次監獄之旅的過程告訴了她。

夏綠蒂問道，「你辦到了，是不是很開心？」

他說他的確這麼想，也把理由告訴了她。

「很好，」她說道，「你知道我期盼的是什麼嗎？」

「是什麼？」

「能夠有這麼一個夜晚，完全不談論這些事。不要講霍夫曼，不要討論打字機，不要提到你與那個混蛋希金斯的法律問題。」

「天，他啊。這陣子事情真多，我差點忘了自己也可能要坐牢。」他勉強乾笑了一下。

「夠了。」

「好。」

「我希望我們能夠度過一個專屬於自己的夜晚。」

「沒問題。」

「你吃過沒？」

「我好餓，現在就連飛機餐我都可以吃下肚。」

他窩在某張中島的高腳凳上面，而夏綠蒂則趁這個時候從冰箱裡取出預先準備好的一盤菜，她說道，「菠菜與里可塔起司麵捲，加上蕃茄醬料。」

她把它放入微波爐，然後又回到冰箱前，拿了一瓶紅酒，「我也準備了這個。」她從抽屜裡找出開瓶器，開了酒之後，斟了兩杯紅酒。

夏綠蒂把其中一杯給了他，然後舉起自己的酒杯乾杯，「敬一個全新的開始，把醜惡拋諸在我們後頭，期待美好降臨。」

保羅努力裝出興致高昂的模樣，與她互碰酒杯，喝了一口，「我喜歡那樣的祝詞。」

夏綠蒂手裡依然拿著酒杯，轉身走到微波爐前面，檢查老公晚餐的進度，「再三分鐘就好。」

「我先去沖個澡。」他放下酒杯，走上階梯前往頂樓。

她說道，「動作要快一點。」

等到他回來的時候，他的晚餐已經準備好了，夏綠蒂正在為自己重新斟酒，「這就是我的目的，」她佯裝一本正經，「喝醉之後決定做出一些糊塗事。」

保羅微笑，重新回到他剛剛坐的高腳凳，「聽起來不錯啊……」他拿起自己的酒杯，將剩下的紅酒一飲而盡。

「再給我來一杯，」他把酒杯放回去，夏綠蒂把酒倒滿，然後盯著瓶內所剩無幾的酒滴。

她說道，「幸好我不只有一瓶而已。」

保羅以叉子側邊切開義大利麵捲，吹了一下，送入口中，「味道不錯。」

夏綠蒂再次開冰箱的時候，露出微笑，「我只希望你開心而已，」她拿出第二瓶酒，擺出臭臉，「居然用螺旋蓋，太廉價了吧？」

「真的嗎？」他回道，「我猜，應該是出於哪個不清楚夏布利源於夏多內的人之手吧？」

「對。其實，要是越喝越多，喝什麼也不重要了是不是？」

她開了酒，把它放在廚房中島，保羅六大口就喝完了第二杯。當他酒杯一空，夏綠蒂又立刻斟滿。

她問道，「你原諒我了嗎？」

「什麼事？」

「我去找海莉與懷特醫生。」

他點點頭，「我原諒妳了。」

「如果角色互換，你也會做相同的事對嗎？」

保羅思索了一會兒，「應該是這樣。」他吃光了晚餐，推開了盤子。

夏綠蒂問道，「想知道甜點是什麼嗎？」

「不用了，」他說道，「我已經飽了。」

「你應該要重新考慮一下……」她放下酒杯，繞過中島，伸手把他的頭貼向自己的方向，然後落唇貼住他的口。

保羅發現自己立刻起了反應。他滑下高腳凳，伸出雙臂摟住夏綠蒂，把她擁入懷中，兩人都張開了雙唇，她把舌頭伸入他的嘴，而他的雙手則托住她的屁股。

夏綠蒂把手伸到兩人之間，摸到了他牛仔褲底下的硬挺物。她微微後退，留出足夠的空間讓自己解開他的皮帶與拉鍊上方的鈕釦。他的牛仔褲落地，她順勢把手伸入他的內褲裡面。保羅從她的長褲拉出她的上衣，脫掉，雙手在她的赤裸肌膚游移，然後摸到了她的背後與胸罩扣環。

她低聲問道，「要在島上吃我嗎？」

「如果這是無人島，也許吧，」保羅說道，「但我覺得床可能會比大理石舒服。」

「好，羅密歐，如果你想要在臥室狂歡，最好還是穿回長褲，以免在階梯上絆倒。」

「好建議。」

「上樓的時候關燈，還有要帶酒。」

❖

兩人完事之後，保羅全身赤裸下床，搖搖晃晃進入浴室，靠著從百葉窗透入的日光引路，暢快撇完了尿。他撲通一聲又倒回床上，盯著天花板。夏綠蒂全身赤裸，被子也落在了她腳踝附近，自從他們做愛結束之後，她就一直維持這個姿勢，幾乎完全沒動，而在她那一頭的床邊桌上面，放著全空的第二瓶紅酒以及兩個酒杯。

她悄聲說道，「哇……」

「真的……」保羅把手伸過去，手指輕輕撫觸她的臂膀，「妳也知道，我已經不像以前那麼年輕了。」

「現在我們一樣了。」

「我是說，四杯紅酒……」

「其實是五杯。」

「隨便啦，我喜歡。」

「我剛剛說過，一樣了。」

保羅側身，往夏綠蒂的方向挪移，她自己也找到了翻動身體的氣力，所以他可以窩在她的背後，宛若湯匙的姿勢。

她說道，「要棉被……」

保羅伸手往下拿棉被，把它拉上來蓋住他們兩個。他伸臂摟住夏綠蒂，愛撫她的胸部，然後整顆頭壓在枕內。

過沒幾秒之後，他開始打呼。

❖

他在做夢，有關上廁所的事，也許這並不令人意外。他悠悠醒轉，暫時睜眼，他覺得在睡前喝光兩瓶紅酒，就是會對身體產生這種效應。

保羅不是很想理會自己膀胱的緊急呼求，再次閉上雙眼，他們兩人幾乎都沒有移動身體。保羅依然緊挨著夏綠蒂，手臂擱在她的屁股上面。

他可以聽到她的輕柔呼吸聲，

他幾乎又墜入夢鄉，但他不得不面對自己必然得要解決的處境。他必須要起床，問題是他是否能夠在不吵醒夏綠蒂的狀況下、讓自己順利抽身。

首先，他動作輕柔舉起手臂，離開了她的臀部，然後讓棉被回歸原處。最後，他慢慢朝自己的床邊移動，盡量不要拖拉夏綠蒂身上的棉被。

房間一片漆黑，月光在夜半時分移換了位置，所以現在幾乎沒有任何光線透入百葉窗。

他不知道現在是幾點鐘了，擔心可能是凌晨四、五點，他不希望馬上就要破曉。他好疲憊，希望回到被窩的時候還可以再睡個幾小時。如果是一兩點，甚至是三點鐘都好。

他床邊桌上面的收音機時鐘沒有顯示任何數字。

這不禁讓保羅懷疑是不是停電了。如果之前斷電，然後又恢復正常的話，那麼時鐘顯示的會是閃動的「十二點鐘」。不過，此時此刻卻什麼都沒有。他覺得現在電網癱瘓也未免太奇怪了，沒有強風，也沒有任何的暴風雨。

不過，等一等。

收音機時鐘的那個方向有清晰的光，彷彿有了顯示畫面，但光量是平常的十分之一。他趴在床上，伸出左臂，打算要拿時鐘。

他的手撞到了東西。

彷彿碰到了一堵隱形的牆。

他的手一陣亂摸，在他與收音機時鐘之間、有某個冰涼的金屬物放在床邊桌的桌面。他輕推了一下，但是它動也不動。他的手指在物體表面東摸西摸，其中一面很光滑，不過，當他的手指繞到另一面的時候，感覺到無數的圓形字鍵因為他施出的力道而微微縮了下去。

一陣寒意來襲，從保羅的頭皮流竄到腳尖。

他已經再也不擔心會吵醒夏綠蒂，雙腿直接懸到床外，在床頭燈燈罩下方亂摸，好不容易找到了開關。

他找到了，打開了燈。

保羅在尖叫。

他依然叫個不停，整個人從床邊滑落下去，背部著地，尖叫聲變成了真正的話語。

「不！不！不！不！」

夏綠蒂立刻坐起來，甩開被子，「保羅？」她轉身，本來以為會看到他在旁邊，但卻只看到他的頭露出床緣。

她看到他臉上的驚恐，然後，順著他的目光看過去。

然後她也開始尖叫。

那台打字機在床邊桌上頭，位置正好面對著床，夏綠蒂只能喊出三個字：

「啊天哪！」

然後，一片寂靜，因為他們都盯著那台黑色金屬龐然大物。

夏綠蒂低聲說道，「保羅……」

他沒有回應，根本沒看他。

她再次叫他，「保羅……」

他緩緩定睛看著她，他的雙眼因驚嚇而睜得好大。

「保羅，裡面有紙。」

沒錯，打字機裡面捲了一張紙，上面還有好幾個字。

保羅慢慢起身跪坐，然後站起來，走向那台打字機，彷彿把它當成了全身盤成一坨、蓄勢準備攻擊的蛇。

他沒有碰那張紙，只是凝視那張紙上的字句。

上面寫的字是：

我們回來了。

42

保羅全身赤裸顫抖不止，往後退了一步，遠離打字機，「不可能，媽的不可能！」

夏綠蒂跪蹲在床中間，不可置信盯著那台古董機器，「保羅，怎麼……怎麼可能會這樣？」

他轉頭面向她，大吼大叫，「我不知道！不可能，這一定是惡夢，我得要醒來，一定得醒來，這不可能是真的！」他伸出雙手，掌心緊貼太陽穴，彷彿在模仿孟克的《吶喊》。

「我睡著了，」他說道，「我就在這裡，相隔不過六十公分而已，怎麼可能發生這種事？它是怎麼跑進來的？不可能，它不可能在這裡。」

「保羅，保羅，聽我說，保羅？」

他睜大雙眼盯著她，「怎樣？」

「保羅，這不是夢，媽的這東西真的在這裡。」

他急速旋身，「是怎麼進來的？怎麼可能？」

「屋子裡有人！」夏綠蒂說道，「一定是這樣！」

保羅不想在這種時候講出什麼超自然的解釋理由。他光腳奔離房間，夏綠蒂聽到他衝下樓，大吼大叫。

「你在哪裡？」

夏綠蒂下床，隨手從衣櫃裡抓了一件長T恤。

「出來啊！你這個垃圾！」

她穿上T恤，然後從地板抓起保羅的內褲，奔向階梯。

「你這個垃圾要是在這裡的話，我一定會把你揪出來！」

當她到廚房的時候，那裡的燈已經全開了，保羅小書房裡的燈也一樣，但他不在那裡。她又下了幾層階梯，大門依然鎖著，但通往車庫的內門卻開了。她推開之後，發現燈已經大亮。

保羅在車庫的另一頭，盯著那個打開的儲毯櫃。

「本來在這裡，」他說道，「它本來在這裡的。」他憤恨搖頭，「靠！我靠靠！我忘了把書本壓回去。」

他指向那些書箱，他上次進來的時候，為了要確定打字機是否在儲毯櫃裡面、因而將它們從櫃子上方移開。

「它出來了，」他聲音輕柔，還有一絲驚嘆的味道，「逃走了。」

「保羅，聽聽你講的是什麼話。」

「什麼？」

「你把它講得像是某種……某種動物什麼的。」

「它動了，它移動了。」

「它不可能會動！不可能！不會自己動！」

「好那不然是怎樣？」

夏綠蒂花了一秒冷靜下來，然後說道，「打電話給懷特醫生。」

「什麼？」他們兩人之間彷彿有什麼隱形障礙，害他無法理解她的話語。

她走到車庫的另一頭，把他的內褲交給他，「拜託，穿上吧，這裡很冷。」

「是打開的，」他說道，「當我進來的時候，箱子是打開的，」他一臉乞求望著夏綠蒂，「怎麼辦到的？到底怎麼回事？」

「保羅，我求求你。」

「大門是鎖住的，」他說道，「而且是新鎖！」

她語氣平靜，「對……」

他點頭，把一切都兜起來了，「已經差不多解開謎團了，這裡沒有人，」他微笑，彷彿這是什麼好消息，「難道妳沒看到嗎？沒有人闖進來。它自己移動，全憑它的一己之力。」

「保羅……」

他因為暴怒而面紅耳赤，「不然還有什麼其他可能？」

她退後一步，「拜託你打電話給她好嗎？」

「妳在說什麼？媽的這根本不是心理問題！靠我需要找的人是驅魔師啊什麼的，這東西被附靈了。有人能夠處理，我很確定。他們來這裡，然後驅走惡靈，就這種狀況而言，應該很容易，又不是整間屋子，只是那個東西而已。」

「要是你不打電話給她，我來。」

「妳根本搞不清楚狀況。」

「我想我很清楚。」

她轉身走向門口，回到屋內，正準備要拾級而上的時候，她背後的門開了，保羅也離開了車庫、跟在她後面。

「妳不可以現在打給她。」

「你沒辦法阻止我。」

「拜託，現在是半夜！」

「我不在乎。」

保羅靠近她，抓住了她的衣角，想要阻止她往前走。

「放手！」夏綠蒂摔倒跪地，她的左膝撞到了某層階梯的邊緣，「天！你害我受傷了！」

「拜託，拜託千萬不要。」

他抓住她，不想讓她繼續上樓。她手臂往後亂揮，不小心打到了保羅頭部側面。他嚇了一跳，斜身摔下去，他放開了她，伸手搓揉剛剛撞到的太陽穴。

「啊，我的天……」她這才驚覺她打到他了，「是不是同樣的那個地方……」

他鬆開了扶頭的那隻手，「沒關係……」

「抱歉，保羅，但你需要援助。」

她再次站起來，他雖然想要再次抓住她，但她成功閃避，好不容易進入廚房。

他跟在她後面，低聲說道，「我不需要幫忙。」

「不對，你明明需要。你需要我的援助，懷特醫生的援助，我們大家都想要幫你。」

「天，媽的妳不要擺出高高在上的施恩姿態。靠妳覺得那台打字機是怎樣可以爬上兩層樓，然後把自己擱在他媽的正好面對著我的頭的位置？妳覺得怎麼會發生那種事？」

「它做了什麼？保羅？走路嗎？還是會飛？還是用他媽的那些字鍵轉動車庫門的門把？還是它會穿牆？」

「它一定做了什麼！」他說道，「要是它沒有自己上來這裡，那不然是怎樣？」

她的眼角泛淚，「拜託不要逼我。」

「逼你什麼？」

「拜託不要逼我說出那句話。我在你身邊幫助你，支持你。」

「妳有發覺我起床嗎？」

「我喝醉了，」夏綠蒂說道，「就算有地震，我也不會注意到。」

「少來。我就睡在妳旁邊，一直摟著妳。」

「在你發現你床邊那東西之前，我完全沒感覺你起床。也許你是在其他時候起床。保羅，我只是要提醒你，我們必須考慮這種可能性……」

「意思是我瘋了嗎？」

「我並沒有那麼說，」她雙手一攤，「我不知道該怎麼辦！我要如何是好？你告訴我。」

「首先，妳可以把這臭東西丟到屋外。」

「好，好啦，如果你希望這樣，那我現在就動手。」

她立刻衝到二樓，保羅跟在後面，厲聲問道，「妳現在要做什麼？」

「你給我在旁邊看著就是了。」

她回到他們的臥室，直接經過他們的床旁邊、走到通往小陽台的玻璃拉門前面。她先把百葉窗拉回去，然後打開了門鎖，推開了門。冷風吹入房間，潮浪襲岸成了溫柔的背景聲。

保羅站在床尾，開口問道，「夏綠蒂？」

她推開了他。「讓開……」

她把手放在打字機下面，悶哼一聲，把它從床邊桌舉起來。

「很重，」保羅說道，「讓我幫忙……」

「我告訴你了，給我讓開。」

她使盡氣力才把它搬起來，當她好不容易抱著那台機器走到房間另一頭的時候，整個人必須弓背仰頭。等到她到達陽台之後，她深吸一口氣，把那台沉甸甸的安德伍德搬起，把它平置於欄杆上面。

夏綠蒂回頭瞄了一下保羅，他站在門口，她這一連串動作似乎讓他看得目瞪口呆。

她說道，「如果你覺得這東西有生命，那我馬上讓它斷氣。」

保羅說道，「等等。」

她好驚訝，「真的假的？」

「反正……等一下。」

那台打字機在欄杆上顫巍巍搖晃，她只要伸手一推，就可以讓它直接摔落底下的水泥走道。

「我……很感激妳的舉動，」保羅說道，「真心感謝，但要是……」

「要是怎樣？」

「要是她們還有沒講出的話呢？」

夏綠蒂閉了一下眼睛，顯現她的忍耐已經到了極限。

「我知道，我知道。我當然希望可以把它丟出去，真的，我只是不確定是否要把它摔成碎片。」

「好，那不然呢？」在保羅還來不及講出提議之前，她已經有了自己的想法，「我等一下把它放在我車子的行李廂，然後，我會把它丟在大家找不到的地方，你覺得怎麼樣？」

保羅思索了一會兒，「嗯，好，就這樣吧。」

「不過，你要答應我一個條件，你必須要打電話給懷特醫生。」

保羅陷入遲疑，「我不知道，我看不出來她還能做什麼。」

「那我就準備把它扔下去了，」她的下巴朝打字機點了一下，「相信我，我根本不在乎這東西會怎麼樣，要是看到它碎爛一地，我一定很開心。你也應該要高興才是，不過，我還是很樂意依照你的方式行事。拿起手機，打電話給她吧。」

保羅回望臥房，現在床邊桌少了打字機，他可以看到時鐘顯示的時間。他原本以為應該是三、四點，但發現不過是凌晨一點二十三分的時候，嚇了一大跳。

「很晚了，」他反對，「這樣會吵醒她。」

「那又怎樣？」

「我來，但我們先把那東西放入妳的後車廂。」

「好，」她回道，「不過，你覺得你可以扛過去嗎？我光是搬到這裡手臂就快斷了。」

保羅走到陽台，小心翼翼從夏綠蒂的手中接過打字機。當他把那台安德伍德置入懷中的時候，全身感到一股寒意，他撐托它的姿態，儼然像是在抱惡魔的嬰兒。

他說道，「我們速戰速決。」

夏綠蒂比他先下階梯，順手從廚房的某個小碗裡面拿了自己的車鑰匙。她為他扶住大門，然後按下車子遙控器的按鈕，打開了她座車的後車廂。車蓋立刻彈開，出現約十多公分的空隙，她伸手把它整個打開。

保羅在後車廂前面彎身，將那台機器放入底部，裡面有一小捆防水帆布，他把帆布蓋在打字機上面，彷彿要悶死它一樣，然後，他重重關上車蓋。

他拍了拍雙手，然後對著浴袍搓揉了好幾下，儼然觸摸那台機器一定會弄髒他一樣。他轉身，凝望夏綠蒂。

他崩潰了。

「啊天哪，」他哭了出來，雙手掩面，「啊天哪怎麼了？出了什麼事？到底是怎麼了？」哭聲成了痛苦的啜泣。

夏綠蒂伸出雙臂抱住他，用力捏了一下，「發洩出來，」她說道，「全都發洩出來。」

他的雙臂軟綿綿摟住她，「我受不了，真的沒辦法。」

「不會有問題的，我們等一下把它丟掉，它已經在車子裡了。」夏綠蒂突然發現自己也在哭，「真的很抱歉，」她的臉埋在他的肩頭，「我真的，非常非常抱歉。」

保羅一直在抽泣，好不容易開口說道，「不是妳的錯，妳怎麼可能會知道這樣。」

「我不該……實在不應該……當初那念頭真是糟糕，」她嚎啕大哭，「現在……似乎……」

「不要再說了……」保羅的呼吸變得急促短淺，「我覺得，我覺得我快要昏倒了。」

「來，我們進去吧。」

她把他帶入屋內，一進去之後，她立刻鎖門，而且也確保連通車庫的門安全無虞，然後兩個人拖著沉重腳步上樓。她努力扶著他站穩腳步，而當他們一到餐桌的時候，他整個人立刻跌坐在椅子裡。

他依然在哭，手肘靠在桌上，雙手掩面。

「也許這是某種精神崩潰，」他說道，「我認了，我不知道還有什麼其他解釋。我一定……我一定自己做了這些事，想必就是如此。」

夏綠蒂拿起他的手機，先前一直放在廚房水槽旁的某個插座充電。

「打給懷特醫生吧……」她把電話交給了他。

他點點頭，乖乖聽從指示。他盯著自己的手，顫抖不止，「妳打給她吧，我辦不到，我連自己能不能拿穩手機都不知道了。」

夏綠蒂在他的聯絡人名單裡找到號碼，點了一下，「響了三聲就轉到留言。」

「那是她的辦公室號碼。繼續打，她待在房子的另外一頭，最後一定會聽到鈴聲。」

她結束電話，再次撥打，到了第四次終於成功了。

驚恐的安娜．懷特接了電話，「喂？哪位？保羅，是你嗎？」

「抱歉，」夏綠蒂表明身分之後，開始解釋，「保羅狀況不好，真的非常不好。」

安娜平靜問道，「跟我說出了什麼事。」

「他在發抖，一直哭，完全停不下來。妳必須要過來一趟，他需要和妳好好談一談，他……」

「夏綠蒂，如果他出現精神病狀態，那麼……」

「靠那是什麼？我要怎麼……」

「讓我跟他講話。」

夏綠蒂對保羅說道，「她想要找你講話。」

他軟弱無力點點頭，接下電話的時候，努力穩住手持力道，然後把它貼在耳邊。

「喂？」

「保羅嗎？」

「對。」

「跟我講話。」

保羅不發一語，似乎在思索字詞。

「保羅？」

終於，他好不容易說出了兩個字，然後立刻把電話還給夏綠蒂。

「幫我。」

43

不到一個小時，安娜．懷特到達了保羅的家，他已經冷靜了一點。他一直不喜歡烈酒，但他已經喝了兩杯伏特加穩定自己的心緒。

當安娜坐定在餐桌前、與保羅對話的時候，夏綠蒂開口，「喝酒沒關係吧？」對於一個小時前依然在床上酣眠的人來說，安娜現在的狀態可算是相當敏銳專注，她穿慢跑裝過來，頭髮綁成馬尾，整張臉看不到口紅或是其他的化妝品。

「沒關係，」她說道，「保羅，你還好嗎？」

他回道，「好多了。」

「把事情經過全部告訴我。」

他就全說了，就連與夏綠蒂喝了兩瓶紅酒、發生性關係的部分也講了出來，不過，故事的真正起點是在他床旁邊發現打字機的那一刻。

安娜問道，「還在樓上嗎？」

保羅搖頭，「我們把它弄出屋外，現在放入了夏綠蒂的車內。」他刻意放慢速度搖頭，「它不可能回來這裡了，除非它知道要怎麼從鎖住的後車廂脫逃。」聽到了這段話，安娜不發一語。

保羅挨近安娜身邊，低聲說道，「這東西一定是在那兩名女子魂魄的指引之下，自己進入屋內上樓，不然就是我把它拿上來，但完全不記得。」他嘆了一口氣，「哪一個比較可怕？如果真的是我把它拿上來，是我寫下了那些字條，一切都是我的所作所為，是否表示我瘋了？還是我也不知怎麼搞的被吉兒與凱瑟琳的鬼魂附身？天哪，安娜，不管是哪一種答案都不太妙。」

「保羅，我坐在這裡，和你談話，我不覺得你是脫離現實的人。」

「一定有哪個環節失控，如果不是我，那就是整個狀況了．。」

安娜拿出自己的手機，「我得打個電話給我爸爸。我剛剛離開之前必須叫醒他，我不希望他醒來的時候發現我不在家。」

「沒問題。」

「爸？」她拿著手機講話，「我剛剛到。半小時之後，我會再打電話給你，除非你真覺得等一下有辦法上床睡回籠覺。」她點點頭，「嗯。爸，愛你。」

等到安娜收起電話之後，夏綠蒂拿出自己的手機，保羅問道，「妳要打給誰？」

她瞄了他一眼，「比爾。」

「比爾？為什麼妳要……」

「他是你朋友，也許他過來的話可以幫上忙……比爾？」

她轉身，走向階梯，不會被保羅與安娜干擾的地方。

安娜說道，「也許找他談一談也不錯。」

「我不喜歡她半夜吵醒他。」

安娜勉強一笑，「但吵醒我卻沒關係。」

「抱歉。」

「我在跟你開玩笑。保羅，如果你願意的話，我可以安排你入院。」

「入院？」

她把手放在他的臂膀，「觀察個一兩天。我知道你過去很抗拒，不過，等到我們幫你找到精神科醫生之後，我可以推薦兩三位非常優秀的醫生，那麼也許可以靠著藥學治療的方式，達到我們——」

他說道，「吃藥……」

安娜點點頭，「沒錯。」

「我不想服藥。」

「難道你只想要靠伏特加嗎？」

他皺眉，「妳的意思是？」

「我是要告訴你，如果你喝酒，就等於在自我治療，其實應該是有更積極的解決方案。不過，身為心理諮商師，我不能幫你開藥，這時候由精神科醫師進行評估應該會很有幫助。」

「這就是妳的答案？進入瘋人院，然後被餵藥？」

「未必如此，」她的語氣沉穩自持，「只要你不會對自己或別人造成危險，沒有人可以強迫你這麼做。」

他說道，「我不知道夏綠蒂會怎麼想……」

「何不直接問她？」

夏綠蒂已經到了樓上，在最上面的那一層階梯坐下來，但還在他們聽得到她講話的範圍之內，她在講手機，「我真的很不願意半夜打電話吵你，不過，我覺得應該要把保羅的狀況告訴你。」

「怎麼了……等等，我剛剛打開家裡的燈……妳那裡出了什麼事？」

「他的心理治療師剛剛過來，」夏綠蒂抽了一下鼻子，繼續說道，「他真的很糟糕。」

「妳是不是在哭？」

「當然是在哭啊。」

「好，我知道了，」比爾說道，「妳希望我……」

「等一下，保羅有事要問我。」

保羅問道，「妳覺得我該去醫院嗎？」

「醫院？」她問道，「嗯？什麼意思？」

「精神科病房，」保羅說道，「這是其中一個選項，他們可以觀察我，也許會給我吃藥，嗯，我猜應該是讓我放鬆的東西吧。」

比爾可以聽得到他們的對話，「靠，不要吧……」

夏綠蒂對保羅說道，「等一下，」然後，又對電話另一頭開口，「我現在要跟保羅講話。」

比爾說道，「叫他過來。」

夏綠蒂把手機交給保羅，「比爾要找你講話。」

保羅將電話貼住耳朵，「抱歉，夏綠蒂不該吵醒你。」

「沒事，」比爾問道，「醫院是怎麼回事？」

「我正在與安娜討論。」

「你不會想要住院的，你絕對不可能想要走到那一步。」

「不過他們可能是——」

「不，這你就要聽我的建議了。進去那種地方，只會讓你的狀況越來越糟。那裡擠滿了瘋子，但你又沒有瘋。你有沒有聽到我的話？只要被關進去之後，他們就永遠不會讓你出來了。」

保羅回道，「我不知道……」

「好，」比爾問道，「你現在覺得怎麼樣？我說現在？」

「緊張不安。」

「但是有嚴重到要住院嗎？」

「我不知道，也許你是對的。」

「我當然是對的。你何不休息個兩天再說？我明天得要出城——靠，現在已經是明天了——但等到我回來的時候，你和我，我們見個面，一起做點什麼，讓你的腦袋拋下這一切。但不是打壁球，我們千萬不能讓你的腦袋有任何風險。你覺得怎麼樣？」

保羅緩緩點頭。

比爾問道，「你還在聽我講話嗎？」

「嗯，」保羅說道，「好，就這麼辦吧。我會等個兩天，看看狀況如何，夏綠蒂已經把打字機弄出去了。」

「這樣就對了，」比爾說道，「兄弟，撐住啊。」

保羅把手機還給夏綠蒂，然後面向站在餐桌旁的安娜。

「妳可以回家了，」他告訴她，「我不會有事的。」

44

夏綠蒂幾乎整晚沒睡，一直在陪保羅，等到他終於睡著為止。雖然他這麼驚惶不安，但最後還是敵不過倦意，一等到他繳械投降，夏綠蒂就立刻上床、窩在他身旁。

只要他移動身體或是發出聲音，她就會立刻驚醒。

七點剛過沒多久，她發現他已經完全清醒，她開口問道，「還好嗎？」

他問道，「這一切都是真的嗎？」

「應該吧。」

他立刻翻身，盯著床邊桌。除了檯燈與他的時鐘之外，他什麼都沒看到，他說道，「我以為它搞不好會回來。」

夏綠蒂對這樣的反應是無言以對，她不確定保羅是否想要開玩笑。他躺平，盯著天花板，「抱歉害妳承受了這一切。」

「沒關係，」她以手肘支撐身體，面向他的方向，「你剛剛說抱歉，到底指的是什麼？」

他微微側頭望著她，「我不知道，我覺得……」

「你覺得怎樣？」

「我知道我看起來像是一夜好眠，但其實我也幾乎都醒著，一直在忙著思索。」

「嗯，」她溫柔問道，「你在想些什麼？」

「也許安娜……懷特醫生……她是對的。」

「什麼是對的？」

「也許我應該要住院。」

「你想要進醫院？」

「我不想，但我覺得這搞不好是唯一的合理對策。但我一直惦記比爾說的話，一旦他們讓你進去之後，就再也不會放你出來。如果我可以放鬆個幾天，我不知道，搞不好就有足夠的時間可以讓我釐清一切。」

「我覺得你可以再去找懷特醫生談一談這件事。」

雖然他的頭依然埋在枕裡，但還是勉強靠後腦勺點點頭。

「你似乎……快要恢復到完全冷靜的狀態，」夏綠蒂說道，「絕對比半夜的時候冷靜多了。」

「只有一個方法可以解釋，」他說道，「現在我已經想清楚了，我覺得我的心情也比較自在。」

「所以是什麼？」

「我想到了所有記憶喪失的片段，自己開車卻忘記的目的地遺忘的訊息與簡訊，乾洗，不記得自己看過對街的那台車，還有當我看到與肯尼斯座車類似的車子的時候，差點昏過去。我一定是半夜起來，把那台打字機拿到樓上、放到床邊。

而且我完全不記得做了這種事。」

「所以你已經不再覺得……它，它是自己移動的。」

他露出悲傷微笑，「是啊，」他咯咯笑，「我的意思是，想像一下那種畫面。某台打字機開門，上樓，要是仔細一想，其實很滑稽。」

夏綠蒂回他，「我覺得我沒辦法看出其中的幽默……」

他露出苦笑，「嗯，也是，我不怪妳。」

夏綠蒂掀開被子，下床，「我今天要請病假。」

「不需要。」

「就是要，不論有什麼大案子，反正有別人可以處理。」

「不，妳不需要這樣，我不會有事的。我會聯絡懷特醫生，然後與她討論要不要，嗯，觀察什麼的。」

夏綠蒂搖頭，「我覺得這件事你應該要聽比爾的話。為什麼不等個兩三天呢？到時候如果你還是想這麼做，那就去吧。」

保羅起身，「好。」

「你得要回電給律師。」

「回電？」

「我告訴過你了，他昨天打電話來。他覺得應該可以靠緩刑啊什麼的讓你全身而退，法院很可能因為同情而減輕罪責，不過你得要自己搞清楚。」

「他是什麼時候打的電話？」

夏綠蒂回道，「我昨晚就全部都告訴你了。」

「妳看吧？」他伸出食指，拍了拍自己腦袋，「這需要好好調整一下。」

「我覺得你的計畫需要暫停一下，不要再去找那些悲傷的老公與背棄先生的太太。不要繼續窩在你的書房裡面書寫自己的遭遇。你必須要出門，必須要做點什麼。」

保羅仔細思索她的提議，「我連自己是否還在乎那計畫都不知道了。我已經見了肯尼斯，也許附身於我的邪靈已經被趕走了，也許該走出來了，我不需要把自己的經歷轉化為什麼偉大的文學著作。」他大笑，「就讓別人去拿下普立茲獎吧。」

❖

保羅拚命說服夏綠蒂去上班，「真的，」他對她說道，「我不會有事。」

在她前往房仲辦公室之前，他也真心這麼認為。

不過，等到屋內少了另一個人之後，焦慮立刻侵襲這一整個空蕩之處，在腦中亂竄的無數念頭，就是停不下來。

一、是我，是我幹的。

二、不，我沒做，不可能。

三、有人闖進來做了那些事。

四、不，鎖已經換了，沒有人進得來。

五、所以可能是我幹的。

六、或者，有這個可能……凱瑟琳與吉兒的鬼魂是真的。

雖然他並沒有考慮要放棄自己的計畫，但他一直避開書房，他知道這個早晨他無法寫作，難以保持專注，不可能的。

要是在這方面他力有未逮，那麼也許可以做點實際的事。他可以專心研究第三項與第四項，終於，可以消除自己的疑慮，確認這間房子很安全。

他檢查了所有的窗戶，因為自己放心不下，甚至連只有特技演員才能到達的那些三樓窗戶也不放過。主要的車庫門已經上鎖，而且似乎不可能以任何方式遭到破壞。

保羅從車庫拿了梯子，把它拿到了二樓，讓他可以爬到閣樓的樓板門，在沿途轉彎的時候，梯腳還敲到牆壁，造成油漆剝落。他手裡拿著手電筒，爬到了梯子頂端，把正方形的樓板門輕推到邊側。然後，他又往上爬了一個階梯，把頭伸進去一探究竟。

他打開手電筒，以三百六十度的掃視方式，緩緩照亮閣樓。除了木椽與隔熱材料之外，什麼都沒有。他們一直不曾把這裡作為儲藏室，想要把東西搬上來、然後又搬下去，實在太困難了。

他把梯子拿回車庫。

好，就是這樣了。

現在，他不禁有些後悔，當初沒有把打字機塞入夏綠蒂後車廂就好了。如果在這裡的話，那麼他就會把它放在筆記型電腦旁邊，盯著它，開口問道，「我在這裡，妳們想要講些什麼？」

突然，電話響了，是安娜。

她開口，「我想知道你狀況如何……」

「很好，再次謝謝妳半夜趕過來。」

「如果你想要過來的話，我兩點鐘有空檔。」

保羅思索了一會兒，「不需要，我沒事。」

「確定嗎？幾個小時之前你狀況不是太好。」

「別擔心，我覺得我已經有了某種程度的……體悟，坦然接受。」

「保羅，是什麼？」

他不發一語。

安娜問道，「你還在線上嗎？」

「在啊。」

「好，我會保留兩點鐘的那個空檔。要是你改變心意的話，直接過來就是了，不需要打電話。」

「嗯，太好了。」

安娜道別，保羅掛了電話。

❖

夏綠蒂說得沒錯，他得要離開這間屋子。

這並非表示他必須要跳上車、開車前往米斯蒂克。但呼吸一些新鮮空氣也不錯，也許散步到市中心，找個地方吃午餐。

當他離開大門的時候，差點退回屋內，彷彿像是被狂風襲擊一樣，但其實現在根本連微風都沒有。

他站不穩的原因是附近傳來的音樂。

滴滴，滴里滴，滴滴，滴答，滴答，滴答滴。

那是雷納德．霍夫曼所駕駛的「好好吃餐車」，幾乎就停在馬路的正對面。雷納德並沒有坐在駕駛座，應該是在供餐口，但那是在餐車的另一頭，保羅看不見人，雷納德顯然是被社區的某個或好幾個小孩攔了下來。然後，保羅注意到一雙腿，從餐車下方的空隙看得一清二楚。

保羅蜷縮在自家門口。他不想與雷納德交手，不想要看到這個人。他一度想要回到屋內，但最後覺得在這裡等到餐車上路應該不成問題。

有人進去車內，卡車彈簧還微微晃了一下。是雷納德，回到了駕駛座，打檔，離開了。

當卡車消失在保羅的視野範圍之後，他看到了雷納德的客人。是個成年男子，手裡拿著冰淇淋。二十八、九歲，也可能三十出頭。臉上有嚴重瘀傷，額頭纏有繃帶，其中一隻手臂還掛了吊帶。

保羅心想，天，那傢伙被打得真慘。

然後，他這才驚覺自己看到的人是誰。

蓋文．希金斯的目光從馬路對面飄過來，緊盯著保羅，微笑，舔了一口他的冰淇淋。

保羅覺得自己的五臟六腑在流動翻攪。

他回瞪了好幾秒之後，才鼓起勇氣走過去。他過馬路的時候大吼大叫，「媽的你到底想要幹什麼？」

希金斯站在原地不動，又舔了一口，「我想要吃冰淇淋。」

保羅說道，「我看這傢伙一定也會經過你家區域，」他在距離那男人三公尺的面前停下來，「給我滾。」

希金斯緩緩點頭，「我一吃完就會離開，我沒辦法用一隻手同時開車吃冰淇淋。」

他又舔了一口，把沒吃完的甜筒扔在保羅的腳邊，然後轉身，緩緩走向他停車處的人行道，跛腳跛得很嚴重。他打開駕駛座車門，小心翼翼坐進去。

保羅盯著希金斯開到街底，轉彎，消失無蹤。

❖

安娜．懷特坐在辦公桌前面，瞄了一下牆上的時鐘，已經快要下午三點。兩點早已過了。

保羅．戴維斯並沒有現身。

45

緩慢的一天過去，差不多是夏綠蒂準備要開車回家的時間。不過，有對來自波士頓的夫婦沒有預約、直接殺入了辦公室。他們開車在米爾福德閒晃的時候，發現榆樹林街的某棟房子，距離海灣只有半個街區。那是漂亮的三層樓建築，有強烈的鱈魚角建築風格，雪松牆板，有外接樓梯通達三樓，雙車庫。而外頭有一個售屋招牌，上面寫的房仲名字是夏綠蒂・戴維斯。

夏綠蒂傳訊給保羅，她會晚一點到家，以前他早就收過一堆這樣的簡訊。

她帶那對夫婦看了榆樹林街的房子，然後又帶他們四處繞了一下，看其他的物件。

等到結束的時候，已經快要九點半了。

夏綠蒂有一個隨身小型公事包，裡面塞滿了各式各樣的文件還有物件宣傳單。她決定要把它塞進自己的後車廂，眼不見為淨。

她從包包裡取出遙控器，按下後車廂開關。燈亮了，後車廂緩緩開啟，露出了十多公分的空隙。她把它抬起來，將公事包放在防水帆布裹住的打字機旁邊。

她扯開防水帆布，盯著那台光溜溜的安德伍德一會兒，然後又立刻將帆布蓋回去，狠狠關上後車廂。她上車，發動引擎，打開車頭燈，上路回家。

當她轉入自家那條馬路的時候，她看到了許多警示燈。

實在太多了，簡直令人睜不開眼睛，很難判斷前面到底有多少台車子。她看到至少有兩台警車、一台救護車，甚至還有類似消防車的車輛。

他們似乎聚集在她家正門口，不然就是稍微過去一點的地方。反正，現在無法穿越這條馬路。一名站在路中央的男警員對她舉手示意必須停車，她按下了車窗。

他告訴她，「女士，這裡封路了。」

「我家就在那裡，」她伸手指了一下，「可以過去那裡嗎？」

她的話對他發生作用，「那間房子？」

她點頭。

「好，開過去吧。」

她關回車窗，龜速前進，從某台米爾福德警用巡邏車旁邊擠過去，轉入自家的私人車道、停在保羅座車的後面。當她一打開車門，發覺有名制服女警早已在一旁等候著她。

她問道，「妳住在這裡嗎？」

夏綠蒂回她，「對啊。」

「妳叫什麼名字？」

夏綠蒂反問，「出了什麼事？」

「女士，妳叫什麼名字？」

「夏綠蒂．戴維斯。可不可以有哪個人來告訴我出了什麼事？」

「麻煩在這裡等一下。」

「我可以進去嗎？」

「麻煩在這裡等一下。」

女警離開，穿越了阻擋馬路的緊急救援車輛之間的隙縫。夏綠蒂看到她與某人在討論，一個四十多歲的便衣黑人警察，至少，從夏綠蒂站立位置看過去是如此，對方的腰帶佩戴了某種徽章。

那男子盯著夏綠蒂的方向，朝她走來。

她問道，「妳是戴維斯太太？」

「是，出了什麼事？」

「我是米爾福德警局的艾恩萊德警探。」

「沒有人跟我說到底出了什麼事，等我一下，我要讓我先生知道我已經到家了。」

「這位太太，您先生的名字是？」

「什麼？保羅，保羅．戴維斯。」

夏綠蒂已經伸手抓住前門，本想要不靠鑰匙就開門，發現行不通，開始翻弄依然握在手中的鑰匙串。

不過，就在她把它插入鎖孔之前，艾恩萊德開口，「戴維斯太太，我有一個令人難受的消息要告訴您，出了一起意外。」

夏綠蒂望向那名警探，「你在說什麼？什麼樣的意外？」

艾恩萊德說道，「是……溺水。」

「什麼？」

警探一臉嚴肅，點點頭，「海濱發現一具男屍，被沖刷上岸。」

「為什麼你……你在說什麼？」

「這名男子衣裝完整，而且皮夾依然塞在他的牛仔褲口袋裡面，我們在皮夾裡找到了駕照與其他證件。」

「啊不，不會，不可能。他不會做出這種事，他說他沒問題，他答應過我的。」

警探問道，「他在妳面前說過他沒問題嗎？」

「一定弄錯了，」夏綠蒂，「不可能是他。」

「好，戴維斯太太，我想要長話短說。不過，妳似乎在暗示妳先生目前狀況不佳。」

「對……是這樣沒錯，他承受了很大壓力，而且……還出了其他的事。」

「什麼樣的事？」

夏綠蒂開始語無倫次，「懷特醫生，她說要讓他住院，但是他不想要入院治療，他想知道自己是否會好轉，現在我們已經把那台打字機移到屋外，再也不會給他任何訊息，他可能以為狀況會好轉，但現在要是……」

「戴維斯太太，慢一點。什麼打字機？妳提到了懷特醫生？是安娜．懷特嗎？」

夏綠蒂變得憤怒，「你幹嘛問我這些問題？你找到的是誰的身分證明？」

「我們在皮夾裡找到某位保羅．戴維斯先生的多張身分證明，」艾恩萊德語氣溫和，「某些有照片。我詢問您丈夫心理狀況的原因是，我剛剛提過了，他衣裝完整，並沒有穿泳裝什麼的。目前是調查初期階段，但看來他似乎是直接走入海中。」

「啊天哪，」夏綠蒂再次說道，「不，拜託，不要。」她開始不斷搖頭。

艾恩萊德把手擱在她的肩頭，「戴維斯太太，真的很遺憾……」

「是他嗎？」她伸手指向馬路。

艾恩萊德旋身，兩名男性工作人員從救護車後頭推出輪床，上面躺了一具披布的屍體。

「保羅！」她大叫，開始狂跑。

「戴維斯太太，請等一下！」艾恩萊德在她後面小跑跟過去，但夏綠蒂早已搶在前頭。

「停下來！」她對那兩名人員大吼，其中一個望向她的方向，張嘴默聲說了一句「靠」。

他們打開救護車後門的時候，暫時停止手推輪床的動作，也讓夏綠蒂逮到了機會、衝到一旁抓住了欄杆。

「是他嗎？」顯然她不敢拉下披布、露出那張面孔，「是不是？」

兩名工作人員望向艾恩萊德，等待進一步指示。當警探決定接下來該怎麼做的時候，大家都安靜下來。

他點點頭。

工作人員緩緩拉開披布，正好可以看到死者頭部。

男性，頭髮全濕纏結，面孔沾染海砂而變得髒污。不過，他的五官完整無缺，就算在這樣的狀況下，也可以輕易辨識出他就是保羅．戴維斯。

夏綠蒂大喊，「不！」

她雙膝一軟，整個人癱倒在馬路上。

46

當安娜．懷特在第二天發現喬．艾恩萊德警探出現在她家門口的時候，她本來以為對方一定是為了告訴她有關蓋文．希金斯的最新進度。他之前才來她的辦公室短暫拜訪過，確認因為攻擊希金斯而遭到逮捕的保羅．戴維斯，也是她的某名病患。

安娜正忙著在看診空檔寫病歷，聽到主屋的電鈴響了。

「警探，」她說道，「請進。」

他露出慘笑，她不是很想看到那種表情。

她問道，「出了什麼事？」

「妳記得我們前幾天講到保羅．戴維斯嗎？」他說道，「與希金斯先生有關。」

「是，」她語氣充滿遺憾，「糟到不行的狀況。是不是出了什麼事？」

「他昨晚死了。」

「蓋文．希金斯？」

「不，是戴維斯先生。」

安娜站在原地不動，足足五秒之久。然後，她緩緩舉起雙手，摀住嘴巴。

「啊，天哪……」她放下雙手，想要找尋支撐。她走到附近的某張椅子旁邊，伸手抓住椅背，穩住身體重心，「出了什麼事？」

「目前所有證據的指向，都是溺死。」

安娜目瞪口呆，「溺死？他怎麼會溺死？我記得他根本沒有船。」

喬．艾恩萊德說道，「戴維斯先生似乎是輕生。」

安娜全身顫抖不止，「我需要坐下來，」她說道，「來我的辦公室。」等到他們進去之後，她拿了一張自己平常看診時使用的椅子給喬．艾恩萊德，他坐在她的對面。

「這……真叫人難以置信，」安娜咬住大拇指指尖，「不可能。」她一臉哀求望著警探，「你確定不是什麼意外嗎？從船塢跌下去之類的？」

「他太太告訴我們，他過來看診有一段時間了，最近因為許多事而深受其擾。當然，我現在知道他八個月前差點被肯尼斯．霍夫曼殺死，自此之後就一直餘波盪漾。」

「對，」她說道，「我們這禮拜甚至還去看了他，去探監。」

艾恩萊德面露驚色，「真的嗎？為什麼？」

安娜努力解釋，艾恩萊德拿著小筆記本，趕忙寫下重點。

「那可否成為他可能輕生的理由？」

「其實，」她說道，「我覺得那次訪視應該有幫助。我沒辦法……太可怕了。他太太呢？夏綠蒂還好嗎？」

「傷心欲絕，應該不難想像。她告訴我，戴維斯先生最近因為某種妄想症而深受其苦。」

安娜從附近的小盒抽了一張面紙，擦拭眼角，然後把那張面紙捏成一團握在手中。

「我不確定該怎麼回應才好，」她說道，「簡短的答案，是的。」

「有關某台被鬼附身的打字機……」艾恩萊德的語氣完全聽不出嘲弄或是懷疑。

「是。」

「他認為那就是當初肯尼斯·霍夫曼逼受害者寫下道歉信的打字機。」

安娜說道，「沒錯。」

「我不是心理健康專家，但那種狀況不禁讓我懷疑，醫生是否診斷出他有精神分裂症？」

「沒有。」

「他是不是有憂鬱症？」

「他心情當然低落，但我不覺得他有臨床的憂鬱症症狀。」

「不過，認為收到來自死者的來信，不就等於算是幻聽嗎？那難道不是精神分裂症的症狀嗎？他的妻子說他自己寫下了那些字句，但他對於自己的行為渾然不覺。」

安娜嘆氣，「我知道那聽起來像是如此。如今，回想起來……」她已經說不下去了。

「妳是否曾經擔心他會自殘？可能會自我了結？在這些所謂的靈訊之中，他是否曾經收過什麼叫他自殺、走入海灣之中的話語？」

「我只是……」

「據我所知妳最近去過他家？兩天前的那個夜晚？他出了事？」

「啊天哪，我做了什麼……」安娜整個人蜷縮成一團，「我少做了什麼？」

淚水汩汩流出，她抓了更多的面紙，「我建議他住院，可以在院觀察一小段時間，但是他不肯。」

「為什麼不肯？」

安娜搖頭，「他朋友說服他不要去。」

「哪個朋友？」

「比爾。我不知道他姓什麼，但他應該是夏綠蒂的同事，她是房地產經紀人。」

「比爾．邁爾斯？」

「可能吧。我在那裡的時候，夏綠蒂曾經打電話給他。比爾要求與保羅通話，之後保羅就說他不想去醫院，但這可能是他自己做出的決定。保羅認為自己心理狀態沒有任何問題，但最後他的態度似乎變得比較開放，覺得有可能自己應該要負責。」

「負責什麼？」

「持續不斷的那些怪事。」

「妳同意他太太的說法嗎？當初是他自己寫下了那些字句？」

安娜眼睛紅紅的，盯著警探，「嗯。」

艾恩萊德點點頭，闔上筆記本，「所以這狀況看來是，戴維斯先生心情非常沮喪，抱著自殺決心，走入了長島海灣，最後如願一死。您是治療戴維斯先生的專業人士，身為這樣的角色，是否可以告訴我們有什麼與我們調查結果牴觸的地方?」

安娜聳肩。要是說沒有,那就表示她沒有克盡職守,她辜負了他;要是說沒有,就等於承認了自己應該要負責。

如果說有,那就是謊言了。

「不,」她輕聲細語,「不,我想不出有任何與調查結果牴觸的地方。」

艾恩萊德緩緩點頭,充滿了同情,「懷特醫生,不知道這樣的話有沒有幫助,我們都遇過這樣的狀況,都只能盡力而為罷了。」

「我沒有,」安娜・懷特說道,「根本差得遠了。」

47

「我殺了他，」比爾．邁爾斯說道，「我殺了保羅。」

「抱歉？」警探艾恩萊德問道，「你這話是什麼意思？」

他們在河流街的「角落餐廳」見面，兩人面前都擺放了一杯咖啡。艾恩萊德建議保羅的朋友要點些東西裹腹，但他拒絕了，他說他沒有什麼胃口。就是在這個時候，警探聽到了儼然像是自首的這句話。

「邁爾斯先生，我必須告訴你，如果你打算在這裡承認什麼的話，我必須要告知你……」

「不是那樣……」比爾舉手在空中揮了好幾下，「拜託，我並沒有把他拖入海灣，把他的頭按入水中，但我也等於做出了那樣的事。」

他雙手緊握成拳，放開，然後再次緊握不放。

「我只是……無法相信他會做出那種事，我真的沒辦法，他又沒有瘋。」他傾身，靠近艾恩萊德，「他狀況很慘，的確如此，但我絕對，絕對沒想到他會做出那種事。不然的話，我一定會叫他遵從他治療師的入院建議。不過，我並沒有這麼做，我必須勸他打消那個念頭。」他露出苦笑，「現在我的下半輩子都得要背負那段過往，這就是我剛剛說我殺死了他的意思，我之前全力阻止他理應要接受的協助。」

「我們很難看透別人的心中到底在想什麼，」艾恩萊德問道，「你最後一次見到戴維斯先生是什麼時候的事？」

「我們前一陣子打壁球，但其實沒有玩得很激烈。你知道他頭受過傷，我覺得他根本不該玩，但是他對於小心翼翼呵護自己已經感到很厭煩了。不過，打了一下子之後，他恢復理智，我們提前結束比賽。」

「你覺得他當時狀況怎麼樣？」

「心煩意亂。你知道那些惡夢嗎？打字機的事？」

「是的。」

「嗯，那就是了。」

「你和保羅是好友嗎？」

比爾遲疑了一會兒，「朋友，當然的啊。但也許不是什麼超好的哥兒們。我們是在大學認識，康乃狄克大學，之後算是有保持聯絡。我們最後都住在米爾福德，而他也知道我的工作，當夏綠蒂打算進入房仲業的時候，他詢問我是否可以幫她忙，我們為她在這間仲介公司弄到了位置。」

「所以你們三個是朋友。」

「我想是吧，對。」

「邁爾斯先生，你有結婚嗎？」

「我結過婚，但現在單身。」他似乎在考慮是否要告訴艾恩萊德某件事，「我跟你說個故事吧。」

「好啊。」

「我有個堂妹，住在克里夫蘭，在她快要二十歲的時候，開始覺得瑪格麗特．柴契爾在追捕她。」

「那位英國首相？」

比爾點點頭，「她說她以心電感應的方式接受到來自柴契爾的訊息。而重點是，她的父母，寧可相信真有其事。也不知道怎麼回事，因為某些他們無法解釋的理由，英國首相一直在追捕他們的女兒，你知道為什麼嗎？」

「嗯。」

「因為一想到是另一種狀況就更可怕了。不過，當然到了最後，他們必須接受我堂妹蜜雪兒得了妄想症的事實，妄想症成了唯一的合理解釋。」

「你覺得保羅與他對那台打字機的執念就是如此。」

比爾聳肩。

艾恩萊德問道，「蜜雪兒後來怎麼樣了？」

「她在二十四歲的時候，從希望紀念橋一躍而下、墜入凱霍加河。」

❖

警探艾恩萊德叩敲蓋文．希金斯家的大門，足足等了將近一分鐘之後，才有人應門。

當大門終於開啟的那一刻，艾恩萊德眉毛挑得老高。他知道希金斯被保羅．戴維斯修理得很慘，頭部受到重創，扭到了手肘，其中一個膝蓋受傷。所以，手部的吊帶、還有頭上的繃帶，以及被包紮的膝蓋，自然符合艾恩萊德的期待，但他沒想到希金斯全身上下只穿一條內褲而已。

艾恩萊德自我介紹，希金斯會意點點頭，露出微笑。

「讓我猜猜看，」他說道，「那個人渣想要控告我騷擾什麼的，」希金斯一臉邪笑，「大混蛋害我進醫院，而我卻反而成了危險人物。」

艾恩萊德謹慎回應，「你在說的是戴維斯先生……」

「他幹了那種事對不對？控訴我吧？因為要是他說我做了什麼，其實我根本什麼也沒做。」

「你覺得他可能會怎麼說？」

「好，是這樣，我的確站在他家的那條馬路，盯著他的房子，但就只有這樣而已，我那時候在買冰淇淋。」

「什麼時候的事？」

希金斯眨眼，「等等，你來這裡到底是不是這個原因？」

「如果你覺得我是因為保羅．戴維斯而過來這裡一趟，對，你說中了。所以是什麼時候的事？」

「昨天，差不多是中午的時候。」

「他跟你說了什麼？」

希金斯聳了一下肩膀，「他叫我滾，我走人，就這樣。」

「不過，你們之前爆發嚴重流血衝突。」

「哇，」希金斯說道，「我看得出來你為什麼會當警探。」

「這場衝突的緣由是什麼？」

這個年輕人聳聳肩，「我已經講過了，提供了口供。這個叫戴維斯的傢伙精神有點問題，以為我想要把他逼瘋啊什麼的，不過，相信我。」

「你昨天後來有沒有和戴維斯先生再次說話？」

「沒，就這樣。」

「你站在他家前面的用意是什麼？」

蓋文．希金斯別開目光，「我不知道，那是大家都可以去的地方嘛。」

「你是不是想要嚇唬他？脅迫他？讓他以為你要出手報復？」

他緩緩搖頭，「我的意思是，要不是因為他出門的話，也許永遠不會看到我，所以，要是他不知道我在那裡，我也不可能真正嚇到誰吧。」

艾恩萊德端詳對方好幾秒之久。

「好，」警探終於開口，「感謝撥冗配合。」

他轉身準備離去，但蓋文卻喊住他，「喂，等等，就這樣？」

艾恩萊德回頭，「對。」

「那個混蛋會不會因為他對我做出那種事而入獄？」

艾恩萊德回他，「恐怕是很難了。」

48

第二天，夏綠蒂．戴維斯坐在與丈夫共享的那張床上，透過玻璃窗眺望波光粼粼的長島海灣水色。

她有好多事情得處理，但要開始著手對她來說好艱難。

終於，她站起來，為了要挑選給保羅的西裝，打開了衣櫃。

禮儀公司一直在問，而保羅只有一套好西裝。身為教授，只要一身休閒外套、牛仔褲搭配領帶幾乎就可以走遍所有場合。就連參加畢業典禮的時候，可能會被要求穿上長袍，也可以靠著底下的半正式服裝過關。夏綠蒂心想，保羅上一次穿西裝，應該是參加普羅威斯頓某位表親的喪禮。

現在，他又要穿西裝參加喪禮了。

夏綠蒂從衣架取下某套深藍色西裝，把它攤放在床上。自從把它送去洗衣店之後，還沒有穿出門過，上頭還有標籤。她從衣架取下外套，舉高迎向窗光，然後把它翻轉過來。

背後有一小塊洗衣店人員沒注意到的污漬，不過，說真的，有什麼重要的呢？就算是敞開的棺材，也不會有人看得見。她發現同色長褲掛在衣架的時間太久了，膝蓋部分有皺痕，但話說回來，又有誰會注意腰部以下的部位？難道她先生不是只有上半部會被看見、而非全身嗎？

夏綠蒂甚至沒有跟禮儀公司主任討論是否可能闔上棺材。這樣好嗎？保羅又不是遇到恐怖車禍。死因是溺水，讓他的臉還能保持相對完整，一言以蔽之，他還能見人。

她決定不管了，還是要熨燙長褲。而且至少要努力弄掉保羅西裝外套後面的那塊污漬，這男人值得這樣的善待。

她的手機響了。

她把衣服留在衣櫃，趨前一步盯著螢幕，想知道是誰來電。

比爾。

她抓住手機好一會兒，讓它響了六聲之後才接起電話。

她不想跟比爾講話，不是現在。自從比爾在那個深夜、透過電話告訴保羅不要住院之後，她就再也沒有跟他說過話。夏綠蒂現在不想接電話的對象不只是比爾，海莉打來的所有電話亦然。

只有一通除外。

保羅的前妻，她的丈夫華特，還有她的兒子喬許，明天都會來參加喪禮。海莉先前告訴夏綠蒂，喬許因為父親的死訊而徹底崩潰，他只有睡著的時候才會停止哭泣；而且，他只有在嚎啕大哭而精疲力竭的狀況下才能入睡。

「好，」夏綠蒂說道，「好消息就是，妳和華特終於得逞了，他媽的拿到了完整的監護權。」

海莉倒抽一口氣，她還沒來得及回應，已經被夏綠蒂先掛了電話。海莉又回撥，夏綠蒂不接電話。

夏綠蒂一直把燙衣板置於樓上疊放洗衣機與烘乾機、面積與衣櫃一樣的某個房間裡面，她把它拿到了臥室，將西裝褲放在上面。在等待熨斗熱機的時候，她下樓去廚房喝咖啡。她早已在之前就煮好了一壺咖啡，但還沒有喝任何一杯，她也懶得吃早餐。

廚房中島上面放有十多個空的裝酒紙箱，她把其中兩個推到一旁，挪出自己的工作空間。她從櫥櫃裡拿出一個小盤子，又從冰箱取出一點奶油，然後將一片全麥吐司放入烤麵包機，不過，還沒來得及把它壓下去，門鈴響了。

她低頭瞄了一下自己，全身上下只比穿睡衣好一點而已——牛仔褲加T恤，頭髮隨便夾在後面，沒化妝，她並沒有準備迎接前來致哀的不速之客。

她嘆氣，光著腳丫子匆匆下來，到了大門口，透過側邊窄窗打量對方。

是安娜．懷特。

夏綠蒂開鎖，立刻拉開大門。

「懷特醫生……」

安娜點點頭，「戴維斯太太，抱歉在這種時候打擾妳，不過，您有空嗎？」

夏綠蒂舉起雙臂，擺出莫可奈何的手勢，根本算不上什麼歡迎的姿態，但她還是說道，「當然，請進。」

「謝謝……」安娜跟在夏綠蒂後頭上樓。

等到她們進入廚房之後，夏綠蒂說道，「我還有熨斗在插電，等我一下就好。」

夏綠蒂上樓，整個人不見了。

安娜盯著中島上面的那些空紙箱。當她緩緩研究這裡的其他部分的時候，目光落在通往保羅迷你書房的那一扇敞開的房門。

安娜覺得背脊一陣涼。

書桌的筆電旁邊，放的就是那台安德伍德。

安娜猜想應該就是那一台打字機。保羅認為靈界向他發送訊息的那台機器，可能會有人說，就是將他逼瘋的那一台機器，在此人的自殺事件之中扮演重要角色的那台機器。

那天晚上，它並沒有出現在這裡，保羅曾經說過是放在夏綠蒂的車內，還說除非它夠厲害能夠打開後車廂的鎖，否則斷無可能回到這間屋子裡面。

安娜緩步走向書房，走了進去。她小心翼翼，以指尖觸摸打字機，彷彿覺得它會散發電流一樣。

她真的體會到某種類似電擊的感受，但她知道根本不是那一類的觸感，而是一種情感反應。這台打字機的金屬外殼摸起來冰冷光滑。

安娜想到了史丹利．庫柏力克的某部電影，猩猩伸手撫摸黑色尖碑的過程。一開始的時候是恐懼，然後，牠發現這塊黑色石板並不會咬人，乾脆伸出雙手摸個過癮。

安娜的手指撫摸整個字鍵，還對空白鍵輕壓了一下。

看起來不像是會產生任何惡兆，但它是怎麼上來這裡的？如果真的是……

「懷特醫生？」

安娜轉身，看到夏綠蒂站在那裡，她開口說道，「妳嚇到我了……」她的下巴朝打字機的方向點了一下，「我只是……得要好好研究它。它是怎麼回到這裡的？保羅說它被鎖在妳的車子裡。」

夏綠蒂一臉逗趣盯著她，「是我把它放來這裡的。」

安娜回道，「哦，嗯，當然。」

保羅的妻子皺眉，「別跟我說妳覺得它是自己爬來的。」

「沒有，沒有，我沒那個意思，」安娜面紅耳赤，「只是看到它讓我嚇了一大跳。」

「我之前出去拿紙箱的時候，需要後車廂空間，所以我就把它放回來。等到我花時間弄完保羅的東西之後，」她一講出這句話就泣不成聲，「我會再決定要怎麼處理。」

「我想，如果是我的話，我會……」

「妳會怎樣？」

「這不關我的事，」這位治療師說道，「我沒有立場下評斷。」

「不，妳就跟我說啊。」

安娜陷入遲疑，「我想我會前往史特拉佛德，停在橋上，然後把它丟入豪薩托尼河裡。」

夏綠蒂下巴在顫抖，過了好幾秒之後，她才開口回覆，「保羅就是想要這麼做，我當初應該要答應他才是。」

「妳還是可以這麼做……」

夏綠蒂緩緩點頭，「也許我只是需要有人點醒而已。」

安娜沉澱對方所說的話，但不發一語。

安娜離開書房，緩步走回廚房中島，她站在某個高腳凳旁邊，不想要在主人未邀的狀況下自行入座。

「我正在準備他的西裝，」夏綠蒂說道，「長褲皺皺的，而且西裝背後有一塊類似污漬的東西。這樣聽起來很蠢，是吧？彷彿有誰會真的注意到一樣。」

「這樣並不蠢，」安娜回道，「妳得讓一切符合自己的想望，妳想要讓保羅維持體面。」

安娜講完之後，盯著那些空箱。

夏綠蒂沒等到對方發問，直接開口，「我遲早是得要處理保羅的物品。」

「這速度的確很早。」

「我昨天在屋子裡晃來晃去，到處看到的都是他的身影。他的書、他的衣服，還有他的CD。我知道傷心才只是剛開始而已，但是每當我一轉身，這些喚醒我記憶的物品，就會讓傷痛不斷延續下去，長痛不如短痛。」

「我想這是處理的方法之一，但妳走出來的腳步似乎有點快。」

「妳不以為然。」

「我沒這麼說。我有認識的人會以這種方式處理喪親之痛。我認識某名女子，因為車禍奪走了她十多歲兒子的性命，她把一切會聯想到他的屋內用品全都扔了。一個禮拜之後，根本看不出他曾經住過那裡。」

夏綠蒂問道，「有幫助嗎？」

安娜回她，「如果妳是想問是否幫助她忘卻一切，答案是沒有。」

夏綠蒂沉默了好一會兒，然後開口，「警探昨天很晚的時候過來這裡，我是說艾恩萊德。」

「他也有來找我。」

「他來過這裡兩三次，詢問我有關保羅的事，但我想昨天來訪應該是他最後一次了。他送來驗屍官報告，也就是說，他們已經可以開放領屍，交由禮儀公司處理，保羅的確是死於溺水。」

「實在令人遺憾。」

「他說，他們不能正式確認為自殺。我的意思是，我們不可能知道他腦中在想什麼，也沒有留遺書。不過，根據他過去這幾個禮拜的行為模式，這是最可能的解釋，所以他們會把它定位為『不幸意外致死』之類的事件。」她眼眶一紅，「就像是什麼開心出遊最後出了狀況一樣。」

夏綠蒂嘆氣。她抬頭，直接盯著安娜。

「妳為什麼要來這裡？」

對安娜來說，這問題宛若狠狠的一巴掌，她努力找出了一些心中蘊積的力量，開口說道，「我來這裡是為了要道歉。」

「妳五秒鐘之前說過了。」

「這個道歉……不一樣。我道歉是因為我辜負了保羅，深深辜負了他。妳來找過我，跟我說了狀況，妳很擔心他可能會對自己做出什麼事，我應該要多做點什麼才是。」

夏綠蒂盯著她，目光冷酷，「我想也是。」

安娜杵在那裡好幾秒之後，才驚覺自己已經無法擠出什麼話了。「我不該過來的，」她準備下樓的時候，停下腳步，「但我想要去參加喪禮致意。是明天嗎？」

夏綠蒂點點頭，「兩點鐘。」

「我會過去。」

「太好了，」她語氣的譏諷之意不只是一點點而已，「現在，抱歉了，我還有衣服要燙。」

49

安娜本來以為會有更多人出席。

喪禮約有四十人到場，地點是諾格塔克大道的某間小教會。夏綠蒂與保羅沒有加入米爾福德當地的任何一間教會，禮儀公司找到了一位不只是願意擔負主持禮拜、而且還很樂意為保羅說幾句話的牧師。

保羅的母親，一直住在哈爾特福德的某間療養院，今天由機構的某名照護員專程開車送了過來。她九十多歲，四肢宛若細軟樹枝，坐輪椅的她被安排在靠近前面的某個位置，正中央的走道。無論從哪一方面看來，她對於周邊出了什麼狀況完全沒有反應。

安娜一度覺得自己在教會後頭看到了艾恩萊德，不過，後來就看不到他了。

好幾名與會者顯然是來自西黑文大學。安娜走進去的時候，曾經與某名女子小聊了一下，後來才知道對方是校長。她把安娜介紹給保羅的幾位同事，她聽到了他們的名字，立刻左耳進右耳出。只要有人問起她是怎麼認識保羅的，她的答覆很簡單，「他是我朋友。」

她覺得要是承認她與他之間的關係，是件很丟臉的事。她認為每一個人都會認為她辜負了他，而她自己不想承認這一點，更讓她的羞愧感加倍。

這裡還是有知情的人。當然，夏綠蒂是其一，還有比爾．邁爾斯，他一直窩在教會的某個邊側，不斷溫習演說的摘要。

安娜猜出了誰是海莉與華特，一定是與那個流淚男孩坐在一起的夫妻。想必那小男生就是喬許，毋庸置疑。安娜可以看出父子的相似程度，他是身穿棕色襯衫、紅領帶，還有閃亮皮鞋的迷你版保羅。他與母親、繼父坐在走道左側的長椅裡面，而夏綠蒂則坐在右邊，他們完全沒有打招呼，也沒有交換眼神。

發現夏綠蒂這麼孤單，讓安娜嚇了一大跳。夏綠蒂坐在走道處，所以只能讓人坐在她的右側，安娜覺得那應該是留給家人的位置吧。不過，等到比爾溫習完摘要之後，他卻挑了那個長椅位置坐下來。他似乎認識坐在他右側的那兩名女子與一名男性，不禁讓安娜猜想應該是來自房產仲介公司的其他同事。比爾跟在其他人後面，也給了夏綠蒂一個安慰的擁抱。

夏綠蒂似乎只有同事家族。

安娜走向教會右側，找了個中間的長椅入座，她身旁有個穿灰西裝的男子轉過來，對她點頭。他打招呼，「嗨……」

安娜點點頭。

他伸手致意，「我是哈洛德．佛斯特。」

「我是安娜．懷特。」

佛斯特？

在米爾福德，很可能有一堆人姓佛斯特，但安娜非常確定吉兒．佛斯特先生的名字就是哈洛德。

他一定是感受到她想要開口、但還是決定放棄詢問的那個問題，「對，」他說道，「我就是那個佛斯特，我太太在西黑文大學工作。」

「你和保羅是朋友？」

「不……其實不是。不過，我覺得，我們兩人之間有關聯。」他暫停片刻整理思緒，「我太太、凱瑟琳・蘭姆，現在是保羅，反正都是受害者。」

安娜可以理解箇中原因。

「他走上自殘之路，」佛斯特搖頭，「對於他承受的苦楚，我們也只能猜想而已了。」

安娜只能點頭。看到牧師走上了講台，讓她不禁鬆了一口氣，「看起來要開始了。」

牧師就定位。他唸了好幾個安娜不知道、但她猜測應該是相關的聖經段落。她一直不是什麼虔誠的人，而且她父母也幾乎不上教會。牧師請比爾・邁爾斯上台講話。比爾起身，捏了捏夏綠蒂的手，步上階梯，朝講台走過去。

「天，這真是艱難，」他從口袋裡拿出一疊他事先寫好註記的小抄，「如果說要以兩個字形容保羅，那就是『好人』。他就是這樣，好人。但他不只是如此而已，他還是個好丈夫，也是他兒子喬許的好爸爸。」

比爾望向坐在前排長椅的喬許，他縮在母親與繼父之間，一直盯著自己的大腿。聽到有人講到他的名字，他稍微抬起頭來。

「喬許是這麼棒的孩子，足以明證保羅的確是個好人。他也是全心奉獻的教育家，關心學生，我知道今天從大學來到這裡的各位，也會對他有相同的評價。」

比爾清了一下喉嚨，整理紙張。他似乎忘記自己講到了哪裡，來回翻找，還有那麼一時半刻，底下的會眾看到了他的手寫筆記。

「好，抱歉，」他說道，「我有點緊張。我當初是在我們念大學的時候認識了保羅，之後聯絡一直斷斷續續。然後，我們都落腳在同一座城鎮，兩人恢復交情。我很慶幸自己有機會再次認識他，雖然，不過只有幾年的光景而已。過去這幾個月對保羅來說，並不輕鬆，他飽受煎熬，顯然是一直過不了這一關。我想到了與保羅親近的我們，明明這些徵兆就出現在我們眼前，我們卻視而不見。我們誤以為一切不會有問題，這是給大家的一個教訓。當我們看到朋友陷入困境，我們必須要在他們身邊陪伴，得要竭盡一切努力讓他們得到幫助，我們不能誤以為他們一定可以熬過去。」比爾稍作停頓，「就這方面來說，我辜負了保羅，我的餘生都必須與這樣的陰影共存下去。」

教會裡傳來不少竊竊私語，有人低聲說道，「他對自己太嚴苛了。」

比爾再次整理自己的紙張，吸鼻子，看起來快哭了。

「其實我本來寫下更多的重點，但老實說，我現在只會重複同樣一句話，我們會想念他。」他的目光飄向因為做禮拜而闔起的棺木，「我們會想念你的，老哥，真的。」

他步下講台，回到了夏綠蒂身旁的位置，頭低低的，她拍了拍他的背兩次。

等到追思禮拜結束之後，哈洛德・佛斯特突然立刻起身，搶在其他追悼者前面、成了最先離開教會的那批人之一。安娜心想，也許他是那種看棒球賽的時候、在九局一開始就會提前離席的觀眾，想要閃避離開停車場的洶湧人潮。

安娜也想要盡快離去，她掃視整個教會，想要找到一個沒有那麼多人的出口，不過，她還沒來得及確定該從哪裡離開，卻聽到後頭有人對她講話。

「很悲傷吧，是不是？」

一股寒意竄流安娜的背脊，她認得那個聲音。她轉身，看到蓋文・希金斯站在那裡，他身穿牛仔褲，還有領口整個磨損的運動外套，搭配鬆垮垮的格紋領帶。

自從保羅對他出手之後，她就再也沒有看過他。他的手臂掛著吊帶，前額貼有繃帶。安娜猜他現在只能靠單腿活動，因為他某隻手牢牢抓住某張教會長椅的後側、尋求支撐。

她開口，「蓋文……」

「有個條子來我家，問了一些有關保羅的奇怪問題，但是他並沒提到保羅死掉的事，不過我後來聽說他淹死了。」他搖搖頭，「真的是悲劇。」

「離我遠一點。」

正當她正要轉身離開的時候，他開口，「不過，我有好消息……」

安娜定住不動。

「控訴撤銷了，」蓋文笑得燦爛，「他們給那個死掉士兵的爸爸聽了三段錄音，他聽不出哪一個才是我的聲音。而且，咖啡店的監視器時碼全亂了，他們沒有辦法確定我到底是什麼時候待在那裡。所以，妳看吧，」他露出開心微笑，「我是無罪之人。」

安娜回他，「無罪與無辜之間有很大的差別。」

「不過，我在想，我們還是可以繼續進行諮商，我喜歡我們以前那樣閒聊。」

安娜正準備要轉身，她再也受不了他那種賊頭賊腦的表情，而就在這時候，她看到艾恩萊德悄悄出現在他的背後。蓋文發現她盯著他的肩後，轉身，看到了那名警探。

艾恩萊德與安娜互相點頭打招呼，她覺得他應該是有話要跟她說，但其實不然。

「希金斯先生……」

蓋文語氣春風得意，「怎樣？」

艾恩萊德微笑，「我想要找你談一談，有關戴文鎮某戶人家保全系統畫面的事。」

「嗯？」

艾恩萊德似乎忍不住，微笑漾成了燦笑。「對，似乎有某家的狗兒走失了，」艾恩萊德對著安娜的方向微笑，「懷特醫生，見到妳很開心，祝妳有個愉快的一天。」

她覺得對方要趕走她。不過，她轉身的時候有一種如釋重負感。也許希金斯終於罪有應得。剛剛遇到了他，害她延遲了離開的時間，現在，她成了最後一批魚貫走出教會的人。

安娜發現自己跟在夏綠蒂與比爾背後。他們兩人頭低低的，肩碰肩，過沒多久之後，他們到了外頭，許多人在那裡等待想要說上幾句話，如果不是要找夏綠蒂，那就是要找海莉與她的兒子。

她努力將蓋文．希金斯拋諸腦後。她心想，如有必要，她會聲請禁制令，她會找艾恩萊德好好談一談。

安娜已經下定決心，不要再對夏綠蒂說出任何安慰或是懊悔的話語，畢竟前一天去拜訪的過程不是很順利。安娜一離開教會，立刻就走向自己的停車處。她又把父親交給她的退休鄰居照顧，但是她不希望佔人家的便宜。

安娜跟在保羅好友與遺孀的後面，她一直緊縮下巴，貼近胸口。如果她把頭抬高，可能不會注意到比爾主動伸手、想要去拉住夏綠蒂的手。

他找到了她的手，碰到的時候，不只是握住而已，而且還十指交纏，安娜覺得這動作已經超出了安慰的範圍。

簡直有某種親暱感。

安娜心想，嗯，這畢竟是痛苦時刻。

他一摸到了夏綠蒂的手，幾乎就立刻放開，然後把自己的手插入褲子口袋。

不過，他又轉向夏綠蒂，緊貼在她耳朵旁邊，輕聲細語。

幾個字而已。

安娜與他們的距離夠近，雖然是壓低聲音，但依然可以聽出他講了什麼，她懷疑自己聽到的是否正確無誤。

然而，那幾個字如此清晰，宛若比爾是在她耳畔講話，而不是在對夏綠蒂低語。

比爾說道，「奏效了。」

50

夏綠蒂心想，對，奏效了。

不過，光憑他們成功達到目標，也並不表示他們可以就此明目張膽。比爾居然那樣握住她的手在她耳邊喃喃低語，明明周邊都是人，他到底在想什麼。當然，他是應該要安慰她，但必須要克制一點。

現在是最需要保持警覺的時刻。

夏綠蒂早已擔心自己犯下了錯，跑到酒品專賣店拿了那些空箱。懷特醫生盯著那些東西的態度，讓夏綠蒂好緊張，她希望自己當初自圓其說得還不錯。其實，打從她與比爾決定要採取行動的那一刻開始，她就迫不及待想要打包保羅的東西。

不過，他們必須要小心為上。

這也就是自從保羅死後、她一直拒絕接聽比爾來電的原因。兩人要是聊天，會帶來不好的觀感。當然，要是真有人問起的話，偶爾通話還是可以有解釋的空間。但更聰明的做法是根本不要講電話。在保羅發生所謂的「不幸意外致死」的前幾個月，夏綠蒂也一直希望維持這種樣態。雖然比爾與與夏綠蒂是同事，但也很少用電話討論公事。

他們上班的時候有一堆機會可以交談，而且是私下進行，那樣的互動不會留下任何痕跡。

而且，當然，到處都有空房子。

並不是所有要出售的房子都有人住，許多人賣屋的時候都早已搬了出去，還有某些是建商的投機物件，等待第一名買家上鉤。

溜進那種屋子打砲的時候，根本不需要擔心屋主會提早回來。這類的空屋大部分都已經進行了「妝點」。他們會把家具搬進去，把它弄得舒舒服服，櫃架上放了書本，咖啡桌面有扇狀排列的雜誌。餐桌上會擺放一碗水果，最好是塑膠製品。也許其中一間臥房已經弄得像是育嬰房，另一間則是青少年的房間，牆上掛有運動海報。而且，他們也會佈置主臥，特大雙人床、奢華的床單，還有各式各樣的抱枕。

夏綠蒂與比爾多次進過這種地方。

不只是因為這比去飯店便宜多了——為了要避免風險，他們以前得要去米爾福德之外的高檔飯店——而這樣根本不需要使用信用卡。而且，關於為什麼自己的車會停在同事負責物件的大門口，也不需要擔心。

他們老是開玩笑，在房地產業工作，偷情真是超方便。

他們經常拿來開玩笑的另一件事，就是多虧了保羅才促成他們兩人在一起，真是何其美妙，至少，在肯尼斯．霍夫曼差點殺死保羅之前還會常拿來打趣。他聯絡自己的大學老同學，現在待在房仲業，想知道是否可以提供任何建議給他的妻子，她是剛進入買賣房屋產業的新手。

「帶她過來，」比爾說道，「我來看看我能幫上什麼忙。」

夏綠蒂前往那間房仲公司進行拜訪，比爾立刻就喜歡上她，而且知道她曾經是胸懷大志的女演員之後，更是充滿了興趣。

「演技可以讓妳在這裡如魚得水，」他是這麼告訴她的，「妳會發現自己為賣方與買方服務，喬攏雙邊，而且買賣兩方都必須相信妳在乎的是為他們謀求最佳方案。如果能夠具備某些表演技巧，一定會非常好用。」

她也看到了比爾令她鍾愛的特點。

她喜歡他擁有的那些保羅所欠缺的一切。更有自信，更帥，身材更好。雖然他有過一段失敗的婚姻，但沒有小孩，而且他前妻已經再婚，定居法國。至於保羅，夏綠蒂馬上就發現到狀況不妙，他的包袱可以塞滿一整台的七四七貨機。保羅的前妻總是有事。要搞定喬許的探視行程，計畫老是在變動，她還得要聆聽保羅抱怨華特個性膚淺、喜歡誇耀自己的人脈關係。其實夏綠蒂知道，保羅真正的抱怨，其實是海莉挑了更好的貨色。她找到了充滿幹勁的對象，野心勃勃的男人，並不是整晚在忙著為論文打分數、準備下週有關愛默生的講課內容的男人，而是一個與大公司要角與職業運動球隊老闆開會、探討要如何提升利潤的男人。

現在，輪到夏綠蒂擁有這個整晚在忙著為論文打分數、準備下週有關愛默生的講課內容的男人。

有時候，她會捫心自問，那樣有什麼不對嗎？也許沒有。但要是突然領悟到自己渴求的更多，那就是另外一回事了。

當初是比爾再次喚起了她的意識，把她從洋洋得意的狀態中搖醒過來。

他這個人精力充沛。要是手邊沒有案子要處理，他會帶著剛認識的女子飛到倫敦度長週末，不然就是開車去魁北克滑雪，回來的時候腰痠背痛，但真正的原因並不是被他碾壓的那些坡道。另一個週末，帶的則是另一個女人，活動是熱氣球之旅。

他似乎……電量驚人。

天，而且這男人擁有的西裝不止一套。

比爾總是一直在嚐鮮。

夏綠蒂心想，我也可以成為他的新口味。

有一次，她詢問保羅，「你有沒有想過帶著塞滿『大內密探』內衣的行李、直奔紐約入住廣場飯店，幹得欲仙欲死？」

而保羅的反應是，「哪個密探？」

所以，某一天，比爾主持某個物件的開放參觀日，將近一個小時了，都沒有人進來，她趁機又問了一模一樣的問題。

他盯著她，開口回道，「今晚就可以。」

他們並沒有直奔廣場飯店，至少，當晚沒有。

一開始的那幾次，他們會上演自我譴責的儀式，也許他們早已料到兩人之間會天雷勾動地火。

「不該發生這種事的……」夏綠蒂整個人大字攤躺在某間鄰近學校、三千平方英尺農莊豪宅的超大主臥室的床被上面，這裡的地下室剛完工，上個禮拜的售價調降了一萬美元。

「我知道，」比爾說道，「只不過……保羅是我的朋友。我的意思是，他以前是我朋友，也許現在是沒那麼親近了。這種事想避也避不了吧，對不對？不會再發生了。」

不過，又來了。

某個晚上，夏綠蒂告訴保羅，她要帶一位來自史坦姆福德的女子看某間公寓，但她其實待在某間黑漆漆的空屋裡，把頭枕在比爾的大腿之間，比爾對她說道，「要是只有妳就好了。」

她抬頭問道，「什麼？什麼意思？」

「是不是可以找到什麼方法？是不是有什麼辦法可以讓我們不需要每一次都待在不同的房子裡？再也不需要假裝？我們可以要去哪裡就去哪裡，愛做什麼都不成問題？因為，要是真的有這樣的方法，我想一試，我就是要跟妳在一起。」

也就是說，當然，她得要離開保羅，她必須與保羅離婚。

可以辦得到，過程一定會很難看，令人厭煩，一定很花時間，但可以辦得到。

保羅已經離婚過一次，而根據他告訴她的說法，他整個人幾乎徹底崩潰。他不得不承認，當海莉想要分開的時候，他把狀況搞得很慘烈，大量哀求，許多通的深夜電話，無法看清事實真相。

無法接受一切已然結束。

「我自己犯蠢，」他老實招認，「在她顯然已經下定決心的時候，我還一直在想可以贏回她的心。」

他一直很怕對另一段婚姻做出承諾，實在太擔憂會再次失敗，「不過，妳不一樣，」他當初是這麼告訴夏綠蒂，「我願意。」

現在，夏綠蒂將會對他說出她知道鐵定會讓他崩潰的話。她有了別人，嘿，猜猜看是誰？就是你的大學老友，比爾！

不過，她已經準備要這麼做了。一定很殘酷，但是她告訴自己，要是妳不為自己尋找生命中的幸福，沒有人會幫妳忙。

她想要與比爾過著幸福快樂的日子。

然後，保羅差點沒命。

他正好遇到行兇後準備要棄屍的肯尼斯．霍夫曼，肯尼斯狠敲保羅的頭，他昏迷倒地。肯尼斯跪在他旁邊，正準備要給他一個了斷。

警察到達現場。

夏綠蒂在心中對自己默認，其實她感受五味雜陳。要是當初肯尼斯沒被抓到就好了，要是敲打保羅的那一記重擊能夠斃命就好了。這樣一來，就不是她的錯，沒有人會怪她，她是無辜的受益人。

就差那麼一點點而已。

夏綠蒂很好奇，她懷有那種念頭，應該要有罪惡感嗎？因為她並沒有。她產生的是令人不知所措的挫折感。那就像是在檢查自己的樂透彩券，以為自己每一個號碼都中了，對了兩次之後，才發現就差了一個號碼。

保羅活了下來，之後開始接受治療。他必須從西黑文大學請病假療養，復原過程緩慢，而且多次復發。還有惡夢，會在半夜三點醒來，全身冒冷汗，大吼大叫。

保羅．戴維斯潰不成形。

「妳不能現在做這種事，」比爾說道，「妳不能對一個差點慘遭謀殺的男人說要離婚。妳要想想我們之後會是什麼處境？在這間房仲公司？在這座小鎮？妳，在某個男人跌入谷底、最需要妳的時候棄他而去，而我，則是那個讓妳決心棄他而去的男人。」他搖頭，「我可以跟妳保證，我們就此之後、在這裡絕對賣不出去任何一間房子。」

夏綠蒂思索他講出的所有重點，整個人變得好安靜。

「怎樣？」保羅問她，「妳在想什麼？」

「也許，」她說道，「還有別的方法。」

51

安娜．懷特一直懷疑自己是不是聽錯了。

也許比爾．邁爾斯與夏綠蒂一起離開教會的時候、在她耳邊低語的並不是「奏效了」，但如果不是這個，又會是什麼？有什麼話的發音聽起來很像是「奏效了」，但其實並不是「奏效了」？

當然，不會是「走調了」，比爾不可能會對安息禮拜講出那種話，除非他對於自己追憶保羅讚詞的表現不以為然。安娜心想，對，也許就是這樣。他認為自己的悼辭不夠充足，應該要講更多才是，他對夏綠蒂說出了那幾個字，當成是某種道歉。他其實可以做得更好。也許他想要尋求某種認可，希望可以聽到她說沒這回事，他對於保羅的追憶話語發自內心，表現完全沒有任何走調。

安娜心想，對，那很可能就是她聽到的含義。

不過，就算他說出的就是她一開始認定的那幾個字，又怎麼樣呢？「奏效了」很可能意味許多事。這場禮拜奏效了，牧師說的話奏效了。

不過，安娜依然覺得那幾個字代表了截然不同的意義，她一直無法擺脫那樣的直覺。

如果她只聽到那幾個字，可能就不會放在心上，但重點是比爾靠到夏綠蒂耳邊低語幾秒之前的畫面。

他牽她手的那種方式。

不只是握手，而且是十指夾纏，還捏了一下。

安娜告訴自己，她對於那個動作解讀過度。在類似這樣的時刻，大家會做出異常舉動。夏綠蒂失去了丈夫，悲傷不已，會接受好友的慰問也很合理。

不過，比爾．邁爾斯接下來卻做出了安娜無法解釋的動作，他迅速抽手，塞入自己的口袋裡。彷彿怕被人撞見他的舉動一樣。

他們離開教會的時候，安娜繼續跟在他們後頭。當夏綠蒂與比爾出現在外頭的時候，遇到了一直在等候夏綠蒂、準備向她表達哀悼之意的那些人。夏綠蒂與眾人擁抱，一個接著一個，而比爾退到一旁，給了她一些空間。

安娜步出教會的時候，緩步經過那些向夏綠蒂致哀的人，走下階梯，朝人行道走去。不過，她並沒有前往自己的停車處，反而站在靠近馬路的地方，仔細觀察。

她繼續思索「奏效了」可能蘊含了什麼意義。

什麼都沒有。

不過，安娜無法擺脫比爾說出那句話的時候、似乎懷有什麼陰謀的感覺，那是他與夏綠蒂的秘密。

兩人成功完成了某項目標。

安娜心想，不是如此，我只是在找方法減輕自己的良心不安。

自從保羅死掉之後，她幾乎很難睡得著，一直無法擺脫自己的罪惡感。保羅自殺，證明她辜負了他。那天晚上，她應該要逼他入院才是，她應該要告訴他的朋友比爾，不該說服他——是比爾說服保羅不要住院。

「奏效了。」

這句話暗指某項計畫執行成功。什麼計畫？引發保羅死亡的某種計畫。

真的有可能逼使某人自殺嗎？

不，不可能。

除非可以找出方法逼迫對方，將他推向發瘋邊緣，讓他相信某些不可思議的事是真的。

「奏效了。」

那台老舊的安德伍德出現的字條只有一種解釋，是保羅寫的，安娜已經接受了這種說法。他自己可能不知道，但真的是他寫的，他記憶喪失是這種可能性的明證。

不過，關於保羅打字機妄想症的某些狀況，卻讓她一直覺得不安。簡而言之，不夠細緻，不夠廣泛，牽涉的是特定問題，不符合她多年來看到其他深受妄想症之苦的病人的標準。她曾經遇到過編造相當複雜情節之陰謀的病患。三年前，她曾經遇過某名男病患，深信俄羅斯總統普丁在對他洗腦、目的是要逼他變節，講出美國政府秘密。普丁透過各式各樣的家用設備與他溝通，其中還包括了他的烤麵包機。這部分已經夠離奇的了，不過，此人明明在「冰雪皇后」餐廳工作，為什麼對方會因為逼他交出最高機密情報而對他進行竊聽？

他向懷特醫生解釋，那份工作只是掩人耳目，其實，他真正的任務是要接觸中央情報局以及國家安全局，所以一切都很合理。

無論她以什麼樣的合理提問去質疑他的幻想，對方總是生得出答案。她終於安排他去看精神科醫生，最後是以開藥的方式控制他的妄想症。

不過，保羅呢？保羅並不是那種狀況。

他的妄想並沒有與各式各樣的幻覺與陰謀論雜糅在一起，一點也不細緻，只集中在某一特定事件。

就其他方面看來，保羅．戴維斯是個百分百的正常人。

他並不符合那種模式。

他的行為看起來並沒有妄想症。認定保羅寫下了那些訊息，需要某種牽強的聯想力。

安娜心生懷疑，如果根本沒有任何的妄想呢？

這些字句是真的，但並非出於兩名死者之手。

「奏效了。」

安娜心想，究竟是怎麼辦到的？要靠什麼方法能夠讓某人相信這麼稀奇古怪的事？

群眾逐漸散去，想要對夏綠蒂安慰致意的每一個人都已經走向教會停車場，大家開了車門，關上，引擎陸續發動。

牧師出來對夏綠蒂說了一些話，比爾也再次與她站在一起，陪在她身邊，當牧師說話的時候，他一直在真切點頭。

然後，一切結束。

夏綠蒂向牧師道謝，與他握手，之後轉身走向停車場。比爾與她一起離開，也許是要開車送她回家。

沒有，夏綠蒂從自己的皮包裡拿出鑰匙，開了車鎖，比爾為她打開了駕駛座的車門。真正的紳士。

他們在講話，比爾說了些什麼，引發夏綠蒂搖頭。然後，她的目光似乎飄向了他們後方，彷彿要確定是否有人盯著他們的方向。

安娜假裝無心理會，她瞄手錶，但其實透過眼角在進行觀察。

夏綠蒂進去車內之前，把手放在車門頂，而比爾．邁爾斯也把手放在那裡，握住足足有十秒之久。然後，夏綠蒂把手抽開，進入駕駛座，關上車門。她發動引擎的時候，比爾退後，正好面向安娜的方向。

他立刻把西裝外套拉好，扣上鈕釦。然後，把手伸到褲子前面的口袋，走向停車場另一台車的方向。

安娜幾乎百分百確定知道他剛才做了什麼。她沒辦法在法庭上發誓，大家一定會譏笑她，宣稱自己有此等令人瞠目結舌的觀察技巧，一定會被眾人嘲弄。

不過，她確定他在努力掩飾勃起。

安娜若有所思，這不是喪禮的尋常反應。

比爾上車，發動引擎，在諾格塔克大道左轉，夏綠蒂也在幾秒之前離開，方向是右轉。

安娜衝向自己的座車，進入駕駛座，開始思索現在要怎麼辦。如果要回家的話，她會從停車場離開之後左轉，但她卻發現自己朝右方轉過去。

跟在夏綠蒂後面。

她想要再找夏綠蒂懇談一次嗎？開口時再次說出自己有多麼抱歉，就這麼辜負了保羅？然後詢問比爾·邁爾斯之前在她耳畔低語那幾個字到底是什麼意思？

如果安娜真的這麼做，說真的，她又希望可以達到什麼目的？

這念頭好蠢。

然後，她突然大驚。

她跟錯了車，她想要好好談一談的對象成了比爾·邁爾斯。

52

「要是他被公車撞到的話，那就好多了……」在幾個禮拜之前的某個夜晚，比爾對夏綠蒂說出了這樣的話，保羅以為她正忙著幫某對退休夫婦決定他們的東百老匯海濱屋宅到底值多少錢，其實，比爾與夏綠蒂兩人全身赤裸，一起泡在葛拉西丘路某棟開價三十七萬六千美金的三臥豪宅後頭的熱水浴缸裡面。

噴射水柱的泡泡聲嘈雜，夏綠蒂努力想聽清楚他說的內容，「你剛剛說什麼？」

「沒事，」他說道，「我亂講的蠢話。」

「別這樣，跟我說。」

所以他就重複了一次。

夏綠蒂說道，「那想法之所以愚蠢，是因為你不能乾等那種事發生，不能等公車司機疏忽路況，不能等待哪個路人犯下未注意兩側來車的錯誤。」她思索了一會兒，「唯一行得通的方式，就是要讓某人自己下定決心走到公車的正前方。」

比爾在水底下伸腳搓揉她的雙腳，「嗯，不太可能。」

她挨向他，在水面下緊緊抓住他那裡，她一邊撫弄，一邊說道，「未必一定要靠公車。」

她把自己的想法告訴了他，保羅目前的精神狀況剛好配合得天衣無縫，她幾乎已經研究了所有細節。

「那……很不尋常。」雖然比爾眼前有狀況分心，但還是努力專注凝神。

「我倒是不這麼覺得，」她說道，「但我需要幫忙，許多方面的援助，某些是與科技有關。」

「比方說？」

「可不可以把來電鈴聲弄成自己想要的聲音？比方說，要是我錄下了什麼，可否把它轉換為某種來電鈴聲？」

比爾稍微閉了一下雙眼，然後他說他很確定不成問題。

「還有，我得去找一台老舊的打字機。在我看過的所有新聞當中，有一篇提到是安德伍德。我們需要弄一台，不需要一模一樣，但必須類似。好消息是，它應該還流落在外，他們一直沒有找到真正的那一台。」

「妳確定嗎？」

她的手依然在忙著上上下下，她露出微笑，「我打電話詢問了警察。假裝是紐約新成立的什麼犯罪博物館，我說那台打字機一定會是很棒的展品，他們說，一直沒有找到。」

比爾說他會開始到古董店找貨。他甚至還知道兩家文具店可能會有類似那樣的東西，幾乎像是全新品，而且，永遠有拍賣網站可以尋寶。

「不要網購，」夏綠蒂提醒他，「千萬不要留下任何痕跡。」

「繼續啊……」比爾閉上雙眼，全身顫抖，上氣不接下氣，夏綠蒂抽開了手。

「重點出現了，」她說道，「保羅必須相信這就是謀殺案所使用的那一台機器。」她說，他們會預先打好那些字句，要是保羅自己沒想到的話，比爾可以灌輸他要把紙放入機器裡的念頭。夏綠蒂可以趁機會到來的時候，把那些字條捲入打字機，或是散落在屋內。她打了鑰匙給比爾，所以他可以偷偷溜進來佈置現場。或者，她乾脆自己動手。

就像是那天早晨，保羅想要找到夏綠蒂購得安德伍德的那個車庫拍賣現場，夏綠蒂其實並沒有打給房仲公司說自己要晚到，其實她打電話給比爾，意思就是他們家接下來的那一個小時左右不會有人，他進去屋內，把某張打好的字句捲入打字機裡面。保羅晚起、發現夏綠蒂在洗澡的那一個早上，她其實早就進入他的書房，把某張打好字的紙張塞進去。

接下來的那個禮拜，他們處理了所有細節。她以新手機錄下了敲打字鍵的聲音，然後把它轉為來電鈴聲。她把那支手機放在廚房櫃子的最上方，她可以靠自己藏放在枕頭底下的手機撥出電話。

他們測試了好幾次，比爾拿著那支新手機，而夏綠蒂則以自己的電話撥打號碼。

噠噠，噠噠噠，噠，噠噠。

「哇天啊，」他說道，「太完美了。」

就連喬許住在他們家的時候，她也可以使用這一招，因為他總是戴哀鳳耳機睡覺。

比爾自己也出了主意，「其實妳可以假意提醒他先前從來沒有出現過的對話內容，詢問他是否幫妳拿了之前請他幫忙代取的東西，但這根本是無中生有，就是要強化他記憶出了問題的這個概念。」

這個計謀讓夏綠蒂很中意。她說她可以告訴保羅有某台車停在外頭，就是他幾天前看到的那一台。不過，當然他之前根本沒說過看到車子。而且她還可以從他的手機裡發送訊息，等到他看到回應的時候，就會充滿困惑。

「我還可以去找他的治療師，還有海莉。把我親眼目睹的所有惱人事件告訴她們，預埋伏筆他正走向發瘋之路，」她露出微笑，「能夠回頭演戲很好啊，我不會贏得艾美獎，但我之後就可以跟你在一起。」

比爾想出了他稱之為「關鍵一擊」的招數。

「找一天晚上，我們來個孤注一擲。妳把他灌醉，在他的酒裡下藥，給他有史以來最銷魂的一晚。我偷偷溜進來，把那台他媽的打字機放在他的旁邊，要是這樣還不能把他逼瘋，那麼他就是比我們任何人都來得強大。」

夏綠蒂說，她曾經告訴保羅她換了鎖，但其實她根本沒有這麼做，他現在更加深信不疑，一定有超自然力量在運作。

他們在新黑文的某間古董店找到了一台合適的打字機，也打好了字條。

比爾發現這項計畫當中出現某個嚴重疏漏。

「這一切都是為了要把他逼瘋，把他推向邊緣，讓他站到那台隱喻式公車的前方。」

夏綠蒂說道，「沒錯。」

「萬一沒有呢？」

夏綠蒂微笑以對，「哦，我也想出了對策。」

53

安娜不是什麼「跟蹤車輛」的專家。

她自小看《啟示錄》、《邁阿密風雲》、《美國警花》等影集長大，裡面的警探要跟蹤某人的時候，看起來似乎超簡單。他們不需要擔心塞車或紅綠燈，抑或是過斑馬線時忙著傳簡訊的路人，劇中人物的前方路面總是一片淨空。

她可以緊跟比爾．邁爾斯座車的唯一方法，就是貼在他車屁股後面。

她盡量退後，但她實在很擔心會跟丟，所以最後還是貼得超近，她相信他一定發現自己被人跟蹤。

不過，也許這樣也不壞。她不就是想要找他好好談一談嗎？她跟蹤他也不是為了要知道他等一下要幹什麼，只是要趁空與他講講話而已。

沒錯。

但她等一下要說什麼？又要問他什麼問題？安娜開始覺得也許自己還沒有想清楚。

邁爾斯一路往前，引她進入了米爾福德南部的某個高檔地區。他開了方向燈，轉入威斯康特大道某個距離海邊數百公尺的住宅區，他住在某棟聯排別墅，然後，轉入了他家的私人車道。

她繼續往前開。

她本打算要停車，攔下邁爾斯先生講話，不過，她後來卻勇氣盡失。她開到了下一個暫停交通標誌的路口，掉頭。

安娜繞圈，回頭，把車停在比爾家的外面。她關掉引擎，坐在那裡，因為恐懼與猶豫不決而愣住不動。

要敲門或是離開？

她在考慮下一步的時候，從包包裡取出了手機，她需要暫時分神一下。她決定先檢查一下自己是否有簡訊。參加喪禮的時候，她把手機轉為靜音，要是當時有人傳訊、發電郵，或是打電話給她，她根本不會知道。

哇，真沒想到，果然有兩封電郵與一通語音留言，她先聽留言。

是蘿西，在她外出時幫忙盯著她父親的鄰居，她詢問安娜什麼時候會回來，因為她四點有眼科的預約門診。安娜立刻回電，還說自己很快就會回家，

然後，她的注意力轉向電郵。其中一封是垃圾信，而另外一封是某人詢問她是否願意收新病患。安娜點了一下回覆鍵的箭頭，正打算要回信的時候，差點嚇出心臟病。

某人猛敲她的車窗。

安娜嚇得連手機都掉到了大腿上面，立刻以手摀胸。對方彎身，鼻子緊貼車窗玻璃，是比爾．邁爾斯。

他問道，「有什麼需要協助的地方嗎？」

❖

比爾・邁爾斯到家之後，怒氣沖沖。

他想要見到夏綠蒂，他需要見到夏綠蒂。不是在喪禮，而是私下幽會。她一直不想要搭理他，他知道謹慎之必要，但是他們歷經這一切之目的並不是為了要與彼此分離。他需要她，無論從哪一個方面來說都需要她。

就是這樣的需求，讓他在他們一離開教會的時候、立刻就牽起了她的手，與她十指緊扣。而他在教會那裡真正渴望的是把他的嘴貼住她的雙唇，在每一個人的面前佔有她。

看看眾人是什麼表情。

不過，他沒有那麼蠢，而且在幾分鐘之前、他已經讓她知道了他的渴望。他坐在前排長椅的時候，挨在她身邊，曾經偷偷把她的手挪移到自己的大腿之間，讓她可以感受到他有多麼硬挺。

夏綠蒂捏了一下，力道極其輕柔，然後，她又把手放回自己的大腿上面。

他覺得那是好預兆。因為自從保羅死掉之後，夏綠蒂一直迴避他，他一直期盼能得到這樣的回應。她不接他電話，對他的簡訊置之不理。對，就在幾個禮拜之前，她告訴過他，無論什麼時候大功告成，他們都必須要謹慎小心，他們不想要引來任何過度關注。

好。他知道，但重點是他有一堆問題，比方說，這場偽裝遊戲要演多久？畢竟，兩人是同事。要過多久之後，他才能睡在她家？或是她睡在他家？現在他們做什麼都不關任何人的事。保羅死了，難道夏綠蒂沒有權利好好過自己的人生嗎？

不過，靠，就像他剛剛在她耳邊低語的一樣，奏效了，比他想像的更順利。

他在屋內踱步，如熱鍋上的螞蟻，焦躁不安。

他正好在這時候瞄向窗外，看到對面停放了一台林肯休旅車。剛才開車回家的時候，他就在後照鏡裡面注意到那台車，他瞇眼細看，想要知道駕駛是誰。

是個女人，看起來好面熟。比爾覺得在喪禮時看過她，她到底要幹什麼？

只有一個方法可以找出真相。

他走出大門，過馬路，當那女人在專心看手機的時候，他湊到窗邊，以指關節猛敲，詢問她是否需要幫忙，害她嚇了一大跳。

那女子打開車窗。

比爾覺得他第一次說出口的時候隔著玻璃，也許她沒聽到，所以他又問了一次，「有什麼需要協助的地方嗎？」

「是邁爾斯先生嗎？」

「嗯？」

「我是安娜．懷特，是保羅的……」

「我知道妳是誰，」他點點頭，「那天晚上，妳也在那裡，就是保羅，嗯，狀況非常糟糕的那個時候。」

「抱歉打擾你。我本來打算要在做禮拜的時候找你談一談，但是卻與你錯身而過。現在我跟個呆子一樣坐在這裡，拚命想要鼓起勇氣找你說話。我不知道在這種時候是否可以打擾你，畢竟保羅是你的朋友。」

比爾端詳了她一會兒，「嗯，這個……」

「不會花太久時間，只是想聊一下而已。」

比爾聳肩，「進來吧。」

她下車，把車鎖好，與他一起走向他家大門，「我認為你的悼辭很感人。」

他聳肩，「謝謝。」他開了大門，請她在客廳入座。

安娜找了張軟墊椅坐下來，她開口問道，「夏綠蒂還好嗎？」

「哦，當然是哀慟欲絕。」

「可以想像。事發之後我有過去看她。不過我覺得自己大錯特錯。她有沒有把我去找她的事告訴你？」

「沒有，」他說道，「好，所以妳想要講什麼？」

「我想要把我對夏綠蒂說的話告訴你，我覺得非常抱歉，我辜負了你的朋友，我一直背負了很大的壓力。」

「好，妳並不是唯一的一個，我的意思是，我們都有份。」

她誠懇發問，「你看出徵兆了嗎？」

他緩緩點頭，「就像我在教會裡說的一樣，我想我們都看得出來，當然，夏綠蒂是一定的，而我每次見到保羅的時候，我可以察覺出他相當心神不寧。」

「心神不寧，沒錯。但你覺得有徵兆顯示他會自殺嗎？」

「啊，拜託，妳自己看看發生的一切。有人差點殺死他、惡夢、覺得自己的打字機被附身啊什麼的？那天晚上想必鬧得很慘烈。」

「的確。」

「我不知道他是怎麼辦到的，從頭到尾都沒有吵醒夏綠蒂。」

「你的意思是……」

「下樓進入車庫，拿起打字機，就把它放在床邊。靠，我還是想不通這是怎麼回事。妳是專家，妳覺得他知道自己在做些什麼嗎？這會不會是什麼人格分裂之類的問題？他的某部分自我在搞那台打字機，而另一個自我卻嚇到挫賽？」

安娜回他，「我不知道……」

「好，妳有專業背景，連妳都不知道了，我想我們永遠不會有答案。」

「所以，現在回頭檢視過往，你對於保羅自殺並不覺得意外？」

「該怎麼說？」比爾回道，「震驚，但不意外。」

「我明白了，所以我有點困惑。」

「困惑？」

「前幾天那個晚上的事。」

「嗯？」

「我困惑的是，保羅與你通話的時候、你對他說的那些話。」

「妳在說什麼？」

「提到他入院的時候，你表示反對。」

比爾當下說不出話來，他隨後開口，「我不覺得我有講得那麼誇張。」

「再說一次好嗎？」

「我的意思是，我可能有強調住院的缺點，但並非是我直接告訴他不要這麼做。」

「我覺得你相當堅持，是你力阻他住院。」

「我不知道妳為什麼要把這怪罪在我身上，」他態度防備，「拜託，妳自己是治療師。如果妳認為應該要把他送入精神病房，那麼應該要否決我的意見才是。」

「如果保羅並沒有出現傷害自己的立即危險，那麼我不能在違反保羅意志的狀況下、強迫他入院，而且在那個時候，我也不確定他有這種傾向。不過，你剛剛告訴我，你早已看出保羅可能會自戕，可能會自我了斷。而且你也說你認為是他自己寫下了那些字句，搬動打字機，都是他自己。他的某部分自我做出了這些事，而他的其他自我卻渾然不覺。」

「我覺得我並沒有講出與那一模一樣的措辭。」

安娜微笑，「你說得對，我可能有點過度詮釋了。」

「懷特醫生，我不知道妳講這些到底是為了什麼。」

「我要先聲明，這並不是為了要免除我自己的罪責，」她表明態度，「但我不明白的是，從你剛才告訴我的所有話語當中，當你認為他有自殺傾向，而且做出了自己無意識的行為，但為什麼卻要力阻你的好友接受深度精神治療。」

「實際狀況跟妳說的並不一樣，」比爾說道，「他是我朋友。而且妳知道嗎，我的許多觀點都是事後諸葛，等到驚覺看到徵兆的時候，都已經太遲了。」

「是，」她說道，「我完全理解。」

兩人都不講話了。

比爾先開口打破沉默，「我不知道還要說些什麼。」他起身，示意安娜該走了。

安娜依然坐在那裡，抬頭望著他，「什麼奏效了？」

「什麼？」

「在教會裡的時候，當大家準備離開之際，你跟夏綠蒂說道，『奏效了』。我很好奇你指的是什麼？到底什麼奏效？」

他盯著她足足兩秒之後才開口，「我不記得說過那種話，妳一定是聽錯了。」比爾步向門口的時候，露出勉強微笑，然後，突然靈機一動，「哦，我想起來了，我的確說過，我指的是自己的那場小演講的稿子。我在辦公室寫的，全都是靠電腦完成，最後無法列印。辦公室裡面根本沒人，因為大家都去參加喪禮了，所以我打電話向夏綠蒂詢問——彷彿在這種時候她也沒什麼重要的事煩心一樣——她說辦公室電腦常常使脾氣，很可能是卡紙，所以我打開印表機，的確被她說中了。所以我清除之後，順利印出悼辭講稿。奏效指的就是這個，印表機，我把它搞定了。」

安娜點點頭，「很合理。」

他打開大門的時候露出微笑，「祝妳有個愉快的一天。」

「你也是。」安娜起身離開那間屋子，走向自己的停車處。

比爾必須知道——媽的得要立刻知道——安娜．懷特去找夏綠蒂的時候說了些什麼。如果夏綠蒂不接他電話，那他就直接殺到她家門口。

希望我們沒有遇到麻煩。

54

安娜．懷特一回到車上，還沒發動引擎，先以手根輕輕推了一下額頭。

就那麼簡單，一台本來無法列印的印表機。

然後，聽了夏綠蒂的建議之後，它成了可以列印的印表機。

「奏效了。」

就這樣。

她居然任由自己的想像力如此狂肆，不到三秒鐘的時間從零加速到近一百公里的飆速。只不過簡單的幾個字，卻讓她突然聯想到比爾．邁爾斯與夏綠蒂．戴維斯共謀逼瘋她的老公。

安娜心想，接下來，她會相信九一一事件是陰謀，癌症其實有療方，只是醫生們一直秘而不宣，還有，羅斯威爾真的有外星人。

這不就是她在自己的職業生涯中努力對抗的那種偏見嗎？不能在三秒之內判定病患，要聆聽所有的事實，要與他們深談，要挖掘表面之下的一切，找尋幽微的線索。剛剛她的舉動是先做出結論，然後只去尋找支持它的證據。

「蠢啊蠢啊超蠢……」罵完自己之後，她發動引擎。

發覺自己嚴重誤判狀況，不只讓她覺得犯蠢而已，當然，羞愧感是一定的。不過，絕對沒有辦法讓她釋然。如果比爾與夏綠蒂相互勾結——天，她已經多年沒想到這樣的字詞——那麼她也可以卸除一點肩上的重責，她無法預見保羅自殘行為的失敗就沒有那麼嚴重了。

她繼續往回家的方向前進，她覺得要是自己在比爾．邁爾斯洩漏出內心的疑慮，要是無意中表現出她懷疑對方具有某種殘暴惡性，她覺得自己有責任向他寫封道歉信。

也只能這樣才能表示禮貌——

安娜狠踩油門。

後頭有台車喇叭聲大作。

她把車突然轉向右邊，把休旅車停好的時候，心臟狂跳。

向他寫封道歉信。

她想起比爾．邁爾斯在教會大談好友保羅的演說場景。

他突然失神、必須找尋筆記，將小抄翻得亂七八糟的那段過程。

從安娜坐的位置，她可以清楚看到佈滿潦草手寫字跡的紙張。

手寫字。

他並沒有印出講稿。

比爾．邁爾斯對她撒謊。

55

在當初的計畫階段，夏綠蒂覺得比爾說得沒錯，無論他們怎麼想盡辦法刺激保羅，也不能確保他一定會走上自殺之路。

夏綠蒂說道，「你搞不好得幫他一把……」

比爾與夏綠蒂這段對話的發生地點不是在熱水浴缸裡面，兩人就只是坐在他停放在某個家具店後頭的車內。他坐在駕駛座，雖然沒開車，但雙手卻緊抓方向盤。

「夏綠蒂……」

「你要知道是有這種可能。」

他當然知道，但他一直努力欺瞞自己，覺得他們可以在不需弄髒雙手的狀況下達成目標，嗯，其實是搞得超髒。

「好，也許他真的會自殺，」夏綠蒂努力找尋一線希望，「不過，到了某個時候，我們就——我爸爸老愛掛在嘴邊的那句話？——別佔著茅坑不拉屎。」

等到他們搞出那些字條，夏綠蒂與懷特醫生談過話、到曼哈頓去找海莉，以及比爾想盡辦法把那台打字機搬到了保羅的床邊桌之後，好，幹，萬一這樣還是沒有把他逼瘋，接下來該怎麼辦？

當懷特醫生半夜過來、建議保羅要入院治療的時候，夏綠蒂陷入驚慌。她打電話給比爾，叫他要勸保羅打消念頭。要是保羅被關進去療養的話，他們就幾乎無法進行下一步計畫了。

所以，比爾力勸他不要住院。

問題都一樣，該怎麼著手進行。要是保羅自殺需要一點外力協助，讓它得以實現的最逼真方式是什麼？等到比爾克服了起初的戒慎恐懼之後，他還果真想出了一些很棒的點子。最厲害的是讓保羅從二樓的平台區、或是更上面一層的主臥「一躍而下」。不過，夏綠蒂很懷疑，這樣的跳樓高度夠嗎？萬一保羅活下來，把比爾所做的事告訴警方呢？（一定是比爾出手，因為夏綠蒂沒有氣力可以把他推下去。）

比爾有自信，一定可以成功。要是保羅摔下來沒死，比爾會扭斷他的脖子。

所以，當夏綠蒂知道保羅溺死的時候，她不需要在報喪的艾恩萊德面前裝出驚嚇表情，比爾為什麼沒有告訴她改變了計畫？

也許是這樣一來，她就會流露出真正的驚訝神色。

在一開始的那幾天，她忍住不跟比爾講話，兩人第一次對話是在喪禮。她一直在想，必須要穩健行事，慢慢來。

過沒多久之後，兩人就會重新接頭。

過沒多久之後，他就會告訴她為什麼決定要淹死保羅。她在想不知道他到底是怎麼辦到的。天黑之後過來登門拜訪，邀請他去海邊散步？然後，突然抓住他，把他推入水中，硬是把他的頭埋進去？

反正，已經搞定了。

她與比爾可以共度一生。她對他的渴望就與他對她一樣強烈，她希望自己對他的慾念能夠永遠跟現在一樣。

天，希望我以後不會覺得他也很無聊。

不，不會，絕對不會發生的。他們擁有獨一無二的聯結。

這是一場有趣的體驗。夏綠蒂發現了自我的諸多層次，還有她的能力，她也認識了比爾的許多面向。

她知道他比她更良心不安，她希望這不會成為未來之路的問題。

有天晚上，他是怎麼對她說的呢？

「我們現在的所作所為，妳知道是不對的。」

沒錯。她只花了一秒鐘的時間就開口回擊：

「如果你會開始擔心那種事，那麼你怎麼不早說？」

56

喬．艾恩萊德警探的桌機電話響了。

「我是艾恩萊德。」

來電者是櫃檯，「有位懷特醫生要見你。」

「沒問題，請她進來。」

懷特醫生會在此時此刻來訪，讓艾恩萊德覺得巧合得不可思議。他的辦公桌以及電腦螢幕上頭都是保羅．戴維斯的死因報告。關於這起調查案的一切似乎完整有序，但依然無法斬釘截鐵論斷戴維斯是自殺。他入海溺斃，是他刻意的舉動嗎？由於沒有遺書，根本無法判斷他的心神狀態。

有一件事倒是可以確定。他去那裡並不是為了游泳。通常大家不會在身穿牛仔褲襯衫與鞋子下去游泳。

掉入附近的某個碼頭，然後被沖刷上岸，是有這個可能。艾琳路路底有一個碼頭，而且龐德角西側有一塊露出地面的脆弱岩層，也許他外出散步，然後失足跌落水中。

不過，艾恩萊德找了死者現在的妻子與前妻、朋友，以及治療師問案，深深顯現出這個男人極度心神不寧。

不過，還有一個微不足道的問題讓艾恩萊德不得其解。就各種方面看來，完全沒有任何重要性，但卻一直讓他放不下。也許再去找一次夏綠蒂．戴維斯就可以解決了。但艾恩萊德得要慎重考慮，他並不想拿一個可能瑣碎至極的問題去打擾最近才喪夫的女子。

安娜．懷特出現在警探辦公室門口，艾恩萊德起身，對她揮揮手，安娜在辦公桌空隙之間穿梭，終於到了艾恩萊德的桌前。

「我知道我應該要先打電話，但是……」

「沒關係。請坐，要不要喝點什麼？」

安娜婉拒，兩人都坐了下來。艾恩萊德闔上桌面的檔案夾，將螢幕上的程式縮到最小。

「是不是希金斯又給妳惹麻煩了？」喬．艾恩萊德問道，「因為我們已經有充分證據抓到他偷狗。」

「真是太好了，」安娜說道，「但這並不是我來這裡的原因。」她嘆氣，「我甚至連自己是否該過來都不確定了。」

喬等她繼續說下去。

「是這樣的，前幾天你來找我的時候，我告訴過你，對於保羅的遭遇，我覺得自己責任重大。」

喬點點頭。

「我告訴過你，我覺得自己辜負了他，而且這種感覺依然沒有改變，所以有件事我一直惦記在心，質疑自己的動機，也許我是處於潛意識狀態、想要找出減輕自我罪惡感的方法。」

警探說道，「如果妳有自覺的話，也未必算是潛意識狀態。」

「嗯，好，你說得很對。」

「所以妳惦記在心的是什麼事？」

安娜停頓了一下，鎮定心緒，開口說道，「我覺得保羅並沒有妄想症。」

「什麼意思？」

「我的意思是，我不覺得他哪裡不對勁。是，他一直很沮喪，但我不覺得他宣稱自己半夜聽到的聲響是出於他的幻想。我覺得他一定聽到了什麼，但我不知道答案。而且，我也不覺得他在打字機裡找到的那些字句是他寫的，不是在有意識的狀態下，也不是潛意識狀態。我認為他並沒有出現幻覺，我覺得不論從各方面看來，他都沒有精神不正常。」

艾恩萊德在座位裡傾身向前，沉澱安娜．懷特剛剛所說的那段話，「嗯。」

「我的確承認，在過去這幾天當中，保羅因為家裡的事而十分不安，最後一晚我見到他的時候，他痛苦不堪。」

「好，我不確定妳想要表達的是什麼，妳是說妳覺得他不會自殺？」

「我沒這麼說。」

「所以妳覺得他是自殺。」

「我不知道。」

艾恩萊德微笑，「懷特醫生，我——」

「我覺得他有可能做出那種舉動。不過，話又說回來，我覺得可能沒有。」

「所以妳傾向這是一起意外？因為這也是有可能的選項。」

安娜．懷特咬住下唇，「我不該過來的，是我自己犯蠢。」

「不，並沒有。懷特醫生，我的工作經常要靠直覺、感受，妳對於這起事件是否有什麼直覺？」

「有。」

「是什麼？」

「如果保羅真的是自殺，那也是別人逼他的。」

「被逼的？」

安娜點點頭，她鼓起莫大勇氣才說出接下來的那段話，「要是他沒有自殘了斷，也會有別人奪走他的性命。」她把雙手放在大腿上，態度堅決，彷彿剛剛在拼字比賽中講出了最難的那個字一樣。

「妳的意思是可能有人謀殺了戴維斯先生？」

安娜．懷特吞了一下口水，「我覺得有這個可能。」

艾恩萊德問道，「是什麼原因讓妳會這麼說？」

她立刻脫口而出，「因為他所說的話。」

「保羅說的話？」

「不，不是保羅，而是他的朋友比爾．邁爾斯。我聽到他對夏綠蒂低聲說道，『奏效了』。」

「就這樣，」艾恩萊德回她，「只有那幾個字而已。」

安娜怯懦點點頭，「當我詢問他那是什麼意思的時候，他瞎編說是自己修好了某台印表機，所以可以列印出悼辭。不過，那是手寫的，我看到了，他對我撒謊。」

艾恩萊德努力掩飾語氣中的疑惑，「嗯。」

「我也詢問了邁爾斯先生有關他力阻保羅住院的事，」她稍作停頓，「看來邁爾斯想要確認保羅待在原處，這樣一來就可以對他下手，簡直像是不希望保羅離開，不想讓他得到協助。」

艾恩萊德皺眉，「好，所以這一切再加上打字機的事，妳認為這是設局？」

安娜點點頭。

「為什麼？」

這一次，安娜又覺得很難啟齒，「我覺得比爾．邁爾斯與夏綠蒂．戴維斯可能有私情。」

「有任何證據嗎？」

安娜遲疑了一會兒，「其實沒有。」

「所以，那就只是某種直覺罷了。」

「是他們……他們牽手的方式，我……我想就是這樣，應該就是肢體語言吧。」她又焦慮嚥口水，「多年來的經驗累積，讓我學會了要如何判讀。」

艾恩萊德重複了一次，「肢體語言……」

「我知道，我講的話聽起來一定很荒唐。」

警探問道，「妳剛剛說戴維斯先生被設局，他們到底是怎麼辦到的？」

「我……我不知道，」她搖頭，「還有別的狀況。」

「哦？」

「紙箱。」

「紙箱？」

「我在他過世之後去找他妻子，家裡到處都是空紙箱。」

艾恩萊德盯著她，靜靜等待。

「她到外頭弄來了這些空紙箱，準備要打包他的東西。誰會在有人過世之後火速處理那種事？就像是，像是迫不及待一樣。」

喬·艾恩萊德深吸一口長氣，雙掌貼住桌面，「還有別的嗎？」

安娜坐在那裡，覺得自己超荒唐，「沒了。」

「好，我要謝謝妳特地前來一趟，這些情報很有幫助。」他起身，暗示請這位治療師也該起來了。

安娜離座，「我知道你在想什麼。」

「什麼？」

「我企圖為自己脫罪，我煞費苦心編出這種幻想情節，所以我就不會覺得保羅之死是我的錯。」

「我並沒有這樣的念頭。」

「我不知道還能怎麼辦，只能過來找你。」

「幸好妳來了。如果我需要再找妳詢問案情，我知道怎麼聯絡妳。」

懷特醫生知道對方要趕人，她站起來，開口說道，「我最近每次與人見面之後就會立刻後悔，我想今天這一場會面也是如此。」她點頭道別，走出了警探辦公室。

艾恩萊德坐回去，重新打開辦公桌上的檔案，還有電腦螢幕裡的報告。

他細讀保羅．戴維斯屍身所發現的一切，這應該是第五次了吧。

當然，有皮夾。雖然在他走入長島海灣之後——目前看起來是如此——屍體被海浪不斷翻攪，而且後來被沖回岸邊，但皮夾一直沒有離開他的牛仔褲屁股口袋。緊緊黏在裡面，一開始到達現場的警察還花了一些氣力、才把它從濕答答的緊貼口袋裡拔出來。

他的低廉天美時手錶，依然貼附在他的左腕，錶依然正常運作，鞋帶緊綁的樂步健走鞋也還在腳上。牛仔褲前面口袋挖出的東西有加油站收據，一坨坨的面紙，一共有八枚硬幣，分別是五分的三個、二毛五的四個、一毛的一個，還有一張一元美金紙鈔。

就這樣，這些東西在保羅．戴維斯入水的時候、依然一直在口袋裡，沒有被沖走。

艾恩萊德困惑的並不是他口袋裡有哪些東西，而是少了什麼東西。

他回想那天晚上的情景，當保羅．戴維斯的妻子下車、走到她家大門前的畫面。

門鎖住了，她拿鑰匙開門。

那道門一開始就鎖住了嗎？理論上，保羅．戴維斯外出的時候鎖了門，然後走向了海濱或是碼頭啊之類的地方。

所以鑰匙在哪裡？

為什麼他的口袋裡沒有鑰匙？

57

夏綠蒂看到手機螢幕亮了，來電者是比爾，她不意外。喪禮結束還不到兩小時，他就打電話找她，還真是小心翼翼。不過，話說回來，會在喪禮舉行到一半的時候、把妳的手拉過去抓住他老二的男人，顯然是有慾求被耽誤的問題，就別求什麼細膩度了。

她覺得她要是不理會這通來電的話，他一定還會一直打，所以她就接了電話。

「喂？」

他說道，「我們得好好談一談，」

「哦，比爾，」她裝出輕鬆語氣，「你打電話來真是太好了。我知道我已經告訴過你了，但我覺得你獻給保羅的悼辭真的很棒，發自內心，如果他能夠知道你的心情，一定會大受感動。」

比爾愣住了，過了一秒鐘之後才回過神來。可能是有人跟夏綠蒂共處一室，不然就是她覺得有人在竊聽她的通話內容。

然後在屋內四處搜尋，確定一切沒問題。她不該覺得會發生這種問題才是，但何必需要冒險呢？她之前真的上網，找尋竊聽器材與最常被放置的地點，然後搜過整間屋子，確定完全沒有問題。

她不是傻子，不會聽到她在擁擠教會裡面低聲說出「奏效了」。

「對，嗯，謝謝妳這麼說，」比爾說道，「就跟妳說的一樣，那些話的確是發自內心。」

「他走了之後，這個家感覺變得空蕩蕩。」

「嗯，好。事情是這樣的，我剛剛說過了，有件事我得要找妳談一談，私下聊。」

「既然這樣的話，好吧，」她說道，「我在家。」

「我一會兒就到。」說完之後，他結束通話。

他是不是要把他的行事過程告訴她？他是不是心中充滿了罪惡感？需要找她談一談？難道她真的想要知道所有細節嗎？完成任務就好，這才是重點。

夏綠蒂本來以為比爾到達這裡要花個將近二十分鐘吧，但不到十五分鐘門鈴就響了。她先從二樓的某扇窗戶向外瞄了一下，然後才跑下樓，雖然她沒有在大門口看見他的人，但是卻發現他的車停在半條街之外的地方。

至少這招很聰明。她還沒準備好讓別人看到他的車停在她家門口。

她下樓開了門，比爾衝入屋內，直接從她身邊飛掠而過。他爬梯奔向廚房，頭也不回對她說道，「我們有麻煩了。」

她跟在他後頭，匆匆登上階梯，「你在說什麼？」

他直接走到冰箱前面，取出一瓶啤酒，扭開瓶蓋，喝了一大口。

他語氣警覺，「還有沒有別人在這裡？」

「沒有。」

「妳講電話的那種語氣，害我以為……」

「我一直很小心。這房子很安全，你要講什麼直說就是了。」

他整個人斜靠在中島，「好，妳一定會生氣，因為這是我的錯，但妳現在先別管這個，這樣我們才能處理狀況。」

「拜託！直接跟我說就是了！」

他目光往上飄，不敢面對她，「我在低聲講話的時候，被人聽到了。」

「什麼時候低聲講話？」

「在教會的時候。我們離開時我所說的話，我們的計畫，奏效了。」

「靠！比爾！我的天，誰啊？到底是誰聽到你講話？」

「那個治療師，安娜．懷特。」

「你怎麼知道？」

「她過來找我，媽的跑來我家。開始東拉西扯，最後總算切入了我勸保羅不要住院的重點。還問我當我跟妳說奏效的時候、是否指的就是那件事？」

夏綠蒂不可置信搖搖頭，「你是大白痴。」

「好啦，好，我是超級大白痴。」

「而且你還拉我的手去摸你的大老二，就在——」

「夠了！」他大吼大叫，「知道了，我是他媽的大蠢蛋。可不可以先不要管這個，先解決目前的狀況？」他一臉挫敗搖頭，目光落在那台打字機，「天，妳又把它搬回屋內？」

「我需要後車廂空間，」她大手一揮，指向依然佔據中島大部分面積的那些紙箱，「好，讓我想一想。」她的聲音變得比較冷靜，「懷特醫生真的握有什麼證據嗎？她聽到你說了幾個字，還有，她懷疑你不希望保羅住院。什麼都沒有，真的什麼都沒有。當她問你那是什麼意思的時候，你是怎麼說的？」

「我說，讓辦公室印表機恢復功能的方法奏效了。」

「什麼？」

「要是她問起的話，反正就是我想要用印表機列印悼辭，我打電話找妳詢問該怎麼處理。」

夏綠蒂臉色氣急敗壞，「她一定覺得你在我丈夫喪禮之後找我的第一句話就是串通印表機的事。」

「我沒什麼時間編理由。重點是，我覺得她相信了這種說法。我比較擔心的是另一個問題，關於力阻保羅入院治療的那件事。」

夏綠蒂沉思了一會兒，「好，沒關係。你在當下講出那種話十分合理，那些地方本來就令人毛骨悚然，你的反應很正常，根本不需要擔心，別管那麼多了。」

「她說她也來找過妳。」

「對，但她來是表達歉意，誤判了那些徵兆，她自責不已。也許這就是她去找你的原因，想要怪罪於你，這樣就可以脫責。」

他又喝了一大口啤酒，「應該吧。不過我不喜歡她問話的方式，我有不祥預感。」

「好，別想了。就算她去找警察，又有什麼真憑實據？你覺得艾恩萊德警探會鳥那種事嗎？驗屍報告，加上我們、醫生，以及海莉的供詞呢？明明全都指向是自殺。」

「好，」他說道，「沒錯，嗯，」他開心大笑，「還有，超級大驚奇，居然真的發生了。」

夏綠蒂往前湊近一步，「什麼？」

「好，他真的自殺了，除非是妳把保羅拖進水裡把他淹死，那就另當別論。當我說出奏效了，妳以為我在說什麼？他真的是自我了斷。」

夏綠蒂一臉目瞪口呆，盯著他。

「我一直覺得奇怪，」她說道，「為什麼你在當晚沒有給我任何預警要動手。我們之前有討論過，所以我早有了心理準備。」

「妳覺得我為什麼要在喪禮之前一直打電話給妳？」比爾說道，「我也跟妳一樣，嚇了一大跳。」

「啊天哪，」夏綠蒂語氣溫柔，「你沒有殺死保羅，我們沒有殺死保羅。」

比爾燦笑，「有時候問題就是會自己找到出路。」

58

安娜．懷特走出米爾福德警局總部的時候，覺得自己跟蠢蛋一樣。

當她進入自己休旅車的時候，她低聲啐罵，「白痴……」

她直接開車回家。上禮拜取消了太多約診，依然有病患無法重新安排時段。現在已經接近傍晚——天，她得要趕緊回家，才能讓蘿西順利去看眼科門診——所以她今天完全沒有辦法看診，不過，接下來的這幾天，應該可以逐一消化。

雖然被警探艾恩萊德打發離開，但是安娜依然對某些事深信不疑。她從業以來一直在對人進行判讀，而她認為自己看到了夏綠蒂與比爾之間醞釀的那種情境，一定是欺瞞。

安娜深信，保羅不是唯一遭到他們欺瞞的對象。

第一號大笨蛋就是她自己。現在，安娜忍不住心想，當夏綠蒂意外出現在辦公室、對她說出自己是多麼擔心保羅的時候，其實可能是在演戲。

安娜心想，我被耍了，我成了他們的佐證。

如果夏綠蒂和比爾與安娜懷疑的一樣，真有不倫情事，而且暗中設計保羅，那麼這樣一來，對於他們編出保羅狀況不穩的說詞，他們的說服力超過了死者的治療師。

但要是安娜的理論為真，她又能怎麼辦？她去找了艾恩萊德，但除了她的直覺之外什麼也沒有，而且幸好她沒有提到比爾看到夏綠蒂上車之後、他企圖掩飾的那種反應。

嘿，警探，他下面硬了，那是證據吧？

萬萬不能讓艾恩萊德知道這件事，不然他鐵定認為她是神經病，而且還有性偏執。

所以該怎麼辦？要是她沒有辦法讓警方再次關注保羅的死因，她要自己辦案嗎？

我又不是神探南西。

她不會像老套懸疑小說的某些業餘偵探到處窺視，真實世界並非如此，她不知道要怎麼搞這種花樣，她再也不會去追蹤任何人，也不會在夏綠蒂的家或是比爾的房子裡安裝竊聽器。

她只知道要如何與人談話，除此之外還有聆聽，以及觀察。靠這個方法才能挖掘表層的下方地帶，埋藏真相之處。

她想要再找夏綠蒂談一談。上次跟她談話的時候，安娜並沒有抱持現存的疑心。

等到她把詢問過比爾．邁爾斯的某些事、同樣拿出來質疑夏綠蒂的時候，她一定會緊盯對方的雙眸不放。

當然，她一定會問夏綠蒂那通有關印表機電話的事，真是破綻百出的鬼話。

安娜認為在那樣的會面結束之後，她的內心就能確認自己的疑念是否有其根據。

要是她發現懷疑成真，也許沒有足夠的證據讓警方進行調查，但至少她很清楚到底是怎麼一回事。

我必須要知道。

保羅之死將會是她一生的重擔，她永遠覺得自己有責任，但責任還是有程度差異。

她回到家，還給鄰居自由之身，查看法蘭克的狀況，他待在後院、拿著九號鐵桿鏟了更多的球。安娜心想，屋子後方的那片樹林裡一定散落了數百顆的高爾夫球。

然後，她開始重新安排看診，完成之後，已經將近七點，也該為她父親與自己弄點晚餐了。

「爸……」她發現他在他自己臥室後頭使用划船機，「吃冷凍披薩可以嗎？我知道很難吃，但這樣讓我省事多了。」

他在划船機做出後拉動作，「喬安妮，我沒問題，」

她早就知道他不會介意，但還是覺得需要道歉。她早就設定好了烤箱，等到她回到廚房的時候，正好可以把披薩塞進去。

過了半個小時之後，她與她父親一起坐在餐桌前面，他端詳她，開口問道，「小親親，妳在想什麼？」

這是他打從她小時候就開始呼喚的小名，所以，至少在那個當下，他知道她是他的女兒。

「我今晚得與某人攤牌，」她說道，「不是很想面對這件事。」

法蘭克露出悲傷笑容，「沒關係，我可以承受得住。」

她把手放在他的手背上面，「啊天哪，爸爸，我說的不是你。」

「如果妳有事要告訴我，我沒問題。」

「是別的事，真的。」

「既然是這樣，好吧。」

「我今天晚上可能要出去。」

他點頭，「好啊。」

「要是我出門的話，我必須確定你一個人不會有問題，我不能再打擾蘿西了。」

「沒問題。」

對於當初那一次特警小組登門造訪，她父親的創傷好像已經完全復原了，讓她鬆了一口氣，他似乎忘個精光。

他開口問道，「妳等一下得要做什麼？」

「得要打起精神面對挑戰吧。」

「如果妳決定不去的話，我想我們今晚可以去看妳媽媽。」

他的神智這樣飄忽不定，總是讓她嚇一大跳。本來夠敏銳，看得出她有心事，接下來又因為某種幻想情節而提議外出。

安娜回道，「再看看吧。」

他主動開口要幫忙洗碗——其實差不多就是烤盤、兩個盤子，以及兩個杯子而已——所以安娜說好啊，她希望只要有機會、都能夠讓他覺得自己是個有用的人。

他結束之後，回到樓上的臥室看卡通頻道，安娜泡了一點茶。泡好之後，她為自己倒了一杯，坐在餐桌前啜飲。

幾乎花了一個小時之久。

「妳還是得去做啊，」她低聲對自己說道，「遲早的事。」

不過，她在思索的時候、還是可以再喝一杯茶吧。

59

他們覺得該慶祝了。

有何不可呢？比爾與夏綠蒂永遠不需要擔心殺人而遭到逮捕——各位，有大事要宣布了！——他們並沒有謀殺任何人。

當然，他們也許逼瘋了保羅、害他自殺，不過，有誰能夠證明那一點？完全沒有確切證據，沒有指紋，沒有DNA，沒有可資辨識的毛髮或纖維，沒有大家在電視上看到的那種東西。

凱瑟琳與吉兒的造假留言紙張不是證據，全都是出於那台打字機，而且就眾人的認知而言，是保羅寫下了那些字句。比爾覺得他們需要注意的唯一物品就是有打字機鈴聲的那支額外購買的智慧型手機。

他從餐桌那裡抓了把椅子，把它拉到櫥櫃那裡，站在上頭，取回在這十天以來、一直放在櫥櫃上方的那個設備。它插在天花板附近、本來是為重點照明供電的某個插孔。

他拿著手機，從椅子下來。

「不需要把這丟掉，」他說道，「我只需要更換鈴聲而已。」

他花了幾秒鐘的時間摸弄手機設定，然後，把它放在中島上面，螢幕朝下。

「好了，」他說道，「我們已經完成滅證。」

夏綠蒂向他道歉，因為她對於被人聽見低聲講話那件事火冒三丈。「誰在乎安娜．懷特聽到了什麼？早知道我就可以在教會裡幫你吹喇叭，他們根本管不著。」

「我們達到目的了，不過，靠，我們清清白白，」比爾說道，「我必須承認，我完全沒料到會有這種結果。」

「真是看不出，」夏綠蒂說道，「原來你這麼聰明。」

「也許吧，」他說道，「但完成任務的人其實是妳。妳必須一直待在這裡演戲，妳應該要拿奧斯卡獎。」

她從冰箱裡拿出一瓶紅酒，準備喝第三杯，而比爾正在喝第四瓶啤酒，再也不需要窩在空屋裡幽會了。要是有人過來，他待在這裡具有百分百的正當性，他正在安慰寡婦。

他已經想到等一下該怎麼好好安慰她。

「這真的是──靠，你知道嗎──真的是所謂的完美犯罪，」她說道，「你知道為什麼嗎？因為其實根本沒有任何犯罪。」

「有任何法律可以制裁我們的舉動嗎？」比爾問道，「就算有人能夠證明我們利用了那個東西，」他指了指那台打字機，「害某人心神不寧，又違反了哪一條法律？我們可以說那其實是失控的玩笑。或者，還有更棒的說法，我們在幫助保羅。」

「幫助？」

「不，不是幫助，而是鼓勵。就像是妳把東西送給他的時候所說的一樣。他想要書寫有關肯尼斯對他所做的事，而我們的所作所為是為了要鼓勵他朝那個方向努力，真的是要讓他融入情境，如此而已，我們不知道他會有這種反應。」

夏綠蒂回道，「這就有點誇張了……」

「反正，這是假設性的觀點，我們永遠不需要講出那種話，」他開始若有所思，「我還是不相信他會這麼做，直接走入水裡，我的意思是，怎麼會有人做出那種事？如果是發生從船上摔下來或類似的遭遇，然後無法游到岸邊，當然，就溺死了，也無計可施。不過，走入水中？妳想想看，當妳的肺部開始積滿了水，就會開始發揮本能，會努力自救，轉頭，趕緊跑回岸邊。」

夏綠蒂搖頭，「不，的確可能會發生那種事，我看過那樣的新聞。」她臉色一沉，「天，一定很可怕。」她望著比爾，雙眼霧濕，「海水超冷。」她在模仿顫抖的動作，但那股寒意的確是真的。

對她來說，這是極為罕見的一刻。對於他們的舉動，她差點覺得心生虧欠。

「聽我說，」他開口，「大功告成，我們不回頭顧盼，我們要往前看。」他把她拉到懷中，「現在一切都結束了，我們做出了決定，」他緊緊摟住她，「我們實現了我們的願望。」

「我擔心你好一陣子了，」她說道，「我以為你不知道在哪時候會臨陣脫逃，產生了某種良心危機。」

「再也沒有了。」

他低頭，把自己的嘴貼住她的雙唇，她伸手勾住他的後頸，與他貼扣在一起。

比爾掙脫，稍微喘息了一下，「這樣就對了……」他抓住她的腰，把她抱到中島上面，兩人的臉龐成了平行線。她的雙腿纏住他的身軀，以腳踝鎖住了他。兩人就這樣摸索彼此的身體約一分鐘之久，然後夏綠蒂把雙手放在他的胸膛，輕輕往後退。

她說道，「樓上……」

幾秒鐘之後，他們上了夏綠蒂與保羅最後共眠的那張床。就算她有任何的內疚，也完全看不出來。與比爾的這場性愛來得急快，狂野如獸，第二次比較徐緩，但依然熱情不減。

到了夜幕低垂時分。兩人一起躺在床上，疲倦，又昏昏欲睡。街燈的光線透過百葉窗透了進來，在他們的裸身上面映照出如囚衣般的陰影。

「現在說這個可能很掃興，」比爾瞄了一下床邊桌的時鐘，顯示的是晚上九點五十七分，「但我想吃點東西。」

「別想要丟梗給我，」夏綠蒂說道，「現在我是不是該說你剛剛那兩個小時一直在吃個不停？」她側身，伸出大腿蓋住他的下半部，把他壓制在床上，「待在這裡就對了，閉上眼睛。」

他開口，「我飢餓的程度超過了睡意。」

「哦閉嘴啦，」她說道，「我累得半死，你一定也是吧。」

他乖乖照做。不到一分鐘的時間，他聽到了她枕頭那裡傳來的輕柔呼吸聲，過沒多久之後，他自己也招降。

不過，當他再次睜開雙眼的時候，他覺得自己睡了一下下而已。他看時鐘，才十點十四分，他的睡眠時間還不到十五分鐘。

他被驚醒了。

某種聲音。

聽起來像是——

不，不可能吧。

他以手肘撐起身子，專心聆聽，他唯一聽到的聲響是夏綠蒂的吐納。

他心想，什麼都沒有。無論他覺得自己剛才聽到了什麼，一定是夢境的一部分。

他又把頭靠在枕上，閉眼。

然後，他又聽到了那個聲音，立刻睜開雙眼。

噠噠，噠，噠噠噠。

從樓下傳來的聲響。

60

比爾對夏綠蒂低聲說道，「快醒來！」

她悶哼一聲，睜開雙眼，「怎麼了？」

「噓！」他伸出食指貼唇，「專心聽。」

噠，噠噠噠。

她眨眼眨了好幾次，昏昏沉沉回道，「什麼都沒有啊。」

「妳沒有聽到嗎？」

她點點頭，「是手機的聲音，你一定是忘了換鈴聲。」

比爾開始思索，「好，嗯，是有可能，我剛剛應該要測試一下。」

「早上再處理就是了。」她的頭又躺回枕面。

「不過，等一下，」他說道，「一定要有人撥打那支手機才會響啊。」

夏綠蒂再次轉頭，望向自己的床邊桌，「靠到底是在哪裡……」

她移動身體挨到床邊，低頭望著地板，伸手摸了一下，「在這啊。」

「什麼？」

「我的手機，一定是我剛剛不小心把它掉在地上了。」

這段話讓比爾鬆了一口氣，但時間不過只有一秒而已，「妳的手機不會因為撞到地板而自動撥出電話。」

「手機放在口袋裡誤撥的那些電話呢？現在情況不就是那樣嗎？」

在他們低聲交談的那幾秒當中，已經聽不到任何的打字聲響。

比爾回道，「也許吧……」

「不然，」她說道，「有人撥打那支手機的號碼，未必一定是我，有人隨機亂撥。」

「我買那支手機是專門給妳撥打，沒有任何人知道這號碼。」

儘管房內一片昏暗，他也看得出夏綠蒂的高傲表情，「難道從來沒有人打錯電話給你？還是你沒接過行銷電話？甚至是直接打到你的手機？他們不需要知道你的真正號碼，只是隨機亂撥，遲早有一天會打給你。」

「嗯，好啦，」他說道，「我下樓去把那他媽的東西關靜音。」

她抓住他的手臂，「留在這裡。」

他依從她，留了下來，頭貼枕，開始盯著天花板。

噠噠，噠噠噠，噠。

「喔幹……」他掀開了被子。

夏綠蒂嘆氣，「你知道嗎，我真的很睏了。」

他一邊穿內褲一邊問道，「既然我要下樓，妳要不要什麼？」

「你還是很餓嗎？」

「我們其實沒吃晚餐。」

「是啊，幫我帶一點蘇打餅乾和奶油乳酪啊什麼的。」

「就這樣？」

「天，你就趕快下樓吧。」

她倒回床上，把被子蓋住頭，才不過幾秒的時間，她又沉沉睡去。

然後，這次輪到她被此刻響起的熟悉聲音喚醒。

噠噠，噠，噠噠噠。

然後：

叮！

夏綠蒂睜開雙眼，在床上坐起身子。她伸手想要找尋比爾，但碰到的卻是床墊。她到處東摸西摸，確定他不在那裡。

她心想，叮？

那是打完了一行之後、打字機發出的聲音，意思就是應該要按下滑動架歸位，而在那支手機所設定的來電鈴聲當中、根本沒有那個聲響。

那聽起來像是真正的打字機。

就像是樓下的那一台。

所以比爾到底在搞什麼，居然在這種時候，她看了一下時鐘——晚上十點三十四分——玩那個鬼東西。

好，她又立刻倒頭大睡。比爾下去沒多久，明明只需要把手機調成靜音，拿點吃的東西而已，為什麼要一直待在樓下玩弄那台打字機？

「天，」她離開被窩，當她套上大尺寸T恤的時候，她忍不住心想，自己是否踢走了一個她已經完全不愛的男人、卻換來一個麻煩得要命的男人。

「嘿！」她走向臥室房門的時候大叫，「你到底在幹什麼啊？」

當她到達梯頂的時候，她發現廚房裡根本沒有開燈。

「比爾？」她大叫，「怎麼了？」

沒有回應。

「你嚇死我了。拜託，快跟我講話啊。」

她緩緩下樓，一步接著一步，專心聆聽。

廚房裡沒有任何聲響，就連打字機也靜悄悄。

「比爾？」

當她進入廚房的時候，她伸手打開了電燈開關。

站在她面前的是一個非常高壯的男子，絕對不是比爾，第一個線索是對方衣裝完整。

第二個線索是他身上有名牌。

上面寫著：小雷。

「嗨……」他開口打招呼，然後伸出肥厚雙手，緊緊勒住她的脖子。

夏綠蒂幾乎沒機會尖叫。

61

安娜一共喝了三杯茶——之後又加了兩杯紅酒——才終於做好心理準備，迎向她知道一定得完成的任務。

不過，現在安娜雖然已經鼓起勇氣要找夏綠蒂・戴維斯攤牌，但她擔心自己離開的時候已經太遲了。

外頭一片漆黑，晚上十點多了。

夏綠蒂可能已經上床就寢，身邊可能有比爾・邁爾斯，也可能沒有。

安娜心想，哇。

她怎麼之前沒想到那種可能性？當她要是真的見到夏綠蒂的時候，邁爾斯很可能會在那裡。

她不能朝那方面繼續想下去，她正在找尋不去的藉口。

我非去不可。

而且，殺個夏綠蒂措手不及，搞不好還吵醒她，好，又怎麼樣？也許可以讓安娜因此佔上風。重點是，安娜知道她自己今晚睡不著，所以要是她讓某人也失眠又怎樣？

至於邁爾斯，她會找尋他的車，要是她開到那裡的時候，發現他的座車停在夏綠蒂住家私人車道那裡，那麼到時候她會重新評估形勢。

夏綠蒂也許根本不在家，很可能窩在邁爾斯的家裡，那麼她要回去那裡嗎？到時候就再看看狀況了。

安娜上樓，輕敲她父親的房門。

「嗨？」

她推開了門，法蘭克身穿睡衣，躺在被窩裡。

「抱歉，」她說道，「我要去做我剛剛告訴你的那件事，我很快就回來。」

「現在幾點鐘？」

「很晚了，快去睡吧。」

「妳要去哪裡？」

「我會在早上全部告訴你。蘿西不會過來，現在太晚了。你要好好的，可以嗎？」

她父親說沒問題。

她回到樓下，穿上外套，關掉了一些燈，決定要從辦公室那一側出去。當她走過去的時候，聽到了收到電郵的熟悉叮響，她走到辦公桌後面，發現新的電郵不止一封，而是五封，全都是要重新安排門診時間的病患。

安娜打開電腦旁邊的記事本，寫下病患的新時段，然後迅速回覆確認變動。最後，她離開邊門，鎖好，跳上自己的休旅車，出發。

她在腦中反覆演練要質疑夏綠蒂的那些問題。有方法可以讓這女人露出馬腳嗎？

讓她說出自己不想講的話？剛剛她在喝茶的時候——曾經在某張餐巾紙上面草草寫下了一些想法——當她喝酒的時候就不太會做這種事。

重點不是提問，而是值得觀察的部分，比方說大家說謊時的細節。

靠著重複問題而拖拖拉拉、眨眼眨太多下、過長的停頓、講出過於複雜的回應，還有冷淡的語言——比較少提到「我」或是其他人的真正名字，多半說的是「他」以及「她」。

當然，攻擊也是說謊者的其他反應之一。

安娜希望不要遇到那樣的結局。

62

夏綠蒂愣了一會兒之後，才知道以雙手扣住她脖子、將她按壓在牆上的那個大塊頭男人是誰。一開始的時候，她沒有認出他。他出現在冰淇淋餐車之外的模樣，讓她很不習慣。不過，幾秒鐘之後，她就想起來自己向他買過甜筒，她也恍然大悟，這就是肯尼斯·霍夫曼的兒子。

雷納德。

他在這裡做什麼？為什麼他會在她家裡？他打算要殺死她？比爾呢？他怎麼了——

哦天哪。

她靠著眼角餘光看到他了，他躺在廚房中島右側的地板上面。動也不動，而且頭部位置以奇怪角度偏靠肩膀，彷彿脖子被扭斷了。

不知道他還有沒有呼吸，夏綠蒂看不出來徵兆。

她只想恢復吐納。她要尖叫，但是卻發不出聲音，所以她努力講話。

「別這樣，」她聲音嘶啞，「請不要這樣……我沒辦法呼吸……」

她可憐兮兮拚命揮動雙臂，努力反制，想要靠雙手打他，不過，這動作就像是拿蒼蠅拍趕熊一樣。當雷納德把她推到牆面的時候，還把她微微抬高，所以她的雙腳幾乎碰不到地，根本沒有支點可以踢他。

夏綠蒂覺得自己快要昏過去了，腦袋極度缺氧。她的目光四處亂飄，發現保羅的小書房門口出現動靜。

有人站在那裡。

是某名女子。

「雷納德，」開口的是蓋比蕾拉．霍夫曼，「我們必須跟她好好談一談。」

雷納德放開夏綠蒂的脖子，她往下滑了兩三公分，落地，等到雷納德完全鬆手之後，她四肢趴地，頻頻咳嗽。正當她努力大口吸氣的時候，蓋比蕾拉走到她面前，停下腳步。

夏綠蒂抬頭，脖子上已經出現了雷納德指印留下的瘀青。

她聲音嘶啞，「你們對比爾做了什麼？」

「妳不需要擔心他，」蓋比蕾拉說道，「擔心妳自己吧。」

「我……我認識妳。」

「我們應該是在教職員活動場合見過一兩次。」肯尼斯．霍夫曼的妻子說道，

「我是蓋比蕾拉，妳是夏綠蒂。」她朝比爾屍體的方向望過去，「我不認識他，他誰啊？」

「比爾，」夏綠蒂聲音在發抖，「比爾．邁爾斯。」

「西黑文的教授？我不認識他。」

「不是，我們是賣房子的同事。」

「看起來你們不只是同事而已。」蓋比蕾拉說道，「這是我兒子，雷納德。」

雷納德點點頭。

他開口說道，「大部分的人都叫我小雷。」

「比爾……比爾死了嗎？」

「對，」蓋比蕾亞說道，「雷納德扭斷了他的脖子。」

夏綠蒂緩緩站起來，從蓋比蕾亞的面前往後退一步。雷納德一直在她身邊徘徊，宛若等待指示的寵物大猩猩。

「妳想要什麼？」夏綠蒂問道，「為什麼要來這裡？」

蓋比蕾亞大手一揮，指向那台安德伍德，「那個。」

「打字機？」

「對。」

「那……那怎麼了？」

「妳先生跑去監獄找肯尼斯，講出關於那些女人的某些荒唐故事，也就是我先生認罪殺害的那些女子，想要透過這台機器對他講話。」

「嗯……」夏綠蒂的聲音幾乎聽不見。

「保羅把肯尼斯嚇得半死，不是因為那些字句，那些東西真是笑死人了。」

「我不明白。」

「我需要看到——拿到的——就是那東西。」她指向那台安德伍德，「不過我們之前進來的時候，它不在那裡。」

夏綠蒂的眼睛瞪得好大，「妳之前來過這裡？」

蓋比蕾拉微笑，「妳先生說打字機在妳車子的後車廂，我不相信他。但我覺得他沒撒謊，因為真的不在這裡。所以我們又回來了，打算要找妳拿車鑰匙，但我們卻看到打字機放在這裡。」

「妳見了……保羅？」

「雷納德和我只是想要找他聊一聊而已，關於那台打字機，還有那些信。我們在外頭遇見了他，他傍晚出來散步。」蓋比蕾拉微笑，「狀況不是很順利。等到他明瞭我的焦慮之後，好，他變得很火大，雷納德想要讓他冷靜下來，他朝海邊衝過去。」

「啊天哪……」夏綠蒂望著蓋比蕾拉的兒子，「他不是自殺，是你們殺了他。」

雷納德露出近乎傷感的表情，「其實我不是故意的。」

蓋比蕾拉嘆氣，「我們拿了保羅的鑰匙，搜了妳家，但他沒說謊，打字機不在這裡。」

「我還是不……不懂為什麼……」

「我剛說過了，從那台打字機噴出的那些字句應該是鬼扯淡。這講出來肯尼斯也不介意，他聽到之後是愣了一下，但他覺得那應該是某種玩笑，惡作劇，」蓋比蕾拉緩緩說道，「不過——雖然機率極低——但這有可能真的是那台打字機。」

夏綠蒂低聲說道，「我不懂……」

「在保羅探監之後，肯尼斯聯絡我，他說我必須要搶先一步行動，以免保羅請警方將他的紙張與凱瑟琳和吉兒的字條進行比對啊什麼的。」

她拿起其中一張紙，在夏綠蒂面前揮了一下，「這是我多年前在西黑文大學哲學課旁聽時的筆記，」她微笑，「這是嫁給老師的好處之一。」她的眼神突然變得飄渺，宛若陷入夢幻之中，「我一直很喜歡真正的打字機的感覺，比使用電腦爽快多了，妳說是不是？」

蓋比蕾亞微微搖頭，結束了她的憶往過程。她指向那台安德伍德，裡面捲有紙張，上面打有一行字。

她問道，「還記得『現在是所有好男人去派對幫忙的時候了』那句話嗎？」

夏綠蒂搖頭。

「妳太年輕了，」蓋比蕾亞說道，「以前要測試打字機的時候，就得打出這句話，乾淨俐落的漂亮句子。我剛剛就在做這件事，那就是妳聽到的噪音。但正當我要把自己的課堂筆記與剛剛打出來的字句進行比對的時候，妳的邁爾斯先生下樓來了。」

夏綠蒂努力拼湊發生的一切，但她原本的計畫已經砸鍋，她目光低垂，一直盯著比爾動也不動的身體。

「所以如果真的是那台打字機又怎麼樣？有什麼差別？」

蓋比蕾拉回她，「哦，差別可大了……」

蓋比蕾拉傾身向前，端詳那台安德伍德的內在構造，「看起來肯尼斯的擔憂是對的。」

夏綠蒂問道，「妳到底在說什麼？」

蓋比蕾亞抬頭，「血，字鍵裡有乾涸的血跡。」她望著夏綠蒂，「妳會找到它，真是太神奇了，是某場車庫拍賣對嗎？機率有多低？某人在垃圾集運箱清空之前找到了它，不然就是在垃圾場把它挖出來。然後，最後進了某人的車道拍賣會場，而在茫茫人海中正好買下它的人，就是妳。」

「我不是在什麼車庫拍賣會買下了它！而且那是喬許的血跡！」

「喬許？」

「保羅的兒子。他的手指曾經卡在裡面。妳說得沒錯，如果真的是那一台，的確會讓人稱奇不已，但它並不是原來的那一台。」

蓋比蕾拉皺眉，「我不明白。」

「我不是在什麼車庫拍賣的時候買了它，而是在某間古董店。我們——我與比爾——想要找到一台類似肯尼斯逼那些女子寫出道歉信的打字機。」

蓋比蕾拉困惑不已，「為什麼？」

一滴清淚從夏綠蒂右眼流出，滑落臉頰，「我們做了可怕的事，可怕，超可怕。」

蓋比蕾拉心生好奇，她微笑說道，「大家都說懺悔可以讓人心得到寬慰，」她臉上的微笑變成了某種古怪表情，「但肯尼斯恐怕不會完全同意。」

夏綠蒂簡略說出自己與比爾所做出的事。

夏綠蒂猛嚥口水，「我們想要把事情搞得像是他發了瘋，然後，等到我們……我們殺死他的時候……大家都會以為是自殺。不過，我們以為他真的這麼做，自殺了，沒想到卻是你們下手。」

蓋比蕾拉的疑惑轉為惱怒，「所以我們根本是白操心了？」她的手指撫摸那台安德伍德的空白鍵，「這全是妳和妳男友想出的詭計？」

「對！」夏綠蒂突然語氣亢奮，「妳不需要擔心！我根本不懂妳現在有什麼好擔憂的。血有什麼關係？你們為什麼要擔心？」

蓋比蕾拉瞄了一下比爾的屍體，然後又一臉同情望著夏綠蒂，「每次覺得已經大功告成的時候，總是漏了最後一件事。」

63

安娜．懷特車速緩慢、駛過岬濱大道。她開了一點窗戶，可以聞到從海灣吹送而來的清新海鹹味。上一次她必須過來找尋戴維斯住所的時候，天色漆黑，現在又得靠著人工光線找尋家戶號碼。

她想起那間屋宅靠近街底，但她不記得有什麼明顯特徵。

不過，她發現夏綠蒂．戴維斯的車子停在某戶住家的私人車道，而且安娜鬆了一口氣，住家私人車道只停放了另一台車，是保羅的車子。她沒有發現比爾．邁爾斯的座車出現在那裡，就算剛剛她開過來的時候經過它的旁邊，她也完全沒注意到。

幸好，戴維斯家正對面的馬路有個位置，她可以直接停進去。她熄火，下車，輕輕關上車門。在她按下電鈴之前，她其實不確定是否要讓別人發現她來到這裡。

她的腹部因為緊張而絞痛不已。她這種舉動正確嗎？這次的行動是不是大錯特錯？剛剛出門之前，她的天人交戰不是已經全程上演了嗎？

有一件事她倒是確定不需要擔心，那就是吵醒夏綠蒂．戴維斯。她朝二樓看了一眼，發現廚房那個區域燈光大亮，要是夏綠蒂已經上床的話，一定會熄燈。

她走向私人車道，站在大門前面。

按電鈴就是了，妳現在不能回頭了。
她伸出食指，對準電鈴按下去。
也許電鈴有響，但安娜沒聽到。因為，就在那個時候，鈴聲被一陣更巨大的噪音所淹沒。
女子的尖叫聲。
一陣淒厲恐怖的吼叫，竄流安娜全身，宛若一陣冰風來襲，逼她起了寒顫。
要是安娜逃跑、盡快回到自己的車內、鎖門，然後打電話報警，應該是合理的舉措。不過，人們遇到緊急狀況的時候，未必會做出合理的舉動，安娜最清楚這一點。
有時候，他們的舉動只是純憑直覺而已。
而安娜的直覺是要救人，她這一生都在奉獻都在救人。
她立刻試了一下大門，要是沒鎖的話，就可以打開了。
果然。
安娜猛力一推，大門全開，撞到了牆之後又回彈。她衝入屋內，正打算要飛奔上樓，但卻被迫停下腳步。
有人下樓。
現在輪到安娜在尖叫。

64

「我們可以想辦法，」夏綠蒂苦苦哀求，「我們可以解決的，我知道我們一定辦得到。」

「我倒是看不出來。」蓋比蕾亞瞄了一下她兒子，他朝夏綠蒂逼近一步。

「你們可以……既然雷納德在這裡，他個頭高壯……可以把比爾弄出去，把他扔到遠處！沒有人知道他今晚來找我！」

「他的車在哪？」

「在街上，你們可以開走！我等一下給你們鑰匙。在樓上，他的褲子口袋裡，你們可以把他的車和他的屍體都扔掉。」她突然靈機一動，「我可以幫忙！我來開車！無論你們需要什麼，我都會出力。」

蓋比蕾拉說道，「妳絕對不會告訴任何人……」

夏綠蒂臉色一亮，「對！」

蓋比蕾拉伸手指向放置打字機的桌面，「坐下來，我們好好談一談。」

夏綠蒂迫不及待乖乖聽從，她拉了張椅子，坐下來，而蓋比蕾拉則坐在她的斜對角。

「我幹嘛要告訴別人？」夏綠蒂說道，「我做的事——我承認——是非常糟糕的事。要是我告訴任何人今晚的經過，那麼一切就會曝光，所以我必須要閉嘴，不只是為了要保護妳，也是為了要保護我自己。」

蓋比蕾拉緩緩點頭，「我也做了壞事，就是當我割斷那兩個女人喉嚨的時候。但是我的動機很純粹，就那麼簡單。那兩個女人和我先生上床，她們羞辱了婚姻的神聖性。我的舉動是要給她們一個教訓，所以我才會要她們道歉，寫下來，我自己有我的道德律法。哦，我知道不是每個人都會以那樣的角度看待這種事，妳可能會認為我先生也好不到哪裡去，但他是我的先生，我曾經立下誓約，他也是。無論好壞都是如此，而且他自己也彌補了過錯。」

夏綠蒂不發一語。

「而且，我們兩個雖然都做了壞事，但我認為妳和我天差地遠。妳的作為很自私，自我中心。妳密謀殺害自己的老公，所以妳可以跟那男人在一起，」她不以為然搖頭，「妳的惡行助長羞辱婚姻體制，我的舉動是出於自衛。」

夏綠蒂眼眸中就算還存有任何一絲希望，也已經逐漸消失，「妳說的這些話我懂，真的，但是……」

蓋比蕾拉舉手示意，叫她安靜，「我覺得妳不是我可以信賴的人。」

「我是！我……」

「洗手間在哪裡？」

她們望向站在廚房中島底端的雷納德，他聳肩，「我得去上廁所。」

夏綠蒂立刻跳起來，「我帶你過去。」她語氣中的殷勤聽得出很勉強。她走過去，指引方向，也讓她走到了通往大門的階梯梯頂。

蓋比蕾拉大吼，「不可以！」這道命令的下達對象包括了夏綠蒂與她的兒子。

當夏綠蒂靠近梯頂的時候，立刻往下逃跑。

「雷納德！」

雷納德雖然身材壯碩，天生遲緩，但動作卻很快，他立刻拔腿狂追夏綠蒂。

他伸手，好不容易揪住她的頭髮，硬把她往後扯，宛若在拉木偶絲線一樣。當她被抓回來的時候，他運用自己的衝力撞她，逼她摔向剛才她被他扣住脖子的那面牆。

夏綠蒂尖叫。

蓋比蕾拉側頭，她剛剛是不是聽到了電鈴聲？夾雜了其他的喧鬧噪音，很難判斷，她把椅子往後推，走向打鬥現場。

雷納德抓住夏綠蒂的右臂，把她狠狠拋向階梯，宛若大熊在丟拋布娃娃。夏綠蒂浮飛半空中，一直到第七階才墜地，頭部直撞樓梯豎板，發出了球棒擊中球心的那種清脆聲響。

雷納德與他的母親衝向梯頂，望著夏綠蒂了無生氣的軀體繼續滾落下去。

然後，底下的大門突然打開。

安娜．懷特衝上兩個階梯，一看到那具屍體朝她撲來，她瞬間愣住，然後尖叫。

安娜目光飄向上方，看到雷納德與蓋比蕾拉出現在她上方，威懾姿態、宛若兩具復仇之神。

她退後，開始往外跑。

蓋比蕾拉吩咐兒子，「阻止她！」

雷納德衝下階梯，跳過那具女屍。蓋比蕾拉跟在後頭，但她花了比較久的時間才繞過夏綠蒂。等到她到了外頭，查看狀況的時候，安娜已經跑到了私人車道的末端，雷納德只差一步就追到了。

安娜被人行道邊緣絆倒，整個人摔在空無一人的街道。她的包包從肩頭脫落，撞到了人行道，車鑰匙與手機都散落一地。她想要慌忙站起來，但雷納德已經到了她旁邊，惡狠狠朝她的大腿上方猛踢，她痛苦叫喊，再次摔倒，緊緊抓住自己的大腿。

現在，蓋比蕾亞站在她兒子旁邊，氣喘吁吁。

她猛搖頭，氣急敗壞，「靠她誰啊？」

「我不知道，」她兒子回道，「我現在該怎麼辦？」

蓋比蕾亞迅速打量街道，發現空無一人，鬆了一口氣。

她下令，「殺了她。」

這時候，出現了奇怪聲響，咻咻。有東西以驚人速度在空中飛動。

就在他們的後面。

然後，巨大的碰響。

雷納德腳步不穩，幾乎跌坐在安娜身上。

蓋比蕾亞立刻旋身，「這是怎麼……」

又一聲咻咻，接下來是碰響。

法蘭克．懷特大力揮動高爾夫球桿——更精確的說法是開球桿，木桿——朝蓋比蕾亞的太陽穴敲下去。

這女人立刻倒下，雙腿癱軟。

雷納德踉蹌晃了幾步，一直緊抓著後腦勺，鮮血從他的指縫間汩汩流出。他好不容易暫時止跌站穩，重新找回重心，轉頭查看到底是誰襲擊他。

一身條紋睡衣的法蘭克站在那裡，他看得出來自己時間不多了。

他把高爾夫球桿先揮到肩後，然後進行第三次襲擊，這一次傾注全力。靠著數百小時划船機鍛鍊而成的雙臂猛攻，如活塞一樣勇猛。

雷納德舉起某隻手臂護身，但他動作太慢了。

球桿打中他的左臉頰上方，就在眼睛底下，他整張臉立刻就成了一坨血淋淋的爛肉。

雷納德倒了下去。

法蘭克站在那裡，眼冒怒光，整個人愣住不動，氣喘吁吁，他抓住高爾夫球桿的姿態儼然把它當成了球棒，靜靜等待觀察自己是否要再出手。等到蓋比蕾拉與雷納德動也不動長達十五秒之後，法蘭克跪在安娜旁邊，把球桿放在馬路上，伸手撫摸她的頭髮，躊躇不定。

他問道，「喬安妮？沒事吧？」

「嗯，」安娜忍住淚水，「很好，」她伸手托住她爸爸鬍子未刮的尖刺下巴，「這是我有生以來最美好的一刻。」

65

警探喬．艾恩萊德：霍夫曼先生，你現在好多了嗎？我們可否繼續下去？

肯尼斯．霍夫曼：嗯，好，應該可以，給我一分鐘。

艾恩萊德：沒問題，很遺憾。

霍夫曼：都是我的錯。從頭到尾都是我的問題。追根究柢，都是我做出的那些決定導致這一連串的事件發生。醫生們有沒有提到雷納德的最新狀況？

艾恩萊德：他依然在昏迷中，現在待在米爾福德醫院。

霍夫曼：所以他不知道他母親死了。

艾恩萊德：不知道。

霍夫曼：那個王八蛋！他不需要對他們下此重手，最好他會在牢裡關到死。

艾恩萊德：霍夫曼先生，他們本來要殺死他的女兒，懷特先生不會遭到起訴。他救了她一命。而且，他也老了，他後來在她的休旅車後面睡著，以為他們要去探望他的亡妻。

霍夫曼：天，這真是……要是雷納德永遠不會醒來，也許比較好吧。萬一他甦醒過來，得要面臨許多麻煩。

艾恩萊德：霍夫曼先生，我不知道該怎麼說才好。

霍夫曼：蓋比蕾拉一開始就不該把他捲進來。不只是這一次，那晚也一樣。我說真的，他非常無辜，他掛念的就是要討他母親歡心而已。

艾恩萊德：霍夫曼先生，我了解。雖然他沒有殺死那兩名女子，但他是共犯。在她對她們下毒之後，他幫助你妻子將她們扶坐在椅子上面，然後五花大綁。而且他殺死了保羅・戴維斯、比爾・邁爾斯，以及夏綠蒂・戴維斯，我不知道我會不會把這樣的人稱之為無辜。

霍夫曼：如果不是因為有她的吩咐，他絕對不會做出那種事。他好愛他媽媽，總是想要取悅她。我說真的，他是個性溫和的男孩，所以他們才會雇用他賣冰淇淋。這對他來說再完美不過了，而且他開車技術很好，從來不曾有過任何小擦撞。我知道我這樣說讓人難以置信，不過，在這起事件發生之前，我記得他從來不曾傷害過任何人。真的，他修理別人也是天經地義，在他小時候，他動作總是比其他孩子慢了一點，他們嘲笑他，罵他愚蠢，但他真的不是這樣。他不是念書的料，不是那種學院派的聰明，但他的智力足夠，努力發揮。嗯，至少之前是如此。

艾恩萊德：你跟你兒子感情很好？

霍夫曼：對，我的意思是，我很愛他，依然如此，所以我當初才會做出那種舉動。

艾恩萊德：自首。

霍夫曼：沒錯。當然，我最後讓蓋比蕾亞全身而退，但我關心的從來就不是她，重點是雷納德。他從來沒有接受過警方問案，我必須要在這種事發生之前先自首。說真的，我很清楚這孩子絕對不可能在監獄裡活下來。你可以想像嗎？要是他進去牢裡的話，他們會對他做出什麼舉動？那種狀況的男孩？當然他身材魁梧強壯，但他一定會變成裡面每一個虐待狂畜生的玩具。我不能坐視不管，要是他永遠無法醒來，真的就是最好的結局。對他來說，坐牢比死亡更慘，你根本不知道裡頭是什麼狀況。

艾恩萊德：你入獄之後，一直想要自殘。

霍夫曼：我很可能會持續嘗試下去，不成功絕對不放棄。

艾恩萊德：難道就不能讓蓋比蕾拉承擔罪責、讓你兒子可以置身事外？她大可以當聖人，未必要你出馬。

霍夫曼：你也知道有血。

艾恩萊德：跟我說血的事。

霍夫曼：吉兒咬他。

艾恩萊德：吉兒・佛斯特咬你兒子。

霍夫曼：蓋比蕾拉以為吉兒失去意識。等到她打出蓋比蕾拉逼她寫的字句之後，她就昏過去了，蓋比蕾拉叫雷納德過去確定一下，等到他伸手摸吉兒下巴，她醒過來了。

突然之間，她整個人飛撲，抓住雷納德的手咬下去，深達手根。他立刻抽手，然後擱在打字機那裡，真的是血流不止。

艾恩萊德：跟我們講述當晚的經過吧。

霍夫曼：我回到家，發現蓋比蕾拉在雷納德協助之下做出了那種事。她發現我同時在與凱瑟琳與吉兒約會，之前曾經與我對質。我想要全盤否認，但我知道她不會相信我。我壓根也想不到她會做出那種事，邀請她們來家裡，迷昏她們，逼她們寫道歉信，其實是叫她們打出了那些字。蓋比蕾拉一直對文字形式深信不疑，口說的契約與承諾的價值反而沒那麼重要。等到她們打出她要的字句，她就殺人滅口。但她想處罰的是我，她殺死了那兩名女子，也等於殺了我。她行兇之後，我正好回家。蓋比蕾拉幾乎是陷入僵直狀態。至於雷納德，不知道我說出來你信不信，他正在吃三明治，當然，是等到他的手貼上繃帶之後。而蓋比蕾拉似乎是在做夢一樣，我不知道還能以什麼方式形容，但她也對自己洋洋得意。她……她個性古怪，冷酷。我不是在為自己為何偷吃找藉口，但她的確是冷酷的女人。

艾恩萊德：沒錯。

霍夫曼：所以我一直在外頭尋愛，從很久以前就開始了，但我覺得自己本性一直如此。我跟保羅不一樣，他是好人，對婚姻忠誠的男人。現在回頭顧盼，我真希望自己能夠多多向他看齊。

艾恩萊德：不過，看看他的下場。

霍夫曼：的確。你知道他的妻子到底做了什麼？

艾恩萊德：我們還在拼湊全貌。我們找到了一支手機，裡面有一個來電鈴聲是打字機的聲音，而且在比爾・邁爾斯的屋內也找到更多由那台打字機打出的字句。

霍夫曼：哇。

艾恩萊德：嗯，還是回到那晚的事吧。

霍夫曼：好，反正，我回家的時候，就看到了她所做的事。我告訴她，我可以善後，我會幫她掩蓋一切。我把屍體放入車內，打字機也是，因為上頭沾染了太多雷納德的血。要是被他們找到的話，進行DNA檢測，好，他就完蛋了對不對？所以我把一切放到車上，告訴妻子，我回家的時候會清理屋子。

艾恩萊德：但你沒有回到家。

霍夫曼：沒有。我好不容易處理掉那台打字機，但是警察卻抓到我要棄屍，當然，還有襲擊保羅。我當初是真心這麼認為，要是我可以擺脫凱瑟琳與吉兒，還有保羅，那麼我們就可以繼續過日子，再次當真正的一家人。我會改變行事模式，我以後會當好老公好爸爸。不過，就在這時候我看到了閃動的車燈，警察朝我走來，我還有幾秒鐘可以打電話給蓋比蕾拉。我告訴她，我被抓了，我要告訴他們是我幹的，只有我。妳要好好和雷納德談一談，妳要告訴他們，你們整個晚上都在外頭開車，幫助雷納德練習他的新工作。

艾恩萊德：所以你就自首了。

霍夫曼：對。你也知道，從整體角度看來，我是有罪的。都是我的舉動才造成這一切，我坐牢也是活該。

艾恩萊德：所以你在扮演殺人犯，一直都是如此。

霍夫曼：對，我一定是有史以來第一個因為沒有不在場證明而心懷感激的殺人犯。

艾恩萊德：當保羅．戴維斯拿著那些信出現在監獄裡的時候，你作何感想。

霍夫曼：也不知道是怎麼回事，保羅有當初的那一台打字機。

艾恩萊德：你吩咐蓋比蕾拉要把它拿回來。

霍夫曼：對。我只是……我沒料到會出現那種結果。我知道我在那一晚想要殺死保羅，不過，在經過了這麼多個月之後……我從來沒有想要置保羅於死地。我喜歡保羅，他是好人。比爾．邁爾斯，我不認識他，而我只見過夏綠蒂一次而已。但是保羅……我對保羅感到很歉疚。當他剛來到西黑文大學的時候，我算是他的導師，你知道這件事嗎？

艾恩萊德：我知道。

霍夫曼：也許比爾與夏綠蒂得到了報應。

艾恩萊德：如果你想要找尋一絲慰藉，那麼這應該是吧。

霍夫曼：現在的狀況呢？你覺得我會不會得到無罪開釋？我的意思是，其實我並沒有殺死那兩個女人，而我對保羅所做出的那種行為，其實是一時衝動，完全不是出於預謀。

艾恩萊德：你的意思是自己是無辜之人？

霍夫曼：我想這就誇張了。

艾恩萊德：我也這麼認為。

66

「我喜歡這地方，」法蘭克・懷特告訴安娜，「真的。」

養老院院方給了他們一場私人導覽，他們看了用餐區、娛樂中心，還有運動室，而最後一個地點可能是他未來的臥房。寬敞程度綽綽有餘，有床、舒適的沙發，還有電視。

「我可以把我的划船機拿來這裡，」他說道，「眺望窗外，可以看得到水面。」

「爸，我不知道可不可以……」這一整段路程，她走得十分費力，不想要顯露跛行模樣。雷納德當初狠踹她，害她幾乎斷了一根骨頭，現在她一個禮拜要去做兩次復健。

自從那晚過後，她父親的神智似乎變得格外清楚。雖然他一度以為自己救的是自己的妻子，而不是他的女兒，但自此之後，他看起來相當了解出了什麼狀況。

他知道自己殺死了某人，而且讓另外一個人昏迷不醒，但他從來沒有片刻後悔。

他說道，「就是為所應為……」

不過，他的確把它當成了某個轉捩點。他堅持自己該獨立了，最起碼得要為安娜著想，父女為此吵了好幾天之久。

現在，站在這間有平面電視、可以看到海灣的偌大房間裡面，她再次陳述自己的感受。

「我不希望你離開。」

「我跟妳一起生活了這麼久，一定有什麼原因，」他說道，「現在我們都恍然大悟，就是因為那晚的事。」

「你又不相信那種東西，」安娜說道，「從某方面看來我們的生活是命中注定，你覺得那根本是鬼扯。」

「要是妳知道我深信不疑，妳一定會嚇一跳。」

就在這時候，他把那段往事告訴了她。

「妳母親過世的那個晚上，我睡得很熟，然後……」他花了一點時間思索字詞，「然後，她跟我說話，彷彿是在做夢一樣，她說要我盡快趕到醫院。」

安娜不發一語。

法蘭克坐在床邊，雙手的手掌來回搓弄床單，「我根本不在意，因為我壓根不信那種事。然後，妳知道怎麼了嗎？她那晚過世了，我應該要相信才是，應該要聽她的話。」

安娜溫柔說道，「你為什麼從來不告訴我那段往事？」

法蘭克聳肩，「我不想害妳難過，不希望讓妳知道我本來有機會可以道別，但卻沒有好好把握。」

安娜坐在休閒椅裡面，別開了目光。外頭那片無雲天空，讓海灣平添了一股深鬱感。

「反正，我現在提起這件事，」她父親說道，「是因為妳母親又跟我說話了。」

安娜回頭盯著他，她眨去淚水，想要看清楚父親的面孔，「是什麼時候發生的？」

「那些人想要殺妳之後的事，應該是過了兩三天之後的夜晚。」

安娜不確定自己是否有辦法問出口，但是她必須要知道，「她說什麼？」

現在，輪到她父親必須要鼓足勇氣了。

「喬安妮是這麼對我說的，『法蘭克，你救了她的命，你能夠再為她做的唯一的事，就是要讓她好好過她的生活。』就這樣。」

安娜盯著她父親。他把手伸過去，她握住了他的手。

他說道，「我猜妳一定覺得這是鬼話連篇。」

她大力搖頭。

「妳相信嗎？」

安娜停止搖頭的動作，嚥了一下口水。

「我相信。」

Storytella **168**

沒有人聽見

A Noise Downstairs

沒有人聽見/林伍德.巴克萊作；吳宗璘譯. -- 初版. -- 臺北市：春天出版國際文化有限公司, 2023.09
面；　公分. -- (Storytella；168)
譯自：A Noise Downstairs
ISBN 978-957-741-734-3(平裝)

873.57　　112013237

ISBN 978-957-741-734-3
Printed in Taiwan

作　者　林伍德・巴克萊
譯　者　吳宗璘
總編輯　莊宜勳
主　編　鍾靈

出版者　春天出版國際文化有限公司
地　址　台北市大安區忠孝東路四段303號4樓之1
電　話　02-7733-4070
傳　真　02-7733-4069
E－mail　bookspring@bookspring.com.tw
網　址　http://www.bookspring.com.tw
部落格　http://blog.pixnet.net/bookspring
郵政帳號　19705538
戶　名　春天出版國際文化有限公司
法律顧問　蕭顯忠律師事務所
出版日期　二〇二三年九月初版

定　價　520元

總經銷　楨德圖書事業有限公司
地　址　新北市新店區中興路二段196號8樓
電　話　02-8919-3186
傳　真　02-8914-5524
香港總代理　一代匯集
地　址　九龍旺角塘尾道64號 龍駒企業大廈10 B&D室
電　話　852-2783-8102
傳　真　852-2396-0050